Solitario

Alice Oseman

‣ **Título original:** *Solitaire*
‣ **Dirección editorial:** Marcela Aguilar
‣ **Edición:** Melisa Corbetto y Stefany Pereyra Bravo
‣ **Coordinadora de Arte:** Valeria Brudny
‣ **Coordinadora Gráfica:** Leticia Lepera
‣ **Armado de interior**: Cecilia Aranda
‣ **Diseño y arte de portada:** Ryan Hammond
 © HarperCollinsPublishers Ltd 2018

un sello de
V&R Editoras

www.vreditoras.com

Publicado originalmente en Gran Bretaña bajo el título de "Solitaire" por HarperCollins Children's Books, un sello HarperCollinsPublishers Ltd.
Traducido bajo licencia de HarperCollinsPublishers Ltd.

MÉXICO: Dakota 274, colonia Nápoles,
C. P. 03810, alcaldía Benito Juárez, Ciudad de México.
Tel.: 55 5220-6620 · 800-543-4995
e-mail: editoras@vreditoras.com.mx

ARGENTINA: Florida 833, piso 2, oficina 203
(C1005AAQ), Buenos Aires.
Tel.: (54-11) 5352-9444
e-mail: editorial@vreditoras.com

Primera edición: octubre de 2022

ISBN: 978-607-8828-32-6

Impreso en México en Litográfica Ingramex, S. A. de C. V.
Centeno No. 195, colonia Valle del Sur, C. P. 09819,
alcaldía Iztapalapa, Ciudad de México.

Solitario

Alice Oseman

Traducción: Julián Alejo Sosa

VR
YA

Nota de la autora

Solitario comparte algunos de sus personajes con *Heartstopper*, mi novela gráfica, y tiene lugar durante los eventos del tomo cuatro. Para quienes se hayan topado con este libro luego de leer *Heartstopper*, tengan presente que esta historia tiene un tono completamente diferente. *Solitario* fue escrito en 2012, mucho antes de la creación de *Heartstopper* y explora temáticas mucho más oscuras. *Solitario* puede no ser apropiado para quienes disfrutaron de la novela gráfica.

En 2020, me dieron la increíble oportunidad de hacerle algunos cambios editoriales a este libro, lo que me permitió conectarlo más con los eventos de *Heartstopper*, al igual que editarle algunos elementos de la historia que sentía que eran particularmente gráficos y sensacionalistas. Estoy agradecida con mis lectores y lectoras por sus ganas de leer mis viejos trabajos y con mi editorial que me brindó todo su apoyo con estos libros. ¡Muchas gracias a quienes disfrutan mis historias!

Alice Oseman, agosto 2020

–*Su* defecto es la propensión a odiar a todo el mundo.

–Y el *suyo* –respondió él con una sonrisa–,

es malinterpretarlo todo.

Orgullo y Prejuicio, Jane Austen.

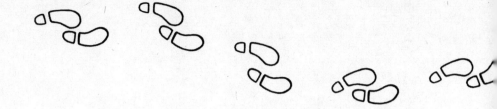

Parte uno

Elizabeth Bennet: ¿Baila, señor Darcy?
Señor Darcy: No si puedo evitarlo.

Orgullo y Prejuicio (2005)

Uno

Soy consciente de que la mayoría de las personas en esta sala están casi muertas, incluso yo. Una fuente confiable me informó que la depresión después de la Navidad es algo completamente normal y que deberíamos esperar sentirnos algo cansados luego del momento más "feliz" del año. Aunque, a decir verdad, no me siento muy distinta a cómo me sentía en Nochebuena ni en la Navidad misma, ni en cualquier otro día de la época navideña. Ya estoy de regreso y es otro año más. Nada va a cambiar.

Me quedo ahí parada. Becky y yo nos miramos.

—Tori —dice—, te ves un poco como si quisieras matarte.

Ella y el resto de nuestro grupo se encuentran desperdigados sobre una serie de sillas giratorias junto a los escritorios de la sala de estudio. Como es el primer día, la mayoría se ha arreglado más de lo normal, por lo que de inmediato me empiezo a sentir fuera de lugar.

Me desplomo sobre una silla y asiento filosóficamente.

—Es gracioso porque es verdad.

Me mira un poco más, no con mucha atención, y reímos por algo que no fue gracioso. Se da cuenta de que no tengo ganas de hacer nada y se va. Apoyo la cabeza sobre mis brazos y me quedo medio dormida.

Mi nombre es Victoria Spring. Creo que debería aclararte que invento muchas cosas en mi cabeza y después me deprimo por eso. Me gusta dormir y leer blogs. Y algún día me voy a morir.

Rebecca Allen quizás sea mi única amiga real en este momento. También, quizás, sea mi mejor amiga. Pero todavía no estoy segura de si esas dos cosas están relacionadas. No importa, Becky Allen tiene cabello largo y violeta. Noté que, si tienes el cabello violeta, la gente te mira bastante y te vuelves muy reconocible, incluso una figura popular entre el resto de los adolescentes, esa clase de persona que todos dicen conocer, aunque probablemente nunca hayan intercambiado ni una sola palabra contigo. Tiene muchos seguidores en Instagram.

Ahora, Becky está hablando con otra chica del grupo, Evelyn Foley. A Evelyn la consideran "alternativa" porque casi siempre está despeinada y usa collares extravagantes.

—La *verdadera* pregunta —dice Evelyn—, es si hay tensión sexual entre Harry y *Malfoy*.

No estoy segura de que a Becky le agrade genuinamente Evelyn. A veces creo que la gente solo aparenta caerse bien.

—Solo en los *fanfics*, Evelyn —le responde Becky—. Por favor, deja tus fantasías en tu historial de búsquedas.

Evelyn ríe.

—Solo digo. Malfoy ayuda a Harry al final, ¿verdad? Entonces, ¿por qué lo molesta durante siete años? Le gusta en secreto. —Con cada palabra, junta las manos como si estuviera aplaudiendo. La verdad es que no la ayuda en nada para enfatizar su punto—. Es un hecho bastante establecido que la gente molesta a las personas que le gustan. La psicología es indiscutible.

—Evelyn —acota Becky—. *Primero, detesto* tu idea infantil de que

Draco Malfoy es una especie de alma hermosa conflictuada que busca redención y entendimiento. En el fondo es un racista empedernido. Segundo, acosar a alguien porque te gusta es básicamente un argumento para justificar la violencia doméstica.

Evelyn parece estar profundamente ofendida.

–Es solo un libro. No la vida real.

Becky suspira y voltea hacia mí, al igual que Evelyn. Supongo que me están presionando para que aporte algo.

–Harry Potter me parece un poco una mierda, para ser honesta –digo–. Espero que podamos seguir adelante después de esto.

Becky y Evelyn simplemente me miran. Intuyo que arruiné el momento, así que invento algo y me levanto de la silla para marcharme a toda prisa de la sala. A veces, odio a la gente. Supongo que no le hace bien a mi salud mental.

En nuestra ciudad hay dos secundarias: *Harvey Greene Grammar School* para chicas, o "Higgs", como la conocen todos, y *Truham Grammar School* para chicos. Sin embargo, ambas escuelas aceptan todos los géneros a partir de los años 12° y 13°, los dos últimos años de secundaria conocidos como 6° año en todo el país. Entonces, ahora que estoy en 12° tengo que enfrentarme a una afluencia repentina de varones. Los chicos en Higgs son como criaturas mitológicas, y tener un novio *real* te coloca en la cima de la jerarquía social, aunque, en lo personal, pensar o hablar mucho sobre chicos me hace querer volarme la cabeza.

Incluso si me importaran esas cosas, no podría lucirme mucho, gracias a nuestros increíbles uniformes escolares. Por lo general, los estudiantes de secundaria no usan uniforme, pero en Higgs nos obligan a usar uno horrible. Es casi todo gris, aunque es adecuado para un lugar tan aburrido.

Llego a mi casillero y me encuentro con una nota rosa pegada en la puerta. Alguien dibujó una flecha que apunta hacia la izquierda, lo que sugiere que, quizás, deba mirar en esa dirección. Irritada, volteo hacia la izquierda. Hay más notas en otros casilleros cercanos. Y otra en la pared al final del corredor. La gente pasa caminando por al lado y las ignora por completo. Supongo que nadie sabe mirar. Eso o no les importa. Los entiendo.

Arranco la nota de mi casillero y me acerco a la siguiente.

A veces me gusta ocupar mi tiempo con cosas que al resto no le importan. Me hace sentir como si estuviera haciendo algo importante, en especial porque nadie más lo hace.

Esta es una de esas.

Las notas empiezan a aparecer por todos lados.

La penúltima tiene una flecha que apunta hacia adelante, directo hacia una sala de computación cerrada en el primer piso. Una cortina negra cubre la ventana de la puerta. Esta sala en particular, la C16, estuvo cerrada el año pasado por refacciones, pero nadie parece molestarse en empezarlas. Me deprime un poco, a decir verdad, pero de todos modos abro la puerta de la C16, entro y la cierro a mis espaldas.

Hay una ventana grande que se extiende por toda la pared del fondo y las computadoras parecen ladrillos. Cubos sólidos. Siento que viajé en el tiempo a los años noventa.

Encuentro la última nota en la pared del fondo y veo que tiene una página de Internet:

SOLITARIO.CO.UK

El solitario es un juego de cartas para un solo jugador. Lo jugaba mucho en mis clases de informática y, probablemente, hacía más por mi inteligencia que prestarle atención a la clase.

En ese momento, alguien abre la puerta.

–Dios, la edad de estas computadoras tiene que ser un *delito*.

Volteo lentamente.

Hay un chico parado frente a la puerta cerrada.

–Hasta puedo escuchar la sinfonía de estática tenebrosa que hacían cuando se conectaban a internet –dice, mirando en todas direcciones, hasta que al fin luego de varios largos segundos se da cuenta de que no es la única persona en la sala.

Es un tipo bastante regular, ni muy atractivo ni muy feo, solo un chico común y corriente. Lo más notorio son sus inmensas gafas cuadradas de marco grueso que lo hacen ver como si estuviera usando anteojos 3D. Es alto y tiene el cabello peinado hacia un costado. En una mano tiene una taza y en la otra un trozo de papel y su agenda.

Mientras estudia mi cara, sus ojos se abren como si estuvieran a punto de salirse de sus cuencas, y juro que se ponen hasta casi el doble de su tamaño. Salta hacia mí como un león al acecho, lo suficientemente feroz como para hacerme tropezar hacia atrás por miedo a que me aplaste por completo. Se inclina hacia delante hasta que su rostro queda a solo centímetros del mío. A través de mi reflejo en sus gafas ridículamente grandes noto que tiene un ojo azul y otro verde. Heterocromía.

Esboza una sonrisa violenta.

–¡Victoria Spring! –grita, levantando los brazos por el aire. No digo ni hago nada. Me empieza a doler la cabeza–. Eres Victoria Spring –agrega, levantando el trozo de papel hacia mi cara. Es una fotografía. Mía. Debajo dice en letras pequeñas: Victoria Spring, 11A. Estaba exhibida cerca de la sala de profesores. En el 11° año, fui delegada de mi clase, principalmente porque nadie más quería serlo, así que me ofrecí como voluntaria. Todos los delegados tenían su respectiva foto. La mía es horrible. Fue justo antes de que me cortara el pelo, así que me veía como la chica de *La Llamada*. Es como si no tuviera cara.

Miro su ojo azul.

—¿Arrancaste eso de la cartelera?

Da un paso hacia atrás, retirándose un poco en su invasión de mi espacio personal. Tiene una sonrisa efusiva en su rostro.

—Estaba ayudando a alguien a encontrarte. —Se da algunos golpecitos con la agenda en la barbilla—. Un tipo rubio... pantalones ajustados... camina como si no supiera dónde está...

No conozco a *ningún* chico y mucho menos a uno rubio que use pantalones ajustados.

Me encojo de hombros.

—¿Cómo sabías que estaba aquí?

Se encogió de hombros.

—No lo sabía. Vine porque había una flecha en la puerta. Me pareció bastante misterioso. ¡Y aquí estás! ¡Qué *increíbles* las vueltas de la vida! —Bebe un sorbo de su bebida—. Ya te vi antes —agrega, aún sonriendo.

Lo miro con los ojos entrecerrados. De seguro me lo crucé en algún momento en el corredor. Es imposible olvidar esas gafas horribles.

—No lo recuerdo.

—No me sorprende —dice—. Estoy en el 13° año, no ando mucho por aquí. Además, acabo de entrar a esta escuela en septiembre. Hice el 12° en Truham. —Eso lo explica. Cuatro meses no son suficientes para que recuerde una cara—. Entonces —agrega, golpeando su taza—. ¿Qué hacías *aquí*?

Me hago a un lado y señalo la nota en la pared sin mucho entusiasmo. Se acerca y la arranca.

—Solitario.co.uk. Interesante. Bueno, supongo que podríamos

encender una de estas computadoras y ver qué es, aunque de seguro estaremos muertos cuando Internet Explorer termine de cargar. Te apuesto lo que sea a que tienen Windows 95.

Se sienta en una de las sillas giratorias y se queda mirando el paisaje suburbano por la ventana. Todo está iluminado como si estuviera en llamas. Se puede ver toda la ciudad y una parte del campo. Me ve mirando por la ventana.

—Es como si te pidiera salir, ¿verdad? –dice y suspira–. Esta mañana cuando estaba viniendo, vi a un anciano en la parada del autobús. Estaba sentado con sus auriculares moviendo los dedos sobre su rodilla y mirando al cielo. ¿Qué tan seguido ves algo así? Un viejo con auriculares. Me pregunto qué estaría escuchando. Uno pensaría que música clásica, pero podría ser cualquier cosa. Me pregunto si era música triste. –Levanta los pies y los cruza sobre la mesa–. Espero que no.

—La música triste no tiene nada de malo –digo–, con moderación.

Gira hacia mí y se acomoda la corbata.

—Definitivamente eres Victoria Spring, verdad. –Tendría que haber sido una pregunta, pero lo dice como si ya lo supiera desde hace mucho tiempo.

—Tori –lo corrijo, intencionalmente monótona–. Me llamo Tori.

Pone las manos en los bolsillos de su chaqueta. Me cruzo de brazos.

—¿Ya estuviste aquí antes? –pregunta.

—No.

—Interesante –dice, asintiendo.

Abro los ojos bien en grande y muevo la cabeza de lado a lado.

—¿Qué?

—¿Qué de qué?

—¿Qué es interesante? –No creo poder sonar menos interesada.

—Los dos vinimos aquí buscando lo mismo.

—¿Y eso es?

–Una respuesta.

Levanto las cejas. Me mira a través de sus lentes.

–¿No te parecen *divertidos* los misterios? ¿No te lo *preguntas?*

Es entonces cuando me doy cuenta de que no. Siento que podría marcharme y olvidarme por completo de esta basura de solitario.co.uk o este tipo molesto y gritón.

Pero como quiero que deje de ser tan condescendiente, saco rápidamente el teléfono de mi bolsillo, escribo solitario.co.uk en la barra de direcciones y abro la página.

Lo que aparece casi me hace reír, es un blog vacío. Un blog para molestar, supongo.

Qué día tan, pero tan insignificante. Levanto el teléfono frente a su cara.

–Misterio resuelto, Sherlock.

Al principio, sigue sonriendo, como si estuviera bromeando, pero pronto sus ojos bajan hacia la pantalla de mi teléfono y, con una expresión de incredulidad anonadada, me quita el teléfono de la mano.

–Es... un blog vacío... –dice, no a mí, sino a sí mismo, y entonces (y no sé cómo pasa esto) siento *mucha* lástima por él. Porque se ve tan condenadamente *triste*. Sacude la cabeza y me devuelve el teléfono. La verdad no sé qué hacer. Literalmente parece como si un ser querido suyo acabara de morir.

–Bueno, mmm... –Muevo los pies–. Me voy a clase.

–¡No, no, espera! –Se pone de pie de un salto y quedamos cara a cara.

Hay un silencio significativamente incómodo.

Me estudia con los ojos entrecerrados, mira la foto, luego a mí y nuevamente a la foto.

–¡Te cortaste el cabello!

Me muerdo el labio y evito hacer un comentario sarcástico.

–Sí –le respondo con sinceridad–. Sí, me corté el pelo.

–Lo tenías muy largo.

–Sí.

–¿Por qué te lo cortaste?

Cuando estaban terminando las vacaciones de verano, fui a hacer algunas compras sola porque necesitaba muchas cosas para la escuela y mamá y papá estaban ocupados, y quería sacármelo de encima. El problema es que me olvidé de que soy pésima para ir de compras. Mi vieja mochila estaba rota y sucia, así que decidí pasar por esos lugares bonitos: River Island, Zara, Urban Outfitters, Mango y Accessorize. Pero todas las mochilas ahí costaban como cincuenta libras y obviamente no iba a pagar eso. Entonces decidí probar otros lugares más baratos, como New Look, Primark y H&M, pero no encontré ninguna que me gustara. Terminé recorriendo todas las tiendas que vendían mochilas un millón de veces antes de tener una leve crisis nerviosa en un banco junto a un Costa Coffee en medio del centro comercial. Pensé en cuando empezara el bachillerato y todas las cosas que necesitaba hacer y todas las personas nuevas que tendría que conocer y con las que tendría que hablar, hasta que vi mi reflejo en la vidriera de Waterstones y me di cuenta de que la mayor parte de mi cara estaba tapada y quién rayos quería hablar conmigo si me veía así, entonces empecé a sentir todo ese cabello sobre mi frente y mis mejillas, cómo se aplastaba sobre mis hombros y espalda, arrastrándose sobre mi cuerpo como gusanos que me ahogarían hasta la muerte. Empecé a respirar muy rápido, así que me acerqué al salón más cercana y le pedí que me lo cortaran hasta los hombros y lo apartara de mi cara. La peluquera no quería hacerlo, pero insistí. Me gasté el dinero para la mochila en un corte de pelo.

–Quería tenerlo más corto –respondo.

Se acerca y retrocedo.

–Tú nunca dices la verdad, ¿cierto? –pregunta.

Rio una vez más. Es una expulsión de aire bastante patética, pero para mí califica como una risa.

–¿Quién *eres?*

Se queda congelado, se aleja un poco, extiende los brazos como si fuera la Segunda Llegada de Cristo y anuncia, con una voz profunda y fuerte:

–Me llamo Michael Holden.

Michael Holden.

–¿Y tú quién eres, Victoria Spring?

No se me ocurre nada para decir porque esa sería la única respuesta que tengo para dar. Nada. Soy un vacío. Un abismo. No soy nada.

La voz del señor Kent brota abruptamente por los altavoces. Volteo y miro hacia el parlante mientras su voz resuena por el lugar.

–*Todos los alumnos de sexto año deberán dirigirse a la sala de estudiantes para una breve asamblea.*

Cuando volteo, la habitación está vacía. Estoy pegada a la alfombra. Abro la mano y encuentro la nota de SOLITARIO.CO.UK. No sé en qué momento pasó de la mano de Michael Holden a la mía, pero ahí está.

Y supongo que eso es todo.

Probablemente así es como empieza.

Dos

La gran mayoría de los adolescentes que van a Higgs son unos idiotas desalmados y conformistas. Logré integrarme a un grupito de chicas que considero que son "buenas personas", aunque en ocasiones siento que soy la única persona consciente, la protagonista de un videojuego, y el resto son solo extras generados por computadora con algunas pocas acciones predeterminadas, como "Iniciar conversación sin sentido" o "Abrazar".

La otra cosa sobre los adolescentes de Higgs, y quizás la mayoría de los adolescentes en general, es que no se esfuerzan nada por el noventa por ciento de las cosas que hacen. No me parece algo malo, ya tendremos tiempo suficiente para esforzarnos el resto de nuestras vidas, así que preocuparnos en exceso en este momento de nuestras vidas es una pérdida de energía que, de otro modo, podríamos destinar a hacer cosas fantásticas como dormir, comer y piratear música. La verdad es que yo no me esfuerzo por nada. Tampoco muchas personas. No es raro entrar a la sala de estudiantes y encontrarse con adolescentes desplomados sobre sus sillas, escritorios o, incluso, el suelo.

Kent todavía no llegó. Me acerco a Becky y nuestro grupo en la esquina de las computadoras. Supuestamente están debatiendo sobre si Michael Cera es atractivo o no.

–Tori, Tori, Tori –dice Becky, tocándome el brazo con insistencia–. Dime que tengo razón. Viste *Juno*, ¿verdad? Te parece lindo, ¿no? –Se lleva ambas manos sobre sus mejillas y pone los ojos en blanco–. Los chicos raros son los más sexis, ¿cierto?

Apoyo las manos sobre sus hombros.

–Cálmate, Rebecca. No todo el mundo ama a Cera como tú.

Empieza a decir unas cosas sobre *Scott Pilgrim vs. los ex de la chica de sus sueños*, pero en realidad no la escucho. Michael Cera no es el Michael en el que estoy pensando.

De algún modo, logro salirme de la discusión y empiezo a deambular por la sala.

Sí. Eso mismo. Estoy buscando a Michael Holden.

En este momento, no estoy segura *por qué*. Como ya lo dejé en claro, no me interesan muchas cosas, mucho menos las personas, pero me irrita cuando alguien cree que puede iniciar una conversación y luego, de la nada, levantarse e *irse*.

Es *mala educación*, ¿saben?

Paso junto a otros grupitos en la sala. Los grupitos así suenan muy a *High School Musical*, pero la razón por la que están tan trillados es porque es la realidad. En una escuela donde la mayoría son chicas, es normal que cada año se dividan en tres categorías distintas:

1. Las chicas populares que salen con los chicos populares de la escuela para varones y usan identificaciones falsas para ir a discotecas. Pueden tratarte muy bien o muy mal, y lo que decidan está completamente fuera de tu control. Son muy intimidantes.

2. Las chicas que son completamente felices siendo nerds o poco populares, lo que algunas personas interpretan como ser "rara", pero las admiro porque la verdad no les importa un carajo lo que la gente piense de ellas y tan solo disfrutan de sus cosas de nicho y siguen con sus vidas. Bien por ellas.

3. Las supuestas chicas "normales". Todas las personas que están entre esos dos grupos, supongo. Lo que probablemente significa que reprimen su verdadera personalidad con tal de encajar y, una vez que terminan la escuela, tienen revelaciones gigantescas y se convierten en personas muy interesantes. La escuela es un infierno.

Con esto no quiero decir que todo el mundo tenga que encajar sí o sí en uno de estos grupos. Me encanta que existan excepciones porque, desde el principio, odio que esos grupos siquiera existan. Además, no sé dónde encajaría yo. Supongo que en el tercero porque ahí es donde definitivamente está nuestro grupo. Pero no me siento parecida a ninguna de mis compañeras. No me siento parecida a nadie en general.

Doy tres o cuatro vueltas a la sala antes de llegar a la conclusión de que no está aquí. No importa. Quizás solo imaginé a Michael Holden. De todos modos, no es que me importe. Regreso al rincón de nuestro grupo, me desplomo sobre el suelo a los pies de Becky y cierro los ojos.

Se abre la puerta de la sala y entra el señor Kent, el vicedirector, seguido de su séquito habitual: la señorita Strasser, que como mucho puede tener solo cinco años más que nosotros, y nuestra delegada,

Zelda (no bromeo, su nombre es así de fantástico). El señor Kent es un hombre de rasgos duros que guarda cierto parecido con Alan Rickman y, probablemente, sea el único profesor inteligente de toda la escuela. También es mi profesor de Literatura desde hace cinco años, así que nos conocemos bastante bien. Lo que hace que sea un poco raro. También tenemos una directora, la señora Lemaire, que se rumorea que es miembro del gobierno francés, lo que explicaría por qué nunca está en su propia escuela.

–*Silencio*, por favor –dice Kent, parándose frente a una pizarra interactiva ubicada en la pared justo por debajo del lema de la escuela: *Confortamini in Domino et in Potentia virtutis eius.* La marea de uniformes grises voltea hacia él. Por unos segundos, Kent no dice nada. Siempre hace lo mismo.

Becky y yo sonreímos mientras contamos los segundos en silencio. Es una especie de juego que tenemos. No recuerdo cuándo empezó, pero cada vez que tenemos una asamblea o una de estas reuniones de alumnos o cualquier otra cosa, contamos cuánto duran sus silencios. El récord es de setenta y nueve segundos. Fuera de broma.

Cuando pasan doce segundos y Kent abre la boca para hablar...

Comienza, repentinamente, a sonar música por los altavoces de la escuela.

Es el tema de Darth Vader de *La Guerra de las Galaxias.*

Un aluvión de intranquilidad se esparce entre todos los estudiantes. Varias personas empiezan a mover la cabeza de lado a lado, susurrándose cosas y preguntándose por qué Kent pondría música, y por qué *La Guerra de las Galaxias.* Tal vez nos va a dar uno de esos sermones sobre la importancia de la comunicación clara o la persistencia, o la empatía y el entendimiento, o las habilidades de interdependencia, los temas habituales de este tipo de asambleas. Tal vez solo quiera hablarnos sobre la importancia de un buen liderazgo. Solo cuando empiezan a aparecer las imágenes en la pantalla que tiene por detrás, entendemos qué es lo que está pasando.

Primero, aparece la cara de Kent fotoshopeada en el cuerpo de Yoda. Luego, Kent como Jabba the Hutt.

Después la princesa Kent con un bikini dorado.

Toda la sala estalla en una carcajada descontrolada.

El Kent de la vida real, con seriedad aunque manteniendo la compostura, sale de la sala. Apenas Strasser desaparece, todos empiezan a correr de grupo en grupo, comentando la expresión de Kent cuando su rostro apareció sobre la cabeza de Natalie Portman, con la cara completamente blanca y un peinado extravagante. Tengo que admitirlo, es un poco gracioso.

Una vez que Kent/Darth Maul desaparece de la pantalla, y ni bien la orquesta alcanza el clímax en los altavoces de la sala, la pizarra interactiva muestra estas palabras:

SOLITARIO.CO.UK

Becky entra a la página en una computadora y nuestro grupo se amontona a su alrededor para echarle un vistazo. El blog tiene una nueva publicación subida hace dos minutos: una fotografía de Kent mirando a la pizarra interactiva con una ira pasiva.

Todos empezamos a hablar. O bueno, todos menos yo. Yo solo me quedo ahí sentada.

—Algunos niños pensaron que sería ingenioso —dice Becky.

—Bueno, sí, *es* ingenioso —dice Evelyn haciendo presente su gran complejo de superioridad—. Es como rebelarse contra el *sistema*.

Muevo la cabeza de lado a lado, porque no veo nada ingenioso en todo esto más allá de la habilidad de la persona que logró combinar la cara de Kent con la de Yoda. Eso sí es tener talento para el Photoshop.

Lauren esboza una gran sonrisa. Lauren Romilly es una fumadora social y le encanta el caos.

—Ya veo la publicación en Instagram. Seguro ya inundó mi página de Twitter.

—Necesito una foto de esto para Instagram —continua Evelyn—. Podría sumar un par de miles de seguidores.

—Ya, Evelyn —resopla Lauren—. Ya eres famosa en internet.

Eso me hace reír.

—Solo sube otra foto de tu perro, Evelyn —digo en voz baja—. Ya recibe como veinte mil me gusta.

Solo Becky me escucha. Sonríe y le devuelvo el gesto, lo cual me parece algo agradable porque muy pocas veces se me ocurren cosas divertidas para decir.

Y eso es todo. Es casi todo lo que comentamos al respecto.

Diez minutos y cae en el olvido.

A decir verdad, esta broma me hizo sentir algo rara. La cuestión es que *La Guerra de las Galaxias* era una de mis obsesiones cuando era niña. Supongo que hace años que no veo ninguna de las películas, pero escuchar la música me trajo algunos recuerdos. No sé qué. Algo en el pecho.

Ah, me estoy poniendo sentimental.

Apuesto cualquier cosa a quienquiera que haya hecho esto está demasiado satisfecho consigo mismo. Y eso me hace odiarlo.

Cinco minutos más tarde, me empiezo a quedar dormida con la cabeza sobre el escritorio y mis brazos ocultando mi rostro de todo tipo de interacción social, cuando alguien me da unos golpecitos en el hombro.

Levanto la cabeza y miro dormida en esa dirección. Becky me está mirando de una forma extraña, su cabello violeta enmarca su rostro como una cascada. Pestañea.

–¿Qué? –pregunto.

Señala hacia atrás, entonces miro.

Hay un tipo parado ahí. Nervioso. Una sonrisa incómoda en su rostro. Entiendo lo que está pasando, pero mi cerebro no quiere aceptar esa posibilidad, así que abro y cierro la boca tres veces antes de pronunciar dos palabras.

–Por Dios.

El tipo se me acerca.

–¿Vi-Victoria?

Dejando de lado a mi nuevo conocido, Michael Holden, solo dos personas en mi vida me llaman Victoria. Una es Charlie. Y la otra es…

–Lucas Ryan –digo.

Hace mucho tiempo, conocí a un chico llamado Lucas Ryan. Lloraba mucho, pero le gustaba Pokémon como a mí, así que asumo que eso nos convirtió en amigos. Una vez me contó que le gustaría vivir dentro de una burbuja gigante cuando creciera porque podría volar a cualquier parte del mundo y verlo todo, y le dije que sería una casa horrible porque las burbujas siempre están vacías por dentro. Me regaló un llavero de Batman cuando cumplí ocho, el libro *Cómo dibujar manga* cuando cumplí nueve, cartas de Pokémon cuando cumplí diez y una camiseta de un tigre cuando cumplí once.

Tuve que mirarlo dos veces porque ahora su cara tiene una forma completamente distinta. Siempre fue más bajito que yo, pero ahora me pasa por al menos una cabeza entera y, obviamente, su voz ha cambiado. Empiezo a buscar cosas que *sean* iguales a las del Lucas Ryan de once años, pero lo único que veo es su cabello apagado, sus extremidades delgadas y su expresión incómoda.

Además, descubro que él es el "tipo rubio de pantalones ajustados".

–Por Dios –repito–. Hola.

Sonríe y ríe. Recuerdo esa risa. Le sale del pecho. Una risa de pecho.

–¡Hola! –dice y sonríe aún más. Una sonrisa agradable, calmada.

Me pongo de pie dramáticamente y lo miro de pies a cabeza. Es él.

–Eres tú –digo y tengo que contenerme físicamente para no darle golpecitos en los hombros para asegurarme de que realmente está ahí y todo eso.

Ríe y entrecierra los ojos.

–¡Soy yo!

–¿Qué-có-por qué?

Empieza a verse algo nervioso. Recuerdo verlo así.

–Dejé Truham el año pasado –dice–. Sabía que estudiabas aquí, así que... –Empieza a tocarse el cuello con las manos. También solía hacer eso–. Mmm... se me ocurrió buscarte. Como no tengo amigos aquí. Entonces, mmm, sí. Hola.

Creo que para esta altura ya saben que nunca fui buena para hacer amigos, y la primaria no fue la excepción. Conseguí un solo amigo durante esos siete años mortificantes de rechazo social. Aunque, si bien la primaria no es algo que me gustaría revivir, había solo una cosa buena que me hacía seguir adelante y esa era mi amistad silenciosa con Lucas Ryan.

–Guau –interviene Becky, que no puede mantenerse alejada de un potencial chisme–. ¿Cómo se conocieron?

Ahora bien, yo soy una persona que suele sentirse bastante incómoda, pero Lucas se lleva el premio. Voltea hacia Becky y se sonroja por completo, y casi siento lástima *por* él.

–La primaria –respondo–. Éramos mejores amigos.

Las cejas de Becky se disparan hacia las nubes.

–No te *creoooo*. –Nos mira una vez más hasta que se detiene en Lucas–. Bueno, supongo que soy tu reemplazo. Soy Becky. –Señala a su alrededor–. Bienvenido a la Tierra de la Opresión.

Lucas, con la voz de un ratón, logra hablar.

–Yo soy Lucas. –Voltea hacia mí–. Deberíamos ponernos al día.

¿Así se siente el renacer de una amistad?

–Sí... –respondo. La conmoción me quita la capacidad de hablar–. Sí.

El resto de los alumnos empiezan a dar por concluida la asamblea, ya que empieza la primera hora de clase y no regresó ningún profesor.

Lucas asiente.

–Mmm, no quiero llegar tarde a mi primera clase, y todo este día va a ser bastante incómodo, pero hablamos pronto, ¿está bien? Te agrego a Facebook.

Becky me mira con absoluta incredulidad cuando Lucas se marcha y me toma con firmeza por los hombros.

–Tori acaba de hablar con un *chico*. Tori mantuvo una conversación *sola*. Creo que voy a llorar.

–Tranquila, tranquila –le doy algunas palmadas en el hombro–. Sé fuerte. Ya lo superarás.

–Estoy muy orgullosa de ti. Me siento como una mamá orgullosa. Rio.

–Soy muy capaz de mantener una conversación sola. ¿Cómo llamas a esto?

–Yo soy la única excepción. Con el resto eres tan sociable como una caja de cartón.

–A lo mejor soy una caja de cartón.

Ambas reímos.

–Es gracioso... porque es verdad –digo y rio una vez más, al menos, por fuera. Ja, ja, ja.

Tres

Lo primero que hago cuando llego a casa de la escuela es tirarme en la cama y encender la computadora. Esto pasa todos los días. Si no estoy en la escuela, te garantizo que mi laptop se encuentra dentro de un radio de dos metros de mi corazón. Mi laptop es mi alma gemela.

A lo largo de los últimos meses, empecé a darme cuenta de que soy más un blog que una persona real. No sé cuándo empezó todo este asunto de bloguear y tampoco sé cuándo ni por qué me creé una cuenta en este sitio, pero tampoco puedo recordar qué *hacía* antes y no sé qué haría si la borrara. Me arrepiento de haber empezado este blog, la verdad. Es muy vergonzoso. Pero es el único lugar donde encuentro gente como yo. Aquí hablan distinto a como lo harían en la vida real.

Si lo borro, creo que voy a estar completamente sola.

No lo hago para conseguir más seguidores ni ese tipo de cosas. No soy Evelyn. Es solo que no está socialmente aceptado decir cosas tristes en voz alta en el mundo real porque la gente cree que solo buscas llamar la atención. Lo odio. A lo que voy es que se siente bien tener la libertad de decir lo que quiera. Incluso si es solo en Internet.

Luego de esperar unos miles de años a que termine de cargar la página, me paso un buen rato en mi blog. Hay algunos mensajes anónimos tontos; algunos de mis seguidores se ponen histéricos con las cosas patéticas que subo. Después reviso mi Facebook. Dos notificaciones. Lucas y Michael me enviaron solicitud de amistad. Las acepto. Después reviso mi correo electrónico. Nada.

Y después vuelvo a entrar al blog de Solitario.

Aún tiene la foto de Kent con esa expresión impávida increíblemente graciosa, pero más allá de eso, lo único que agregaron es el tí-. tulo. Ahora dice:

Solitario: la paciencia mata.

No sé qué intentan hacer estos de Solitario, pero "La paciencia mata" suena a una imitación estúpida de una película de James Bond. Parece un sitio de apuestas.

Tomo la nota de SOLITARIO.CO.UK de mi bolsillo y la pego en el centro de la única pared vacía de mi habitación.

Pienso en todo lo que ocurrió hoy con Lucas Ryan y, por un breve instante, vuelvo a sentir algo de esperanza. No sé. No importa. No sé por qué me metí en todo esto. Ni siquiera sé por qué seguí esas notas hasta la sala de computación. Ni siquiera sé por qué hago las cosas que hago, por Dios.

Eventualmente, encuentro la voluntad para levantarme y bajo sin ganas a buscar algo para beber. Mamá está en la cocina con su computadora. Es muy parecida a mí, ahora que lo pienso. Está enamorada de Excel de Microsoft del mismo modo que yo de Google Chrome. Me pregunta cómo estuvo mi día, pero simplemente me encojo de hombros y digo que estuvo bien, porque estoy bastante segura de que no le importa mi respuesta.

Somos tan parecidas que casi no hablamos. Cuando lo hacemos, o nos cuesta mucho encontrar cosas de qué hablar o nos peleamos, así que acordamos que no tiene sentido seguir intentándolo. No me molesta mucho. Mi papá habla bastante, incluso aunque todo lo que diga es irrelevante para mi vida, y todavía tengo a Charlie.

Suena el teléfono de casa.

–Atiende, por favor –dice mamá.

Odio el teléfono. Es el peor invento de la historia del mundo porque, si no hablas, no pasa nada. No puedes quedarte escuchando y asintiendo en los momentos correctos. *Tienes* que hablar. No te queda *otra opción.*

De todos modos, atiendo, porque no soy una hija horrible.

–¿Hola? –digo.

–Tori, soy yo. –Es Becky–. ¿Por qué rayos atiendes el teléfono?

–Decidí repensar mi actitud frente a la vida y convertirme en una persona completamente diferente.

–¿Cómo dices?

–¿Por qué me llamas? Nunca me llamas.

–Amiga, esto es demasiado importante como para contártelo por mensaje.

Hay una pausa. Espero a que continúe, pero parece que espera que diga algo.

–Okey…

–Es Jack.

Ah.

Llama para hablar de su casi novio, Jack.

Lo hace bastante seguido. No me refiero a llamarme por teléfono, sino hablar sin parar sobre sus múltiples casi novios.

Mientras habla, le contesto con mis "ah" y "ajá" y "Dios mío" cada vez que es necesario. Su voz se desvanece un poco cuando empiezo a divagar y me imagino siendo ella. Una chica encantadora, alegre, divertida a la que invitan al menos a dos fiestas por semana y puede iniciar una conversación en cuestión de segundos. Me imagino yendo a una fiesta, donde la música está fuerte y todo el mundo tiene una botella en la mano; de algún modo, estoy en medio de una multitud. Estoy riendo y soy el centro de atención. Una infinidad de ojos se iluminan llenos de admiración mientras cuento otra de mis anécdotas increíblemente graciosas, a lo mejor sobre una borrachera o algún exnovio, o sobre cuando hice algo extraordinario que hace que todos se pregunten cómo hago para tener una adolescencia tan excéntrica, aventurera y despreocupada. Todos me abrazan. Todos quieren saber lo que hago. Cuando bailo, la gente baila; cuando me siento, lista para contar secretos, la gente se acomoda en un círculo a mi alrededor; cuando me voy, la fiesta se desvanece y muere, como un sueño olvidado.

–... ya sabes a lo que me refiero –dice. La verdad que no–. Hace unas semanas, Dios, debería haberte contado esto, tuvimos *sexo*.

Me quedo congelada porque me toma por sorpresa. Luego recuerdo que esto viene desde hace mucho tiempo. Es lo que hace la gente a esta edad. Conoces a alguien, tienes sexo. No tengo problema con que la gente lo haga, es más, me encanta que así sea; además, Becky quería hacerlo con Jack desde hace bastante tiempo. Y ya sé que dar tu primer beso y tener sexo no es una carrera y que hay personas que no quieren saber nada con esas cosas. Pero no puedo evitar sentir que ella es más valiente que yo. Se entrega al mundo. Consigue lo que quiere. ¿Y yo qué hago? Nada. No tengo idea de lo que quiero.

–Bueno... –No tengo literalmente nada para comentar al respecto–. ¿Me alegro por ti?

Hay una pausa.

–¿Solo eso?

–¿Estuvo... bien?

Ríe.

–Fue la primera vez de los dos, así que no, no realmente. Pero fue divertido.

–Ah, okey.

–¿Me estás juzgando?

–¿Qué? ¡No!

–Siento que sí.

–No. Lo prometo. –Intento sonar más positiva–. De verdad me alegro mucho por ti.

Parece satisfecha con mi respuesta y empieza a explicarme que Jack tiene un amigo que supuestamente sería "perfecto" para mí, mientras me quedo ahí sentada, llenándome de culpa porque soy una amiga horrible y una persona asquerosa que se pone celosa porque su mejor amiga es todo lo que quisiera ser. Confiada. Extrovertida. Feliz.

Una vez que cuelgo el teléfono, me quedo parada en la cocina. Mamá sigue escribiendo en su computadora y empiezo a sentir, una vez más, que todo este día es un sinsentido absoluto. La imagen de Michael Holden aparece en mi cabeza, seguida de la de Lucas Ryan y el blog de Solitario. Llego a la conclusión de que necesito hablar con mi hermano. Me sirvo un poco de limonada dietética y salgo de la cocina.

Mi hermano, Charles Spring, tiene quince años y está en el 11° año en Truham. En mi opinión, es la persona más buena en la historia del universo y sé que "buena" es una palabra vacía, pero eso es lo que la hace tan poderosa. Es difícil simplemente ser una "buena" persona porque hay muchas cosas que pueden interferir. Cuando era pequeño, se rehusaba a tirar cualquiera de sus posesiones porque para él eran todas especiales. Cada uno de sus libros de bebé, cada camiseta diminuta, cada juego de mesa inservible. Tenía todo apilado en torres inmensas en su habitación porque supuestamente todo tenía un significado profundo. Cuando le preguntaba por algún objeto en particular, me contaba que lo había encontrado en la playa o que había sido un regalo de la abuela o que lo había comprado en el zoológico de Londres cuando tenía seis años.

Pero cuando creció, se deshizo de muchas de esas cosas y entonces todo dejó de ser tan feliz como antes. Charlie la pasó muy mal durante los últimos meses. Tiene un trastorno alimenticio que empeoró bastante el verano pasado y ha tenido algunas recaídas por autolesión, pero estuvo algunas semanas en una guardia psiquiátrica, que sonó aterrador al principio, pero realmente lo ayudó. Ahora está en tratamiento y hace todo lo posible para sentirse mejor. Y sigue siendo el mismo niño que tiene mucho amor para dar.

En la sala no queda muy claro qué están haciendo Charlie, su novio Nick y mi otro hermano, Oliver. Tienen una gran cantidad de cajas de cartón, en serio, son como *cincuenta* apiladas por toda la sala. Oliver, que tiene siete años, parece estar dirigiendo toda la operación mientras Nick y Charlie acomodan las cajas para formar una especie de escultura del tamaño de un cobertizo. Las torres llegan hasta el techo. Oliver tiene que pararse sobre el sofá para poder supervisar toda la estructura.

Eventualmente, Charlie rodea al pequeño edificio de cartón y nota que lo estoy mirando desde la puerta.

–¡Victoria!

Parpadeo.

–¿Me molesto en preguntar?

Me mira como si supiera exactamente lo que está pasando.

–Estamos construyendo un tractor para Oliver.

Asiento.

–Claro. Sí. Es muy obvio.

Aparece Nick. Al principio, Nicholas Nelson, que está en 12° como yo, luce como uno de esos tipos tenebrosos que se sientan en la parte trasera del autobús, listo para arrojarte sándwiches. Pero en realidad, es la personificación de un cachorro de Golden Retriever y el capitán del equipo de rugby de Truham, y una persona genuinamente encantadora. No recuerdo cuándo Nick y Charlie se convirtieron en Nick-y-Charlie, pero Nick acompañó a Charlie durante los momentos más difíciles de su tratamiento psicológico, así que, en mi opinión, él definitivamente me agrada.

–Tori –asiente con mucha seriedad–. Bien. Necesitamos más mano de obra gratuita.

–Tori, ¿puedes alcanzarnos la cinta adhesiva? –grita Oliver, aunque dice "intadeiva" porque se le acaban de caer los dos dientes del frente.

Le paso la *intadeiva* y enseguida señalo las cajas.

–¿De dónde sacaron todo esto? –pregunto.

–Son de Oliver, no *mías*. –Charlie se encoge de hombros y se marcha.

Y así es cómo termino construyendo un tractor de cartón en nuestra sala.

Cuando terminamos, Charlie, Nick y yo nos sentamos en el interior para admirar nuestro trabajo. Oliver corre alrededor del tractor con un marcador y le dibuja ruedas, manchas de lodo y metralletas "en caso de que las vacas se unan al Lado Oscuro". Se siente bastante pacífico, para ser honesta. Cada una de las cajas tiene una flecha negra que apunta hacia arriba.

Charlie me cuenta sobre su día. Le encanta contarme sobre su día.

–Saunders nos preguntó cuál era nuestra banda favorita y le contesté Muse y otras *tres* personas me preguntaron si me gustaba por *Crepúsculo*. *Tres*.

Río.

–Para ser honesta, las únicas canciones de Muse que conozco son las de *Crepúsculo*.

Nick asiente.

–Yo igual. Vi la primera un montón de veces cuando era más chico.

Charlie levanta las cejas.

–No puedo creer que termine contigo por tu gusto horrible para las películas.

Nick ríe y abraza a Charlie por la cintura.

–Aw, ¿te dolió estar en segundo lugar después de Robert Pattinson?

Charlie ríe. Hay un breve silencio y me acuesto con los ojos fijos en el techo de cartón.

Les cuento sobre la broma que hicieron hoy en la escuela. Lo que me lleva a pensar en Lucas y Michael Holden.

–Me encontré con Lucas Ryan hoy –digo. No me molesta contarles este tipo de cosas a Nick y Charlie–. Se pasó a nuestra escuela

Nick y Charlie parpadean al mismo tiempo.

–Lucas Ryan... ¿Lucas Ryan de la primaria? –pregunta Charlie, frunciendo el ceño.

–¿Lucas Ryan se fue de Truham? –agrega Nick, también frunciendo el ceño–. Mierda. Me iba a ayudar a repasar para el examen de psicología.

Asiento.

–Estuvo bien verlo. Ya saben. Podemos volver a ser amigos. Supongo. Siempre me trató bien.

Ambos asienten. Lo hacen de un modo comprensivo.

–Y también conocí a un sujeto llamado Michael Holden –digo y Nick, que estaba dándole un sorbo a su té, se ahoga. Charlie sonríe de oreja a oreja y empieza a reír por lo bajo–. ¿Qué? ¿Lo conocen?

Nick se recupera lo suficiente para hablar, aunque sigue tosiendo cada palabra que pronuncia.

–El maldito Michael Holden. Mierda. *Él sí que pasará a la historia de Truham.*

Charlie baja la cabeza, pero mantiene los ojos fijos en mí.

–Ten cuidado. Siempre me pareció algo raro ese tipo, para ser honesto.

–¿Recuerdas cuando intentó convencer a todos de que hicieran un *flash mob* para la broma del 11° año? –pregunta Nick–. ¿Y terminó haciéndolo él solo sobre las mesas del comedor?

–¿Y la vez que habló sobre la injusticia de la autoridad en su discurso de delegado en 12°? –agrega Charlie–. ¡Solo porque lo habían castigado por discutir con el señor Yates durante el examen de repaso!

Eso confirma mi sospecha de que Michael Holden no es la clase de persona de quien podría ser amiga. Nunca.

Charlie mira a Nick.

–¿Es gay? Escuché que es gay.

Nick se encoge de hombros.

–Quizás solo sea un rumor.

–Sí, quizás –dice Charlie y frunce el ceño–. Creo que lo sabríamos.

Se detienen y me observan.

–Mira –dice Nick, haciendo un gesto de sinceridad hacia mí–. Lucas Ryan es un tipo agradable. Pero Michael Holden oculta algo. O sea, no me sorprendería que él estuviera detrás de esa broma.

El asunto es que no creo que Nick tenga razón. No tengo ninguna evidencia que respalde lo que creo. Ni siquiera estoy segura de por qué lo pienso. Tal vez fue su forma de hablar, como si creyera todo lo que decía. Tal vez fue lo triste que se puso cuando le mostré el blog vacío de Solitario. O a lo mejor fue otra cosa, algo que no tiene sentido, como el color de sus ojos o su peinado ridículo, o cómo logró devolverme la nota sin siquiera tocar su piel. Tal vez solo sea porque está demasiado *mal*.

Mientras pienso en esto, Oliver entra al tractor y se sienta sobre mi regazo. Le doy algunas palmadas sobre la cabeza y le regalo lo que queda de mi limonada dietética porque mamá no lo deja beberla.

—No sé —digo—. Para ser honesta, apuesto a que solo fue un estúpido con un blog.

Cuatro

Llego tarde porque mamá pensó que le dije que era a las ocho, cuando en realidad, le dije que era a las siete y media. ¿Cómo puede confundir las ocho con las siete y media?

–¿Quién cumple años hoy? –me pregunta mientras estamos en el auto.

–Nadie. Solo nos juntamos.

–¿Tienes dinero? Puedo darte algo.

–Tengo quince libras.

–¿Viene Becky?

–Sí.

–¿Y Lauren y Evelyn?

–Quizás.

Cuando hablo con mis padres, no soy tan gruñona. Por lo general, soy un poco más alegre. Soy buena para eso.

Es martes. Evelyn organizó una reunión para celebrar el "inicio del semestre" en Pizza Express. La verdad es que no quiero ir, pero creo que es importante hacer el esfuerzo. Ya saben, convenciones sociales y todo eso.

Saludo a las personas que notan mi llegada y me siento al final de la mesa. Casi muero cuando veo que Lucas también vino. Me va a costar mucho pensar en algo para decirle. Lo estuve evitando todo el día de ayer y todo el día de hoy por esa misma razón. Obviamente, Evelyn, Lauren y Becky aprovecharon la oportunidad para convertirlo en el "chico" del grupo. Tener un chico entre nosotras es el equivalente a tener una casa con piscina o una camiseta de diseño con el logo, o un Ferrari. Simplemente te vuelve más importante.

Un mozo se me acerca a toda prisa, por lo que ordeno una limonada dietética y miró a la larga mesa. Todas las personas están hablando, riendo, sonriendo y me da un poco de tristeza, como si los estuviera observando a través de una ventana sucia.

–Sí, pero la mayoría de las chicas que se pasan a Truham solo lo hacen porque quieren estar rodeadas de chicos todo el tiempo –le está diciendo Becky, sentada a mi lado, a Lucas, sentado en frente–. Me parece una razón estúpida.

–Para ser justo –dice Lucas–. Las chicas de Truham son casi como diosas.

Lucas me mira y sonríe con incomodidad. Tiene una camisa hawaiana bastante ridícula: una de esas ajustadas con el cuello abotonado hasta arriba y las mangas levemente enrolladas. No parece tan avergonzado como ayer, de hecho, se ve bastante *a la moda*. No sabía que era esa clase de tipo. Esos que usan camisas hawaianas.

–Pero eso es solo porque los chicos de escuelas para varones no están acostumbrados a tener chicas cerca –dice Evelyn, sentada junto a Lucas, sacudiendo los brazos para enfatizar su argumento–. Ya lo dije antes y lo diré otra vez. Las escuelas separadas por género son una pésima idea.

–No es la vida real –agrega Lucas, asintiendo con sinceridad–. En la vida real, todos los géneros pasan tiempo juntos.

–Igual estoy celosa de los uniformes de Truham –confiesa Lauren, suspirando–. O sea, nuestros uniformes nos hacen ver como si tuviéramos doce años.

Todos asienten y pronto cambian de tema. Yo sigo haciendo lo que mejor sé hacer. Observar.

Hay un chico sentado junto a Lauren, hablando con las chicas en la otra punta de la mesa. Se llama Ben Hope. Ben Hope es *el chico* de Higgs. Y, por *el chico* me refiero a que es el único del que todas las chicas de la escuela están enamoradas. Siempre hay uno así. Alto y delgado. Pantalones y camisas ajustadas. Por lo general, se arregla su cabello café oscuro en una especie de vórtice perfecto que puedo jurar por Dios, desafía las leyes de la gravedad. Y cuando no lo hace, tiene unos rizos que son para morirse de amor. Siempre parece sereno. Anda en patineta.

A mí, en lo personal, no me "gusta". Solo intento expresar su perfección.

Ben Hope nota que lo estoy mirando fijo. Tengo que comportarme.

Lucas me está hablando. Creo que intenta hacerme parte de la conversación, que está bien, pero no deja de resultarme irritante e innecesaria.

–Tori, ¿te *gusta* Bruno Mars?

–¿Qué?

Vacila por un momento, entonces Becky interviene.

–Tori. Bruno Mars. Vamos. Es fabuloso, ¿verdad?

–¿Qué?

–La. Canción. Que. Está. Sonando. ¿Te gusta?

Ni siquiera había notado que había música en el restaurante. Es *Grenade* de Bruno Mars.

Analizo rápidamente la canción.

–Creo que... es poco probable que alguien quiera atrapar una granada por otra persona. O saltar a las vías del tren por ella. Sería bastante contraproducente. –Luego, en voz baja, para que nadie escuche–: Si alguien quisiera hacer eso, sería por *una misma*.

Lauren golpea la mesa con la mano.

–Exacto, eso mismo dije yo.

Becky empieza a reír.

–A ti solo no te gusta porque está en el Top 40.

Evelyn interviene. Despreciar cualquier cosa popular es lo suyo.

–Música comercial –dice–, está llena de autotune y basura bailable.

Si soy completamente honesta, la verdad es que no me gusta mucho la música. Me gustan algunas canciones sueltas. Cada tanto encuentro una canción que me encanta y la escucho como veinte millones de veces hasta que la empiezo a odiar y termino arruinándola. Ahora es *Message in a Bottle* de The Police y para el domingo ya no voy a querer escucharla nunca más en mi vida. Soy una idiota.

–Si es tan basura, entonces ¿por qué es tan exitosa? –pregunta Becky.

Evelyn se pasa una mano por la cabeza.

–Porque vivimos en un mundo comercializado donde todo el mundo compra música solo porque se siente presionado a hacerlo.

Ni bien termina de decir eso, toda nuestra mesa se queda en silencio. Volteo y experimento un pequeño paro cardíaco.

Michael Holden entró al restaurante.

De inmediato, sé que vino por mí. Está sonriendo y tiene los ojos fijos sobre el final de la mesa. Todas las cabezas voltean hacia él cuando agarra una silla y se acomoda en la cabeza de la mesa entre Lucas y yo.

Todos lo miran, murmurando cosas por lo bajo, hasta que eventualmente se encogen de hombros y siguen comiendo, asumiendo que alguien lo invitó. Todos menos yo, Becky, Lucas, Lauren y Evelyn.

–Necesitaba hablar contigo –me dice, sus ojos prendidos fuego–. Necesito decirte algo urgente.

Lauren levanta la voz.

–¡Tú vas a nuestra escuela!

Michael extiende una mano hacia Lauren. No decido si es un gesto sarcástico o no.

–Michael Holden, 13° año. Un gusto conocerte...

–Lauren Romilly, 12° año –responde Lauren, desconcertada, toma su mano y la estrecha–. Ehhh... el gusto es mío.

–Sin ofender –dice Evelyn–, pero ¿qué haces aquí?

Michael la mira fijo con intensidad hasta que Evelyn entiende que tiene que presentarse.

–Soy... ¿Evelyn Foley? –dice.

Michael se encoge de hombros.

–¿Segura? No pareces muy convencida. –A Evelyn no le gusta que se burlen de ella. Michael le guiña un ojo–. Necesito hablar con Tori.

Hay un largo e insoportable silencio antes de que Becky agregue:

–Y...mmm... ¿cómo conoces a Tori?

–Nos conocimos en medio de nuestra investigación sobre Solitario.

Inclina la cabeza hacia un lado. Me mira.

–¿Estuviste *investigando*?

–Mmm, *no* –respondo.

–¿Entonces...?

–Solo seguí unas notas.

–¿Qué?

–Seguí unas notas que llevaban al blog de Solitario.

–Ah... genial...

Mientras tanto, Michel se sirve de nuestras sobras. Con la mano libre, señala ambiguamente a Becky.

–¿Tú eres Becky Allen?

Becky voltea lentamente hacia Michael.

–¿Eres clarividente?

–Solo un acechador de Facebook bastante habilidoso. Tienen suerte de que no sea un asesino serial. –Su dedo, aún flexionado, gravita hacia Lucas–. Y Lucas Ryan. Ya nos conocemos. –Sonríe tan forzadamente que parece una sonrisa condescendiente–. Debería agradecerte. Tú eres el que me llevó hasta esta chica.

Lucas asiente.

–Me gusta tu camisa –agrega Michael, sus ojos levemente vidriosos.

–Gracias –le contesta Lucas, para nada agradecido.

Empiezo a preguntarme si Lucas conoce a Michael de Truham. A juzgar por la reacción de Nick y Charlie, probablemente sí. Tal vez no quiere relacionarse con Michael Holden. Casi me hace sentir *lástima* por Michael Holden. Por *segunda vez*.

Michael mira atrás de Becky.

–¿Y tú cómo te llamas?

Por un momento, no entiendo a quién le está hablando. Luego veo a Rita. Asoma su cabeza por detrás de Becky.

–Mmm, Rita. Rita Segupta –ríe. No estoy segura de por qué se ríe, pero lo hace. Rita, probablemente, sea la única chica con la que soy civilizada, además de Becky, Lauren y Evelyn. Anda mucho con Lauren, pero suele pasar bastante desapercibida. Es la única que conozco a la que le queda bien el pelo corto.

Michael se ilumina como si fuera navidad.

–¡Rita! ¡Qué nombre *fantástico*! ¡Como *Lovely Rita*!

Para cuando entiendo la referencia a los Beatles, la conversación ya pasó a otro tema. Me sorprende haberla reconocido. Odio a los Beatles.

–Entonces, tú y Tori solo… ¿*se conocieron*? ¿Y empezaron a hablar? –pregunta Becky–. Me parece poco probable.

Es gracioso porque es verdad.

—Sí –dice Michael–. Poco probable, sí. Pero eso es lo que pasó.

Una vez más, me mira directo a los ojos, ignorando por completo a todo el grupo sin problema. No puedo articular lo incómoda que me siento. Es peor que la clase de teatro.

—No importa, Tori, hay algo que quiero decirte.

Parpadeo y me siento sobre mis manos.

Lauren, Becky, Evelyn, Lucas y Rita escuchan con atención. Michael mira a cada uno de ellos a través de sus gafas inmensas.

—Pero… mmm, no me acuerdo qué era.

Lucas lo mira con desprecio.

—¿La seguiste hasta acá para decirle algo y ahora ni siquiera te acuerdas qué era?

Esta vez, Michael nota el tono de Lucas.

—*Disculpa* por tener una memoria horrible. Siento que merezco algo de crédito por haber hecho el esfuerzo de venir hasta aquí.

—¿No podías enviarle un mensaje por Facebook?

—Facebook es para cosas triviales como qué comida pide la gente y cuántos "jaja" tuvieron por la noche que pasaron con sus "amiguis".

Lucas sacude la cabeza.

—No entiendo por qué vendrías hasta aquí para después *olvidarlo*. No lo olvidarías si fuera importante.

—Por el contrario, somos más propensos a olvidarnos las cosas más importantes.

—Entonces ¿ahora eres amigo de Tori? –interviene Becky.

Michael sigue contemplando a Lucas antes de prestarle atención a Becky.

—Qué maravillosa pregunta. –Luego me mira–. ¿Tú qué crees? ¿Somos amigos?

La verdad que no se me ocurre ninguna respuesta, porque la respuesta, en mi opinión, no es *sí*, pero tampoco es *no*.

–¿Cómo podemos ser amigos si no sabes nada sobre mí? –digo.

Se da golpecitos en la barbilla con un dedo mientas medita su respuesta.

–Veamos. Sé que te llamas Victoria Spring. Estás en el 12° año. Tu Facebook dice que naciste el cinco de abril. Eres una persona introvertida con un complejo de pesimismo. Llevas ropa bastante casual, una chaqueta y unos jeans, no te gustan las cosas muy llamativas. No te interesa arreglarte para los demás. Seguramente pediste una pizza margarita, eres bastante quisquillosa con la comida. Compartes muy pocas cosas en Facebook, no te importan las actividades sociales. Pero seguiste las notas ayer, como yo. Eres curiosa. –Se inclina hacia adelante–. Actúas como si no te importara nada y si sigues así te vas a ahogar en el abismo que creaste para ti misma.

Se detiene. Su sonrisa se desvanece, dejando solo su fantasma.

–Dios, amigo, ¡eres un *acosador*! –exclama Lauren, intentando reír, pero nadie la acompaña.

–No –dice Michael–. Solo presto atención.

–Es como si estuvieras enamorado de ella –dice Evelyn.

Michael esboza una sonrisa cómplice.

–Supongo que es un poco eso.

–Pero eres gay, ¿no? –pregunta Lauren, siempre dispuesta a decir lo que el resto está pensando–. O sea, escuché que eres gay.

–Ohhh, ¿*escuchaste* sobre mí? –Se inclina hacia adelante–. Intrigante.

–Pero ¿lo eres? –pregunta Lucas, intentando sonar casual sin éxito.

Michael sonríe.

–Supongo que se podría decir que no soy muy quisquilloso con los géneros. –Esboza una sonrisa y lo señala con un dedo–. Nunca sabes, quizás estoy enamorado de ti.

Lucas de inmediato se sonroja.

–¿Entonces eres pansexual? –pregunta Becky y Michael se encoge de hombros como si estuviera diciendo que *es un misterio*.

–Necesito ir al baño –digo, aunque no es verdad, y abandono la mesa. Llego al baño del restaurante y me quedo mirándome en el espejo mientras P!nk me dice que "levante mi copa". Me quedo ahí por bastante tiempo. Algunas ancianas me miran con desaprobación mientras entran y salen de los cubículos como patos. No sé qué estoy haciendo. Simplemente me quedo pensando en lo que dijo Michael. *Ahogarme en mi abismo*. No sé. ¿Qué importa? ¿Por qué me molesta?

Dios, ¿por qué decidí salir esta noche?

Sigo mirándome en el espejo, imaginando una voz que me recuerda que sea feliz, charlatana y feliz, como la gente normal. Mientras esa voz se repite con insistencia, empiezo a sentirme un poco más positiva sobre algunas cosas, aun cuando todo el entusiasmo residual por volverme a ver con Lucas se haya drenado por completo. Creo que es esa camisa hawaiana. Vuelvo a la mesa.

Cinco

−*Vaya que tenías ganas de orinar* −*dice Michael cuando me siento. Todavía* está aquí. Una parte de mí esperaba que no.

Pareces impresionado −digo.

−Lo estoy.

Becky, Evelyn y Lauren empiezan a hablar con otras chicas de nuestra clase que no conozco. Lucas sonríe por un breve momento. Rita ríe y sonríe, en especial a Lauren.

−Entonces, ¿no eres hetero? −pregunto.

Parpadea.

−Guau. Veo que esto es todo un tema para ustedes.

No es "todo un tema". La verdad que no me interesa para nada.

Michael suspira.

−Todas las personas son atractivas, para ser honesto, incluso aunque sea solo un rasgo pequeño, como las manos. Hay gente que tiene manos hermosas. No sé. Estoy un poco enamorado todas las personas que conozco.

−Entonces... ¿eres bisexual? −pregunto. Nick es bisexual, pero no le gustan todas las personas que conoce. Está un poco obsesionado con Charlie, para ser honesta.

Michael sonríe y se inclina hacia adelante.

—Te encantan todas esas palabras, ¿verdad? Gay, bisexual, pansexual...

—No —lo interrumpo—. La verdad que no.

—¿Entonces por qué etiquetar a la gente?

Inclino la cabeza hacia un lado.

—Porque así es la vida. Sin organización, nos sumiríamos en el caos.

Mirándome con entusiasmo, se reclina sobre su silla. No puedo creer que acabo de usar la palabra "sumiríamos".

—Bueno, si tanto te preocupa, ¿tú qué eres? —pregunta.

—¿Qué?

—¿Cuál es tu sexualidad?

—Mmm, ¿hetero?

—¿Y eso qué *significa* para ti, Tori Spring? ¿Alguna vez te gustaron muchos chicos?

La verdad que no. Nunca. Quizás sea porque espero muy poco de la mayoría de las personas.

Bajo la mirada.

—Supongo que iré con "hetero" hasta que se demuestre lo contrario. —Los ojos de Michael se iluminan de un modo amigable, pero no dice nada—. ¿En algún momento recordarás lo que viniste a decirme?

Se arregla su cabello perfectamente peinado.

—Tal vez mañana. Ya veremos.

Al poco tiempo, todos empiezan a irse. Sin darme cuenta, gasté dieciséis libras, por lo que Lucas insiste en prestarme esa libra extra, lo que me parece un gesto agradable. Una vez fuera del restaurante, empieza a hablar entusiasmado con Evelyn. La mayoría irá a la casa de

Lauren a dormir o lo que sea. Seguro se van a poner ebrios y ese tipo de cosas, aunque sea martes. Becky me explica que no me invitó porque sabía que definitivamente no querría ir (es gracioso porque es verdad) y Ben Hope escucha y me mira con un poco de lástima. Becky le devuelve la sonrisa, momentáneamente unidos en sentir lástima por mí. Decido volver caminando a casa. Michael decide acompañarme y no sé cómo evitarlo, así que supongo que así será.

Avanzamos en silencio por la calle. Tiene una estética victoriana con ladrillos a la vista y un camino adoquinado que parece el fondo de una trinchera. Un hombre de traje pasa caminando a toda prisa junto a nosotros, mientras habla por teléfono y pregunta: "¿Ya sientes algo?".

Le pregunto a Michael por qué me está acompañando a mi casa.

–Porque vivo en esta dirección. El mundo no gira a tu alrededor, Victoria Spring. –Está siendo sarcástico, pero aun así me siento un poco ofendida.

–*Victoria*. –Siento un escalofrío por todo el cuerpo.

–¿Eh?

–Por favor, no me llames *Victoria*.

–¿Por qué?

–Me recuerda a la Reina Victoria. La que vistió de negro toda su vida porque su esposo había muerto. Y "Victoria Spring" suena a una marca de agua mineral.

El viento empieza a soplar con fuerza.

–A mí tampoco me gusta mi nombre –confiesa.

De inmediato pienso en todas las personas que no me gustan con el nombre Michael. Michael Bublé, Michael McIntyre, Michael Jackson.

–Michael significa "El que se parece a Dios" –comenta–, y creo que, si Dios pudiera elegir parecerse a algún ser humano…

Se detiene, justo en medio de la calle y me mira, tan solo me mira a través de sus gafas, con sus ojos azul y verde, desde las profundidades de su mente, desangrando un millón de pensamientos incomprensibles.

–… no me elegiría a mí.

Seguimos caminando.

Imagina si me hubieran puesto uno de esos nombres bíblicos, como Abigail o Caridad, o, no sé, *Eva*, por Dios. No soy muy creyente y probablemente por eso me iré al infierno, si es que existe, aunque, seamos honestas, probablemente no. No me molesta mucho lo que pase en el infierno porque no puede ser peor que lo que pasa aquí.

Es en este momento que noto que me estoy congelando. Me había olvidado de que estamos a mitad del invierno y llueve, y lo único que llevo es una camisa, una chaqueta y unos vaqueros delgados. Me arrepiento de no haber llamado a mamá, pero odio molestarla porque siempre que le pido algo suspira y dice "No, no, está bien, no me molesta", pero es demasiado obvio que definitivamente no lo soporta.

El silencio y el aroma a comida india sube lentamente por la calle, hasta que doblamos a la derecha en la avenida principal donde están las casas de tres pisos. Mi casa es una de esas.

Freno en la puerta. Está más oscura que el resto porque el farol de la calle no funciona.

–Aquí vivo –digo y empiezo a marcharme.

–Espera, espera, espera –dice. Volteo–. ¿Puedo preguntarte algo?

No puedo evitar hacer un comentario sarcástico.

–Acabas de hacerlo, pero, por favor, continúa.

–¿De verdad no vamos a ser amigos?

Parece una niña de ocho años que quiere recuperar a su mejor amigo luego de que él haya criticado sus zapatos nuevos y faltó a su fiesta de cumpleaños.

Él también solo lleva una camiseta y un par de jeans.

–¿Cómo es que no te estás congelando? –le pregunto.

–Por favor, Tori. ¿Por qué no quieres ser mi amiga? –Michael suena desesperado.

–¿Por qué tú querrías ser mi amigo? –Sacudo la cabeza–. No estamos en el mismo año. No nos parecemos en nada. Literalmente no entiendo qué te interesa tanto de... –Me detengo, porque estaba a punto de decir "mí", pero en la mitad del comentario me di cuenta de que era un comentario bastante horrible.

–Creo que... yo tampoco... lo entiendo –dice bajando la mirada.

Me quedo ahí parada, mirándolo.

–¿Estás drogado? –le pregunto.

Sacude la cabeza y ríe.

–Ya me acordé lo que quería decirte, sabes –dice.

–Ah, ¿sí?

–En realidad, nunca lo olvidé. Es solo que no quería que todos lo escucharan porque no es asunto suyo.

–Y entonces, ¿por qué me fuiste a buscar a un restaurante lleno dc gente? ¿Por qué no me lo decias en la escuela?

Por un segundo, luce genuinamente ofendido.

–¿No crees que lo *intenté*? –dice riendo–. ¡Eres un fantasma! –Me toma toda mi fuerza de voluntad no voltear y marcharme–. Solo quería decirte que ya te he visto antes.

Dios. Ya me dijo eso.

–Me lo dijiste ayer...

–No, no en Higgs. Cuando pasaste por Truham. El año pasado. Yo te mostré la escuela.

La revelación florece. Lo recuerdo con claridad. Michael Holden me mostró Truham con mucha dedicación cuando estaba decidiendo si ir ahí para el bachillerato. Me preguntó qué materias quería hacer y si me gustaba mucho Higgs, si tenía algún hobby y si me gustaban los deportes. De hecho, todo lo que dijo no fue para nada especial.

–Pero... –Es imposible–. Pero eras tan... *normal*.

Se encoge de hombros y sonríe, mientras algunas gotas de lluvia caen sobre su rostro y lo hacen ver como si estuviera llorando.

–Hay un momento y un lugar para ser normal. Para la mayoría, la normalidad es su modo predeterminado. Pero para otros, como tú y yo, la normalidad es algo que tenemos que forzar, como vestirse elegante para una gala.

¿Qué? ¿Ahora dice cosas profundas?

–¿Por qué necesitabas decirme esto? ¿Por qué me perseguiste? ¿Por qué es tan importante?

Se encoge de hombros.

–No lo es, supongo. Pero quería que lo supieras. Y cuando me propongo algo, por lo general, lo cumplo.

Me lo quedo mirando. Nick y Charlie tenían razón. Es la persona más extraña que jamás conocí.

Levanta la mirada y me saluda con sutileza.

–Nos vemos pronto, Tori Spring.

Y se marcha. Me quedo parada en la oscuridad bajo la lluvia con mi chaqueta negra, preguntándome si siento algo, y llego a la conclusión de que todo es muy gracioso porque es muy verdad.

Seis

Entro a mi casa, cruzo el comedor y saludo a mi familia. *Todavía están* cenando, como de costumbre. Bueno, todos menos Oliver. Como la cena en nuestra casa suele ser un asunto de dos o tres horas, Oliver tiene permitido levantarse de la mesa apenas termina de comer, así que ahora está jugando *Mario Kart* en la sala. Decido acompañarlo. Si pudiera cambiar de cuerpo con alguien por un día, elegiría a Oliver.

—¡Toriiii! —Gira sobre el futón apenas entro y estira los brazos hacia mí como un zombie que se acaba de levantar de su tumba. Al parecer, se derramó yogurt sobre todo su uniforme. Y tiene pintura en la cara—. ¡No puedo ganar la Senda Arcoíris! ¡Ayúdame!

Suspiro, me siento a su lado y tomo el otro mando de la Wii.

—Esta pista es imposible, hermanito.

—¡No! —chilla—. Nada es imposible. Creo que el juego está haciendo trampa.

—El juego no puede hacer trampa.

—Sí. Está haciendo trampa a propósito.

—No está haciendo trampa, Ollie.

—*Charlie* sí puede ganar. Pero no quiere jugar conmigo.

Suelto un largo suspiro exagerado y me levanto del futón.

—¿Estás insinuando que Charlie es *mejor* que *yo* en *Mario Kart?* —Empiezo a mover la cabeza de lado a lado—. No. Na-ah. Yo soy la Emperatriz de *Mario Kart*.

Oliver ríe, su cabello esponjoso rebota sobre su cabeza. Me recuesto sobre el futón, lo levanto y lo apoyo sobre mis piernas.

—Muy bien —digo—. A ganar la Senda Arcoíris.

No noto cuánto tiempo jugamos, pero debió ser bastante porque, cuando llega mamá, parece muy molesta. Y eso es extremo para ella. Es una persona que casi no muestra sus emociones.

—Tori —dice mamá—. Oliver tendría que estar durmiendo desde hace una hora.

Oliver no parece escucharla. Aparto la vista de la pantalla.

—No es mi problema —le digo a mamá y me mira sin emoción.

—Oliver, hora de dormir —dice, sin quitarme los ojos de encima.

Oliver quita el juego y se marcha trotando luego de chocar los cinco conmigo en el camino. Incluso cuando sale, mamá no deja de mirarme.

—¿Hay algo que quieras decirme? —le pregunto. Al parecer, no. Voltea y se marcha. Me quedo jugando una vuelta rápida del Circuito de Luigi antes de regresar a mi propia habitación. No creo agradarle mucho a mi mamá. No importa, porque a mí tampoco me gusta ella.

Enciendo la radio y me quedo blogueando hasta la madrugada. La radio pasa esa mierda de dubstep, pero está tan baja que no me molesta tanto. Nada me va a hacer levantarme de la cama, a menos que sea para bajar mínimo cinco veces a servirme más limonada dietética. Reviso el blog de Solitario, pero no hay nada nuevo. Así que me paso una eternidad viendo mis blogs favoritos, reblogueando capturas fuera de contexto de *Donnie Darko*, *Submarine* y *Los Simpsons*. Escribo unas cosas quejosas sobre no sé qué y casi cambio mi foto de perfil, pero no encuentro ninguna donde me vea normal, así que empiezo a modificar el código de mi blog para ver si puedo quitar los espacios entre cada publicación. Reviso el Facebook de Michael, pero parece usarlo menos que yo. Me veo un capítulo de *QI*, pero ya no me resulta interesante ni divertido, así que en su lugar pongo *Pequeña Miss Sunshine*, que no la terminé ayer. Nunca puedo terminar una película el mismo día que la empiezo porque no tolero la idea de que la película termine.

Al cabo de un rato, hago a un lado mi laptop y me acuesto. Pienso en todas las personas que estaban en el restaurante y que probablemente ahora están ebrias, besuqueándose en el sofá de los padres de Lauren. En algún momento, me quedo dormida, pero empiezo a escuchar unos crujidos extraños afuera y mi cerebro decide que definitivamente hay una especie de gigante y/o demonio deambulando por la calle, así que me levanto y me acerco a la ventana para asegurarme de que lo que sea que esté causando ese ruido no entre a mi casa.

Cuando vuelvo a la cama, todo lo que una persona podría pensar en un día decide aparecerse en mi cabeza sin anticipación y una pequeña tormenta eléctrica se desata en mi cerebro. Pienso en Solitario y luego en Michael Holden y por qué dijo que deberíamos ser amigos y cómo era él cuando iba a Truham. Luego recuerdo a Lucas y lo incómodo que estaba y me pregunto por qué hizo todo ese esfuerzo para encontrarme. Entonces su camisa hawaiana aparece en mi cabeza y me siento muy irritada porque detesto la idea de que se haya convertido en uno de eso tipos que quiere tener una banda *indie*. Entonces abro los ojos y deambulo por Internet para despejar la mente y, una vez que me siento relativamente bien, me quedo dormida con la página principal de mi blog calentándome el rostro y el sonido de mi laptop calmándome la mente como grillos en un campamento.

Siete

No esperábamos nada más de Solitario. Creímos que solo había sido cosa de una broma y ese había sido su fin.

Pero no podíamos estar más equivocados.

El miércoles, todos los relojes mágicamente desaparecieron de la escuela y fueron reemplazados por trozos de papel con la leyenda *"Tempus Fugit"*. Fue divertido al principio, pero luego de algunas horas en medio de una clase donde no puedes revisar tu teléfono y no tienes manera de saber qué hora es, bueno, casi me hace querer arrancarle los ojos al que lo haya hecho.

Ese mismo día, también hubo una revuelta en la asamblea cuando los altavoces empezaron a reproducir *SexyBack* de Justin Timberlake, la canción más aceptada en la discoteca de Higgs-Truham del 8° año, mientras Kent subía al escenario y la palabra "SWAG" aparecía proyectada detrás de él.

El jueves, encontramos dos gatos sueltos en la escuela. Aparentemente, los conserjes lograron atraparon a uno, pero el otro, una cosa naranja y hambrienta de ojos saltones, logró evadirlos durante todo el día, entrando y saliendo a toda prisa de las aulas y corriendo por todos los corredores. Me gustan un poco los gatos y a este lo vi por primera vez durante el almuerzo en la cafetería. Me sentí casi como si hubiera hecho un nuevo amigo por su forma de saltar de silla en silla hasta quedarse quieto con nuestro grupo, como si quisiera participar de los chismes y compartirnos su opinión sobre las peleas de las celebridades por Twitter y el clima político actual. Hice una nota mental de que probablemente debería empezar a adoptar gatos, dado que al parecer es probable que sean mi única compañía dentro de diez años.

–Mi futura mascota *definitivamente* será un gato –dice Becky.

Lauren asiente.

–Los gatos son el animal nacional de Gran Bretaña.

–Mi novio tiene un gato llamado Steve –dice Evelyn–. ¿No es un nombre excelente para un gato? *Steve.*

Becky pone los ojos en blanco.

–Evelyn. Amiga. ¿Cuándo nos vas a decir quién es tu novio?

Pero Evelyn simplemente sonríe y aparenta estar avergonzada.

Miro al gato a sus ojos oscuros. Nos miramos con profundidad.

–¿Recuerdan cuando grabaron a una señora tirando a un gato en uno de esos botes de basura y lo pasaron por todos lados?

Cada una de las bromas hasta ahora fue fotografiada y exhibida en el blog de Solitario.

No importa.

Hoy es viernes. A la gente empieza a parecerle cada vez menos divertido que "Material Girl" de Madonna se repita una y otra vez durante toda la mañana por los altavoces. Solía estar un poco obsesionada con esta canción y siento que estoy a nada de tirarme por la ventana, y recién son las diez y cuarenta y cinco de la mañana. No sé cómo hará Solitario para continuar con todo esto mientras Zelda y sus delegados patrullan la escuela desde el miércoles tras el desastre de los relojes.

Estoy sentada jugando al ajedrez en mi móvil durante una hora libre, escuchando una canción de Radiohead a todo volumen en mi iPod para tapar esa otra música vomitiva. En la sala solo hay unas pocas personas dispersas, la mayoría son estudiantes del último año de bachillerato que están repasando para los recuperatorios de enero. La señorita Strasser supervisa el lugar porque, durante las horas de clase, la sala está reservada para gente que necesita repasar y es obligatorio mantener el silencio. Por eso me gusta venir aquí. Menos hoy. Strasser colgó una chaqueta sobre el altavoz, pero no hace mucho.

En un rincón, Becky y Ben están sentados juntos. No hacen nada, solo sonríen. Becky sigue acomodándose el cabello detrás de sus orejas. Ben la sujeta de una de sus manos y empieza a dibujar sobre ella. Aparto la vista. Hasta luego, Jack.

Alguien me toca el hombro y tengo un mini espasmo. Me quito los auriculares y volteo.

Lucas está parado frente a mí. Cada vez que nos cruzamos por el corredor esta semana, me esbozó una de esas sonrisas incómodas y raras. No importa, ahora tiene la mochila colgada sobre un hombro y una montaña de libros sobre su brazo.

–Hola –dice, apenas más fuerte que un susurro.

–Hola –respondo. Hago una pequeña pausa y luego agrego–: Eh, ¿quieres sentarte aquí?

La vergüenza se apodera de su cara, pero me contesta enseguida.

–Sí, gracias. –Toma una silla junto a la mía, apoya su mochila y los libros sobre la mesa y se sienta.

Yo aún tengo mi teléfono en la mano, pero lo miro fijo a él.

Mete la mano en su mochila y saca una lata de Sprite. La apoya frente a mí, como un gato que le lleva un ratón medio muerto a su dueño.

–Pasé por la tienda durante el recreo –dice, sin mirarme a los ojos–. ¿La limonada sigue siendo tu favorita?

–Mmm... –Miro la lata de Sprite, sin saber qué hacer. No digo que la Sprite no sea limonada real ni dietética–. Mmm, sí, así es. Gracias, muy... mmm, amable de tu parte.

Lucas asiente y voltea. Abro la Sprite, bebo un sorbo, me vuelvo a poner mis auriculares y retomo mi partida de ajedrez. Luego de solo tres movimientos, me tengo que quitar los auriculares una vez más.

–¿Estás jugando al ajedrez? –pregunta. Odio que me hagan preguntas innecesarias.

–Mmm, sí.

–¿Recuerdas el club de ajedrez?

Lucas y yo éramos miembros del club de ajedrez en la primaria. Jugábamos todo el tiempo y nunca pude vencerlo. Yo siempre hacía un berrinche cada vez que perdía. Dios, era tan estúpida.

–No –respondo. Miento mucho por ninguna razón–. No me acuerdo. –Se detiene y, por un momento, creo que sabe que estoy mintiendo, pero está muy avergonzado como para remarcármelo–. Tienes muchos libros –digo. Como si no lo supiera.

Asiente, sonriendo incómodamente.

–Me gusta leer. Recién vuelvo de la biblioteca.

Reconozco todos los libros, pero obviamente no leí ninguno. *La tierra baldía* de T. S. Eliot, *Tess la de los d'Urbervilles* de Thomas Hardy, *El viejo y el mar* de Hemingway, *El gran Gatsby* de Scott Fitzgerald, *Hijos y amantes* de D. H. Lawrence, *El coleccionista* de John Fowles y *Emma* de Jane Austen.

–¿Qué estás leyendo ahora? –le pregunto. Los libros al menos son un buen tema de conversación.

–*El gran Gatsby* –responde–. F. Scott Fitzgerald.

–¿Sobre qué trata?

–Sobre... –Se detiene a pensar–. Es sobre alguien que está enamorado de un sueño.

Asiento como si entendiera a lo que se refiere. Pero no es el caso. No sé nada de literatura, más allá de tener que estudiarla para la escuela.

Levanto *Emma*.

—¿Esto significa que de verdad te gusta Jane Austen? —Todavía estamos estudiando *Orgullo y prejuicio* en clase. Es desgarrador y no en el buen sentido. No lo lean.

Inclina la cabeza, como si fuera una pregunta muy seria.

—Pareces sorprendida.

—Lo estoy. *Orgullo y prejuicio* es espantoso. Apenas pude terminar el primer capítulo.

—¿Por qué?

—Es literalmente el equivalente a una comedia romántica mal actuada.

Alguien se levanta e intenta pasar cerca de nosotros, así que ambos tenemos que acercarnos un poco más a la mesa.

Lucas me mira detenidamente. No me gusta.

—Te ves diferente —dice, sacudiendo la cabeza, mientras me mira con los ojos entrecerrados.

—Puede que sea porque crecí un poco desde que tenía once años.

—No, es... —se detiene. Bajo el teléfono.

—¿Qué? ¿Qué es?

—Eres más seria.

No recuerdo no serlo. Por lo que me concierne, nací escupiendo cinismo y deseando que llueva.

No sé muy bien qué responderle.

—Bueno, supongo que no soy precisamente una comediante.

—No, pero siempre solías inventar todos esos juegos, como las batallas Pokémon. O la base secreta en un rincón del patio de juegos.

—¿Quieres tener una batalla Pokémon? —Me cruzo de brazos—. ¿O no soy tan imaginativa para eso?

–*No*. –Está cavándose su propia tumba y la verdad que es bastante divertido–. Yo… ah, no sé.

Levanto las cejas.

–Mejor abandonalo mientras puedas. Soy aburrida ahora. Una causa perdida.

De inmediato, deseo haber cerrado la boca. Siempre hago esto de decir cosas horribles sobre mí misma y poner incómodo al resto, en especial cuando es verdad. Empiezo a desear nunca haberle ofrecido que se sentara conmigo. Enseguida, retoma lo suyo.

Material Girl sigue sonando sin parar. Aparentemente, los conserjes están intentando solucionarlo, pero, por el momento, la única solución parece ser cortar toda la electricidad de la escuela, lo que, según Kent, sería "rendirse". Tiene esa actitud de la Segunda Guerra Mundial, el viejo Kent. Miro rápidamente hacia la ventana detrás de las computadoras. Ya sé que debería estar haciendo tarea, pero la realidad es que prefiero jugar al ajedrez y admirar el día gris afuera. Ese es mi mayor problema con la escuela. No hago nada a menos que tenga ganas. Y la mayor parte del tiempo no tengo ganas de nada.

–Tuviste una muy buena primera semana –digo, aún concentrada en el cielo.

–La mejor de toda mi vida –dice. Me parece una exageración, pero cada uno con lo suyo.

Lucas es tan inocente. Raro e inocente. De hecho, es tan raro que hasta parece que lo estuviera fingiendo. Ya sé que probablemente no sea el caso, pero es como se ve. A lo que voy es que ser raro está bastante de moda ahora. Es frustrante. Yo ya experimenté mi cuota de rareza y, la verdad que ser raro *no* es lindo, ser raro *no* te hace más atractivo, y ser raro *definitivamente* no debería ser una moda. Solo te hace ver como un idiota.

–¿Por qué dejamos de ser amigos? –me pregunta, sin mirarme.

Hago una pausa.

–La gente crece y sigue adelante. Así es la vida.

Me arrepiento de decir eso, por más real que sea. Veo una suerte de tristeza en sus ojos, pero rápidamente desaparece.

–Bueno –dice, volteando hacia mí–, aún no crecimos.

Toma su teléfono y empieza a leer algo. Su expresión queda consumida por algo confuso. La campana que anuncia el final del recreo, de algún modo, logra sonar más fuerte que la música. Enseguida, guarda su teléfono y empieza a juntar sus cosas.

–¿Tienes clases? –le pregunto antes de entender que es una de esas preguntas sin sentido que detesto.

–Historia. Te veo más tarde.

Da algunos pasos y voltea como si tuviera algo más para decir. Pero solo se queda ahí parado. Le esbozo una sonrisa extraña y él me devuelve el gesto, y se marcha. Lo veo juntarse con un chico con un copete bastante grande en la puerta y empiezan a charlar mientras salen de la sala.

Por fin en paz, vuelvo a mi música. Me sigo preguntando dónde podría estar Michael Holden. No lo veo desde el martes. No tengo su número ni nada. Aunque, si lo tuviera, tampoco le escribiría. Yo no le escribo a nadie.

No hago mucho la siguiente hora. A decir verdad, ni siquiera sé si tengo clases o no, pero no encuentro por ningún lado la voluntad para moverme. Me pregunto una vez más quién podría ser Solitario, pero concluyo, por enésima vez, que no me importa. Activo la alarma para que me recuerde acompañar a Charlie a su tratamiento esta noche porque Nick está ocupado, y me quedo sentada con la cabeza apoyada sobre un brazo, algo dormida.

Me despierto justo antes de que suene la campana una vez más. Juro por Dios que soy rara. Lo digo en serio. Un día me voy a olvidar cómo despertar.

Ocho

Estoy recostada sobre los escritorios de las computadoras en la sala de estudiantes a las ocho y veintiuno de la mañana del lunes con Becky que no deja de desvariar sobre lo lindo que estaba Ben Hope en la casa de Lauren (ya pasaron seis días de eso, por Dios) cuando alguien grita a todo volumen desde la puerta.

–¡¿ALGUIEN VIO A TORI SPRING?!

Me despierto de la muerte.

–Oh, Dios.

Becky anuncia mi ubicación desde el otro lado y, antes de poder esconderme debajo del escritorio, la delegada Zelda Okoro se detiene frente a mí. Me aplasto el cabello con la esperanza de que eso me haga invisible. Zelda es una excelente delegada y una persona genuinamente agradable y divertida, pero nunca quise participar en sus proyectos porque requieren mucho esfuerzo y entusiasmo, dos cosas que no me sobran.

–Tori, te designo para la Operación Discreción.

Me toman varios segundos registrar esta nueva información.

–No, claro que no –digo–. No, *no*.

–Sí, no es tu decisión. El cuerpo directivo ya votó quién quiere que represente tu año.

–¿Qué? –Me desplomo sobre el escritorio–. ¿Para qué?

Zelda se lleva ambas manos a la cintura e inclina la cabeza hacia un lado.

–Estamos en crisis, Tori –empieza a hablar demasiado rápido y con oraciones muy cortas. No me gusta–. Higgs está en crisis. Un equipo de ocho delegados no es suficiente para afrontarla. Queremos reunir un equipo de quince. La Operación Discreción ya está en marcha. Mañana. 0700 horas.

–Disculpa, *¿qué* acabas de decir?

–Llegamos a la conclusión de que la mayoría de los sabotajes ocurren durante las primeras horas de la mañana. Así que nos reuniremos mañana por la mañana. A las 0700. Más vale que vengas.

–Te odio –digo.

–No es mi culpa –dice–. Échale la culpa a Solitario. –Se marcha.

Becky, Evelyn, Lauren y Rita están a mi alrededor. Lucas también. Creo que ya es parte de nuestro grupo.

–Bueno, está claro que los profesores te quieren –dice Becky–. Lo próximo es que te conviertas en delegada.

Le lanzo una mirada fulminante.

–Sí, pero si fueras delegada, podrías saltarte la cola para el almuerzo –agrega Lauren–. Comida rápida, amiga. Y podrías enviar a la sala de detención a todos esos niños de primaria cuando están demasiado animados.

–¿Qué hiciste para agradarle a los profesores? –pregunta Becky–. No haces mucho precisamente.

Me encojo de hombros. Tiene razón. No hago casi nada.

Más tarde en el día, me cruzo con Michael en el corredor. Bueno, "cruzarme", lo que pasa en realidad es que grita "TORI" tan fuerte que se me caen mis notas de Literatura. Suelta una risa ensordecedora, mientras sus ojos se cierran con fuerza detrás de sus gafas, pero se detiene y se queda parado inmóvil en medio del corredor, provocando que otros estudiantes más pequeños se choquen con él. Lo miro, levanto mis cosas y sigo caminando.

Estoy en la clase de Literatura. Leyendo *Orgullo y prejuicio*. Ahora que llegué al capítulo seis, decidí que odio este libro con toda mi alma. Es aburrido, cliché y siento una necesidad urgente de prenderlo fuego. Las mujeres solo se preocupan por los hombres y los hombres no parecen preocuparse por nada. Salvo Darcy, quizás. Él no está mal. Lucas es la única persona que conozco que lo está leyendo bien, con tranquilidad y serenidad, aunque de vez en cuando revisa su teléfono. Aprovecho para mirar algunos blogs por debajo del escritorio, pero no encuentro nada interesante.

Becky está sentada a mi lado, hablando con Ben Hope. Desafortunadamente, no puedo evitarlos sin cambiarme de asiento o irme de la clase, o morirme. Están jugando a ese juego de los cuadraditos en la agenda de Ben. Becky sigue perdiendo.

–¡Estás haciendo *trampa*! –exclama e intenta quitarle el bolígrafo. Ben ríe de un modo atractivo. Empiezan a forcejear por el bolígrafo, mientras yo intento no vomitar o tirarme abajo de la mesa para ocultarme de esta vergüenza ajena.

En la sala de estudiantes durante el almuerzo, Becky le cuenta a Evelyn todo sobre Ben. En algún momento, interrumpo su conversación.

–¿Qué pasó con Jack? –pregunto.

Me mira por un largo rato.

–¿Ahora te interesa?

Estoy confundida.

–Mmm… ¿sí?

—No parecías interesada cuando te llamé el otro día. Pensé que te había molestado.

Hay una pausa. No sé qué decir. No me había molestado cuando me llamó, solo me recordó inadvertidamente que me odio a mí misma, como tantas otras cosas que detesto.

Es más, creí que yo la estaba molestando a *ella*. Porque soné como si no me importara.

—No funcionó. Terminamos unos días después de eso —concluye, sin expresión alguna, y retoma su conversación con Evelyn.

Nueve

Papá me lleva a la escuela a las seis y cincuenta y cinco el día siguiente. Estoy en trance en el auto, hasta que me habla.

–Quizás te den un reconocimiento si lo atrapas *in fraganti*.

No sé qué reconocimiento podrían darme, pero no creo ser la persona indicada para recibir uno.

Zelda, sus delegados, los ayudantes nominados e, incluso, el viejo Kent están en la puerta de la escuela y, de inmediato, noto que soy la única que lleva su uniforme escolar. Es prácticamente de noche afuera. La calefacción todavía no hizo de las suyas y me felicito por haberme puesto dos pares de calcetines esta mañana.

Zelda, que lleva unas mallas deportivas y calzado deportivo junto con una sudadera inmensa de Superdry, toma la iniciativa.

–Muy bien, equipo. Hoy lo atraparemos, ¿entendido? Elijan una zona de la escuela. Patrullen y llámenme si encuentran algo. No pasa nada desde el viernes, así que hay probabilidades de que no venga hoy. Pero haremos esto hasta estar seguros de que la escuela está a salvo, atrapemos a alguien o no. Nos reencontramos en la puerta a las ocho.

¿Por qué rayos vine?

Los delegados comienzan a hablar entre sí y Zelda habla con cada persona por separado antes de enviarlos hacia las profundidades oscuras y frías de la escuela.

Cuando es mi turno, me entrega un trozo de papel.

—Tori, tú patrullarás las salas de computación. Aquí tienes mi número.

Asiento y me marcho.

—Ey, ¿Tori?

—¿Sí?

—Te ves un poco... —no termina la oración.

Son las siete de la mañana. Puede irse al demonio.

Me voy y arrojo el papel en el primer bote de basura que encuentro. Me detengo de inmediato cuando encuentro a Kent, ominoso, junto al hall de entrada.

—¿Por qué yo? —le pregunto, pero simplemente levanta una ceja y sonríe, así que pongo los ojos en blanco y sigo caminando.

Deambular por la escuela a estas horas es bastante peculiar. Todo está tan tranquilo. Sereno. Sin aire. Es como caminar por un cuadro congelado.

El sector de informática se encuentra en el bloque C, en el primer piso. Hay seis salas de computación: C11, C12, C13, C14, C15 y C16. Enseguida noto que no se escucha el zumbido habitual de esta área. Las computadoras están todas apagadas. Abro C11, enciendo las luces y repito lo mismo con la C12, C13 y C14, antes de rendirme y sentarme en una de las sillas giratorias de C14. ¿Quién se cree Kent metiéndome en esto? Como si estuviera dispuesta a "patrullar" la escuela. Me impulso con el suelo y giro. El mundo es un huracán a mi alrededor.

No sé por cuánto tiempo hago esto, pero, cuando me detengo para ver la hora, el reloj se mueve de un lado a otro frente a mis ojos. Una vez que se estabiliza, veo que son las siete y dieciséis. Me pregunto por decimosexta vez qué hago aquí.

Es en este momento que escucho a lo lejos el sonido de inicio de Windows.

Me levanto de la silla y me asomo al corredor. Miro hacia un lado. Luego hacia el otro. El corredor se disuelve en la oscuridad en ambas direcciones, pero noto un resplandor azul que brota de la puerta abierta de C13. Me acerco y entro.

La pizarra interactiva está encendida, mientras el proyector ronronea felizmente y puedo ver el escritorio de Windows. Me quedo parada frente a la pizarra sin quitarle los ojos de encima. El fondo de pantalla es un campo verde con un cielo azul. Cuanto más la miro, más parece extenderse hasta que el mundo falso pixelado invade por completo al mío. La computadora conectada a la pantalla emite un zumbido constante.

De repente, la puerta de la sala se cierra y de pronto me siento en un capítulo de *Scooby-Doo*. Me acerco corriendo a ella y sujeto el picaporte, pero está cerrada con llave y, por un segundo, simplemente me quedo mirando mi reflejo en la ventana.

Alguien me acaba de encerrar en una sala de computación, por el amor de Dios.

Al dar un paso hacia atrás, veo en el reflejo de la ventana que la pizarra cambió. Volteo. El campo verde desapareció y ahora hay una página en blanco de Word donde parpadea el cursor. Golpeo el teclado de la computadora y muevo el mouse sobre la mesa. Nada.

Comienzo a sudar. Mi cerebro se niega a aceptar esta situación. Se me ocurren dos escenarios.

Uno: es una broma enferma de alguien que conozco.

Dos: Solitario.

Y entonces alguien empieza a escribir en la página en blanco.

Atención Equipo:

Por favor, absténganse de entrar en estado de pánico o alarma.

Pausa.

¿Qué?

SOLITARIO es una organización amigable de seguridad dedicada a asistir a la población adolescente, tratando las causas más comunes de ansiedad. Estamos de su lado. No deberían tener miedo de ninguna acción que hagamos o nos neguemos a realizar.

Esperamos que apoyen las futuras acciones de SOLITARIO y sientan que la escuela no tiene por qué ser un lugar de solemnidad, estrés y aislamiento.

Alguien definitivamente está intentando asustar a los delegados. Pero como yo no soy delegada, elijo no asustarme. De hecho, no sé cómo sentirme al respecto, pero definitivamente no asustada.

Les compartimos un video para iluminar su mañana.

SOLITARIO

La paciencia mata.

La ventana de Word se mantiene por varios segundos al frente hasta que se abre el reproductor de Windows por delante. El cursor avanza hacia el botón de reproducir y el video comienza.

El material se ve algo borroso, pero es posible distinguir dos figuras sobre un escenario. Una de ellas toca el piano y la otra el violín. La violinista sube el instrumento hacia su barbilla, levanta su arco y ambos empiezan a tocar.

Cuando apenas pasan ocho compases y la cámara hace zoom, noto que ninguno de los dos debe tener más de ocho años.

No reconozco la canción, pero no importa. A veces escucho una canción y no puedo hacer nada más que quedarme sentada. A veces incluso, por la mañana, empieza a sonar una canción por la radio y me parece tan hermosa que lo único que quiero es quedarme tirada ahí hasta que termine. A veces, cuando veo una película, y no es ni siquiera una escena triste, pero la música sí, no puedo evitar llorar.

Esta es una de esas veces.

Al cabo de un rato, el video termina y me quedo parada en el lugar.

Supongo que los de Solitario se creen muy intelectuales y profundos obligándonos a mirar un video y escribiendo con tanta elocuencia, como los que se creen divertidísimos por decir "empero" en un ensayo escolar. Una parte de mí quiere reírse y otra quiere pegarles un tiro.

Nada cambia. Sigo atrapada en la C13 y quiero gritar, pero no lo hago. No sé qué hacer. No sé qué hacer.

Tiré el número de Zelda a la basura como la idiota que soy y no conozco a nadie aquí.

No puedo llamar a Becky. No vendría. Papá está trabajando. Mamá está en pijama. Charlie no llega a la escuela hasta dentro de cuarenta y cinco minutos.

Solo hay una persona que puede ayudarme.

La única persona que me creerá.

Tomo el móvil del bolsillo de mi chaqueta.

–¿Hola?

–Antes de que digas algo, tengo una pregunta.

–¿Tori? Guau, ¡me *llamaste*!

–¿Eres real?

Estuve considerando la posibilidad de que Michael Holden sea un producto de mi imaginación. Tal vez por eso no puedo entender cómo alguien con una personalidad como la suya pudiera sobrevivir a este mundo de mierda y tuviera algún interés en una idiota misantrópica y pesimista como yo.

Encontré su número pegado en mi casillero ayer durante el almuerzo. Estaba escrito en una de esas notas rosas de Solitario con una flecha, aunque ahora tiene su número de teléfono y una carita sonriente. *Sabía* que era Michael. ¿Quién más podría ser?

Hay una larga pausa antes de que vuelva hablar.

—Te prometo, te *juro*, que soy una persona completamente real. Aquí. En la tierra. Vivito y coleando. —Espera que diga algo y, al notar que no lo hago, agrega—: Y entiendo por qué me lo preguntas, así que no me siento ofendido ni nada por el estilo.

—Está bien. Gracias por… eh… aclararlo.

Procedo a explicarle con la mayor tranquilidad posible que estoy encerrada en una de las salas de computación de la escuela.

—Tienes suerte de que haya decidido ayudarte —dice—. Sabía que pasaría algo así. Por eso te di mi número. Eres un completo peligro para ti misma.

Y luego aparece caminando como si nada, con el teléfono sobre su oreja, para nada consciente de que estoy tan solo a unos pocos metros de él.

Golpeo la ventana de la puerta varias veces. Michael retrocede con el ceño fruncido de un modo inusual y me mira desde el otro lado. Enseguida sonríe, cuelga el teléfono y me saluda con mucho entusiasmo.

—¡Tori! ¡Hola!

—Sácame de aquí —le exijo, apoyando una mano sobre la ventana.

—¿Estás segura de que está cerrada?

—No, me *olvidé* cómo se abren las puertas.

–La abriré si primero haces algo por mí.

Golpeo un par de veces la ventana, como si él fuera una especie de animal y estuviera intentando asustarlo para que haga algo.

–La verdad que no tengo tiempo para esto...

–Una sola cosa.

Me quedo mirándolo fijo, con la esperanza de que eso sea suficiente para paralizarlo, o matarlo.

Se encoge de hombros, pero no sé por qué.

–Sonríe.

Lentamente sacudo la cabeza.

–¿Qué rayos te pasa? No entiendes lo mal que la estoy pasando aquí.

–Si me demuestras que tienes la capacidad de sonreír, creeré que eres un ser humano real y te dejaré salir –agrega completamente serio.

Dejo caer las manos. No existe peor momento para sonreír que este.

–Te odio.

–Claro que no.

–Déjame salir.

–Tú me preguntaste si era una persona real. –Se acomoda las gafas y su voz de repente suena más calma. Es enervante–. ¿No se te ocurrió pensar que tal vez yo crea que tú no eres una persona real?

Sonrío. No sé cómo lo hago, simplemente muevo los músculos de mi mejilla y estiro los labios hasta formar una luna creciente con mi boca. La reacción de Michael revela que, de hecho, no esperaba que lo hiciera. De inmediato, me arrepiento de haberme dado por vencida. Abre los ojos y deja de sonreír por completo.

–Mierda –dice–. No puedo creer lo que te costó hacer eso.

Lo dejo pasar.

–Está bien. Ambos somos reales. Abre la puerta.

Lo hace.

Nos quedamos mirando fijo y, cuando empiezo a caminar para irme, me bloquea el paso, apoyando ambas manos sobre cada lado del marco de la puerta.

–¿Qué? –Estoy a punto de tener un ataque de nervios. Este tipo. Dios.

–¿Por qué estabas encerrada aquí? –me pregunta. Tiene los ojos tan abiertos. ¿Está... *preocupado?*–. ¿Qué pasó ahí adentro?

Miro hacia un lado. No quiero mirarlo a los ojos.

–Solitario hackeó la pizarra interactiva. Les envió unos mensajes a los delegados. Y un video.

Michael abre la boca sorprendido, como si fuera una caricatura. Aparta las manos del marco de la puerta y las apoya sobre mis hombros. Retrocedo asustada.

–¿Qué decía? –pregunta, medio asombrado, medio aterrado–. ¿De qué era el video?

En cualquier otra situación no creo que me molestara contárselo. O sea, a quién le importa, ¿verdad?

–Míralo tú mismo –murmuro. Vuelvo a entrar a la sala y se acerca a toda prisa a la computadora que está conectada al proyector–. Es solo una estupidez –agrego, colapsando sobre una silla plateada a su lado–. Igual no se puede hacer nada con esa computa...

Michael empieza a mover el cursor con total normalidad y abre el documento de Word.

Lee el mensaje en voz alta.

–La paciencia mata –murmura–. *La paciencia mata.*

Insiste en que miremos el video, lo cual acepto porque me pareció bastante encantador la primera vez. Me habla ni bien termina.

–¿Dijiste que esto era solo una "estupidez"?

Silencio.

–Yo toco el violín –le comento.

–¿En serio?

–Mmm, sí. Bueno, ya no. Dejé de practicar hace algunos años.

Me mira de un modo extraño, pero luego deja de hacerlo y, de pronto, parece impresionado.

–Sabes, apuesto a que hackearon toda la escuela. Es impresionante.

Antes de poder decirle que no estoy de acuerdo, abre Internet Explorer y entra a solitario.co.uk.

El blog de Solitario aparece en la pantalla. Hay una nueva publicación en la parte superior.

Michael respira tan fuerte que puedo escucharlo.

00:30 - 11 de enero

Solitarianos:

La primera reunión de Solitario se llevará a cabo el sábado 22 de enero a partir de las 20:00 en la tercera casa desde el puente del río.

Son todos bienvenidos.

Cuando miro a Michael, noto que le está tomando una foto al mensaje con su teléfono.

–Esto es oro –dice–. El mejor descubrimiento que hice en todo el día.

–Recién son las siete y media –le recuerdo.

–Es importante descubrir muchas cosas todos los días. –Se pone de pie–. Eso hace que cada día sea distinto.

Si eso fuera verdad, eso explicaría muchas cosas de mi vida.

–Pareces asustada –dice, sentándose en la silla a mi lado e inclinándose hacia delante de modo que su rostro queda paralelo con el mío–. Hicimos progreso. ¡Alégrate!

–¿Progreso? ¿Progreso con qué?

Frunce el ceño.

–La investigación de Solitario. Acabamos de dar un increíble paso.

–Ah.

–No suenas alegre.

–¿En serio crees que yo tengo la capacidad para alegrarme por algo?

–Sí, de hecho, sí.

Miro su estúpida expresión de engreído. Empieza a golpetear los dedos de sus manos.

–No importa –dice–, iremos a esa reunión.

No había pensado en eso.

–Eh, ¿en serio?

–Eh, sí. El próximo sábado. Te llevaré de los pelos si no tengo otra opción.

–¿Por qué quieres ir? ¿Qué sentido tiene?

Abre los ojos bien en grande.

–¿No te da curiosidad?

Está delirando. Es más delirante que yo, y eso es bastante.

–Mmm, mira –digo–. Está perfectamente bien que pasemos tiempo juntos, si quieres. Pero no me importa Solitario y, para serte honesta, no quiero meterme en nada de eso. Entonces, eh, sí. Lo siento.

Me mira por un largo rato.

–Interesante.

No digo nada.

–Te encerraron en esta sala –dice–, y aun así no te importa. ¿Por qué mejor no lo ves de este modo? Son una organización criminal y tú eres Sherlock Holmes. Yo seré John Watson. Pero la versión de Benedict Cumberbatch y Martin Freeman porque el Sherlock de la BBC es mil veces superior al resto de las adaptaciones. –Me quedo mirándolo–. Es la única que capta bien la química entre ambos.

—Dios —susurro.

Eventualmente, nos ponemos de pie y salimos. O al menos, yo lo hago. Él me sigue y cierra la puerta por detrás. Por primera vez, noto que está de camisa, corbata y pantalones, pero no lleva su sudadera ni chaqueta.

—¿No tienes frío? —le pregunto.

Me mira confundido. Sus gafas son enormes. Su cabello está tan bien arreglado que hasta parece hecho de piedra.

—¿Por qué? ¿Tú sí?

Avanzamos por el corredor y, una vez que llegamos al final, noto que ya no está detrás de mí. Volteo. Se detuvo frente a la C16 y abrió la puerta.

Frunce el ceño. Parece algo confundido.

—¿Qué? —le pregunto.

Le toma más tiempo del previsto contestarme.

—Nada —dice—. Creí que encontraría algo aquí, pero no hay nada.

Antes de poder preguntarle de qué rayos está hablando, alguien me grita por detrás.

—¡Tori! —Volteo. Zelda se acerca caminando con la energía de alguien que se despierta a las seis de la mañana los domingos para ir a correr—. ¡Tori! ¿Encontraste algo?

Considero si mentirle o no.

—No, no encontramos nada. Lo siento.

—¿Encontramos?

Volteo hacia Michael. O más bien el espacio en donde estaba él. Pero no se lo ve por ningún lugar. Solo entonces me pregunto qué pudo haberlo hecho venir a la escuela a las siete y media de la mañana.

Diez

Me paso el resto del día pensando en lo que Michael dijo frente a la C16. Más tarde, vuelvo para inspeccionarla por mi cuenta, pero tenía razón. No hay nada.

Supongo que quedar encerrada en la sala de computación me dejó algo conmocionada.

No le cuento a Becky nada de las cosas de Solitario. Está muy ocupada contándoles a todos sobre la fiesta de disfraces que está organizando para su cumpleaños el viernes y no creo que le importe mucho todo esto.

En el almuerzo, Lucas me encuentra en la sala común. Estoy intentando leer otro capítulo de *Orgullo y prejuicio*, pero creo que solo voy a mirar la película porque el libro me está derritiendo el cerebro. La sala común está bastante vacía, probablemente todos se fueron a comprar algo para comer a la tienda porque la comida aquí parece la de una prisión.

–¿Todo bien? –me pregunta Lucas, sentándose en mi mesa. Odio que haga eso. "Todo bien". ¿Es una pregunta o un saludo? ¿Tengo que responderle con un "Hola" o "Bien, gracias"?

–Nada mal –digo, reincorporándome levemente en la silla–. ¿Tú?

–Bien, gracias.

Puedo sentirlo físicamente buscando algo para decir. Luego de una pausa estúpidamente larga, se me acerca y toca el libro que tengo entre mis manos.

–Odias leer, ¿verdad? ¿Por qué mejor no ves la película?

Lo miro confundida.

–Mmm, no sé.

Luego de otra pausa estúpidamente larga, me pregunta.

–¿Irás a la fiesta de Becky el viernes?

Qué pregunta estúpida.

–Mmm, sí –respondo–. Supongo que tú también.

–Sí, sí. ¿De qué te disfrazarás?

–Todavía no lo sé.

Asiente como si lo que acabara de decir significara algo.

–Bueno, estoy seguro de que te quedará muy bien –dice y enseguida agrega–, porque, ya sabes, cuando éramos pequeños, te gustaba mucho disfrazarte y esas cosas.

No recuerdo nunca haberme disfrazado de nada salvo de Jedi. Me encojo de hombros.

–Ya se me ocurrirá algo.

Luego se ruboriza por completo, increíblemente sonrojado, y se queda sentado ahí, mirándome cómo intento leer. Es tan incómodo. Dios. Eventualmente, toma su móvil y empieza a escribir algo y, cuando se marcha para hablar con Evelyn, me pregunto por qué siempre está dando vueltas como un fantasma que no quiere caer en el olvido. La verdad, no quiero hablar con él. Creí que sería agradable intentar revivir nuestra amistad, pero es muy difícil. No quiero hablar con nadie.

Como era de esperar, le cuento todo a Charlie cuando vuelvo a casa. Pero no me dice nada sobre el misterioso mensaje de Solitario. En su lugar, me sugiere que deje de hablar tanto con Michael. No sé qué pensar al respecto.

Durante la cena, papá me pregunta:

–¿Cómo te fue esta mañana?

–No encontramos nada –le contesto. Otra mentira. Creo que ya debo rozar lo patológico.

Papá empieza a hablar de otro libro que me quiere prestar. Siempre me presta libros. Papá fue a la universidad cuando tenía treinta y dos y tiene un título en literatura inglesa, pero ahora trabaja en el sector de informática. No importa, es como si quisiera que me convierta en una de esas pensadoras filosóficas que lee mucho a Chekhov y James Joyce.

Ahora es *Metamorfosis* de Franz Kafka. Asiento, sonrío e intento sonar un poco interesada, aunque no creo ser muy convincente.

Charlie rápidamente cambia de tema y nos cuenta sobre una película que él y Nick vieron el fin de semana, *Enseñanza de vida*, que, a juzgar por la descripción de Charlie, parece una burla condescendiente hacia todas las chicas adolescentes. Oliver luego comenta algo sobre su nuevo tractor de juguete y por qué es mucho mejor que el resto de sus tractores. Para el placer de mamá y papá, terminamos de cenar en una hora, lo cual tiene que ser un nuevo récord.

–¡Bien hecho, Charlie! ¡Gran trabajo! –dice papá, dándole una palmada en la espalda, pero Charlie simplemente hace una mueca de dolor y se aleja de él. Mamá asiente y sonríe, lo máximo que puede hacer para mostrar alguna emoción. Es como si Charlie acabara de ganar el Premio Nobel. Escapa de la cocina sin decir una palabra y viene a mirar *The Big Bang Theory* conmigo. No es un programa muy divertido, pero aun así veo un episodio todos los días.

–¿Quién sería yo –pregunto en algún momento–, si fuera uno de los personajes de *The Big Bang Theory*?

–Sheldon –contesta Charlie sin dudarlo–. Aunque no serías tan ruidosa.

Volteo hacia él.

–Guau, me siento ofendida.

Charlie ríe.

–Es la única razón por la que la serie es exitosa, Victoria.

Pienso en lo que acaba de decir y asiento.

–Quizás sea verdad.

Se queda quieto en el sofá y lo miro por un minuto. Tiene la mirada perdida, como si no estuviera mirando la tele, y mueve sin parar las mangas de su camisa.

–¿Y yo quién sería? –pregunta.

Me llevo una mano a la barbilla de un modo pensativo y le respondo:

–Howard. Definitivamente. Porque siempre estás seduciendo chicas...

Me arroja un almohadón desde el otro sofá. Grito y me acurruco contra el apoyabrazos, antes de bombardearlo con más almohadones.

Por la noche miro la versión de Keira Knightley de *Orgullo y prejuicio* y me parece casi tan espantosa como el libro. El único personaje tolerable es Darcy. No entiendo por qué a Elizabeth le resulta bastante orgulloso al principio, porque la verdad es bastante obvio que solo es tímido. Cualquier ser humano normal podría sentirse identificado con esa timidez y sentir lástima por el pobre tipo, o sea, la pasa mal en las fiestas y reuniones sociales. No es su culpa. Es solo su forma de ser.

Escribo algo en mi blog y me quedo despierta escuchando caer la lluvia. Me olvido qué hora es y no me pongo el pijama. Agrego *Metamorfosis* a la montaña de libros que tengo sin leer. Pongo *El club de los cinco*, pero no la miro con atención, sino que me salteo todo hasta la mejor parte, cuando están sentados en círculo y revelan todos esos secretos profundos y personales, y lloran y esas cosas. Miro la escena tres veces y la saco. Escucho con atención al gigante/demonio, pero esta noche es solo un murmullo, un retumbo profundo que parece un tambor. En los remolinos del tapiz de mi habitación, algunas figuras amarillas encorvadas se mueven de un lado a otro de un modo hipnotizante. En mi cama, alguien colocó una inmensa caja de cristal que lentamente sofoca el aire agrio a mi alrededor. En mis sueños, corro en círculos frente a un acantilado, pero hay un chico de gorro rojo que me atrapa cada vez que intento saltar.

Once

—No estoy bromeando, Tori. Es una decisión extremadamente difícil.

Miro a Becky directo a los ojos.

—Ah, ya veo. De esto depende el futuro de la humanidad.

Estamos en su habitación. Son las cuatro y doce de la tarde del viernes. Estoy sentada con las piernas cruzadas en su cama doble. Todo es rosa y negro. Si esta habitación fuera una persona, sería una Kardashian con un sueldo moderado. Tiene un póster de Edward Cullen y Bella Swan en la pared. Cada vez que lo veo quiero arrancarlo y meterlo en una trituradora.

—No, en serio, no estoy bromeando. —Me muestra sus disfraces otra vez, uno en cada mano—. ¿Campanita o un ángel?

Los miro. No son muy diferentes, salvo porque uno es verde y el otro blanco.

—Campanita —digo. Al menos Campanita es de una película. El de ángel tiene que ser el disfraz más genérico del mundo.

Asiente y arroja el disfraz de ángel a una montaña cada vez más grande de ropa.

–Lo sabía. –Empieza a cambiarse–. ¿Y tú de qué te vas a disfrazar?

Me encojo de hombros.

–No pensaba hacerlo.

Becky, en ropa interior, se lleva ambas manos a su cintura. Ya sé que no debería incomodarme porque soy su mejor amiga desde hace cinco años. Pero no puedo evitarlo. ¿Desde cuándo andar desnuda se volvió tan normal?

–Tori. Tienes que disfrazarte. Es mi fiesta y es una obligación.

–Está bien. –Pienso con toda mi voluntad las opciones que tengo–. Podría ser... ¿Blancanieves?

Becky se detiene como si esperara el remate del chiste.

Frunzo el ceño.

–¿Qué?

–Nada. No dije nada.

–No quieres que me disfrace de Blancanieves.

–No, no, está bien, puedes hacerlo. Si es lo que quieres.

Miro mis manos.

–Está bien. A ver... mmm... déjame pensar. –Muevo los pulgares–. Podría... hacerme... rizos...

Parece satisfecha y empieza a ponerse su vestido verde con alas.

–¿Vas a hablar con alguien esta noche? –me pregunta.

–¿Es una pregunta o una orden?

–Una orden.

–No te prometo nada.

Ríe y me toca la mejilla. Odio que haga eso.

–No te preocupes. Yo te cuido. Siempre lo hago, ¿verdad?

En casa, me pongo una camisa blanca y una falda negra que compré una vez para una entrevista de trabajo a la que nunca fui. Después encuentro mi sudadera negra favorita y mis pantimedias negras. Mi pelo está apenas lo suficientemente largo como para hacerme trenzas y me pongo más delineador que de costumbre.

Merlina Addams. Estaba bromeando con lo de Blancanieves, odio Disney.

Salgo de casa a eso de las siete. Nick, Charlie y Oliver se acaban de sentar en la mesa para cenar. Mamá y papá van al teatro y pasarán la noche en un hotel. Para ser honesta, fuimos Charlie y yo quienes insistieron que pasaran la noche allí en lugar de manejar dos horas de noche. Supongo que estaban un poco preocupados por no estar para Charlie. Casi decido quedarme y no ir a la fiesta de Becky, pero mi hermano nos aseguró que todo estará bien, y estoy segura de que así será, porque Nick se quedará con él por la noche. Además, tampoco pienso volver muy tarde.

Es una fiesta oscura. Las luces son tenues y los adolescentes entran y salen de la casa sin parar. Paso junto a un grupo de fumadores reunidos en la puerta. Fumar tiene tan poco sentido. La única razón que se me ocurre por la que alguien querría fumar es porque quiere morirse. No sé. Quizás todos quieren morirse. Reconozco a varias personas de la escuela y de Truham, hay estudiantes del 11° año y del último año de bachillerato, y puedo decir con total seguridad que Becky no los conoce a todos.

Una parte de nuestro grupo está en la galería con otras personas que no conozco. Evelyn, apretujada en la punta de un sofá, es la que me ve primero.

–¡Tori! –exclama cuando me acerco. Me mira pensativamente–. ¿Quién eres?

–Merlina Addams –le contesto.

–¿Quién?

–¿Nunca viste *Los locos Addams?*

–No.

Muevo los pies, inquieta.

–Ah. –Su disfraz es bastante espectacular: tiene el pelo alisado y armado en un rodete elegante, unas gafas inmensas y un vestido de los años cincuenta–. Eres Audrey Hepburn.

Evelyn levanta los brazos por el aire.

–¡GRACIAS! ¡Por fin *alguien* en esta fiesta tiene un poco de *cultura*!

Lucas también está aquí, sentado junto a una chica y un chico que básicamente se fusionaron en una sola persona. Tiene una boina, una camiseta a rayas con las mangas arremangadas, unos jeans negros ajustados que le llegan a los tobillos y una ristra de ajo alrededor del cuello. De algún modo, se ve bastante elegante y bastante ridículo a la vez. Me saluda con cierta timidez con una lata de cerveza en la mano.

–¡Tori! *¡Bonjour!*

Lo saludo y me voy prácticamente corriendo.

Primero, llego a la cocina. Hay muchos estudiantes de secundaria, la mayoría son chicas disfrazadas de una variedad de princesas de Disney que están acompañadas por tres chicos disfrazados de Superman. Hablan con mucho entusiasmo sobre las bromas de Solitario, ya que aparentemente les resultan divertidas. Una de las chicas incluso alardea de que participó en una de ellas.

Todos parecen estar hablando sobre la publicación de la reunión en el blog de Solitario, esa que encontramos con Michael cuando me ayudó a salir de la sala de computación. Aparentemente, toda la ciudad tiene pensado asistir.

Noto que estoy parada junto a una chica que parece bastante desolada, posiblemente del 11° año, pero no estoy muy segura. Está disfrazada de una versión muy acertada del Doctor de David Tennant. De repente, siento una gran empatía hacia ella porque se ve tan sola.

Me mira y me doy cuenta de que ya es muy tarde para hacerme la distraída.

—Tu disfraz está, mmm, bastante bien.

—Gracias —dice.

Asiento y enseguida me voy.

Ignorando las cervezas, los licores y los Bacardi Breezer, me acerco al refrigerador de Becky en busca de una limonada dietética. Con mi vaso descartable en la mano, salgo sin prisa hacia el jardín.

Es realmente espectacular: tiene una leve pendiente y un estanque en el fondo, y está rodeado por una arbolada de sauces sin hojas. Hay varios grupos en el entablado de madera y el césped, como si no les importara que haga cero grados. De algún modo, Becky consiguió un reflector tan intenso que casi parece de día y los grupos de adolescentes proyectan sus sombras oscilantes sobre el césped. Veo a Becky/Campanita con un grupo diferente de la escuela. Me acerco.

—Ey —digo, entrando en el círculo.

—¡Toriiiiiiiii! —Tiene una botella de Baileys en la mano con uno de esos sorbetes plásticos que tienen varios rulos—. ¡Amiga! ¡Adivina qué! ¡Tengo algo increíble para contarte! ¡Es tan tan increíble que te vas a morir! ¡En serio! ¡Te vas a morir!

Sonrío, aunque me esté sacudiendo por los hombros y salpicando con un poco con su Baileys.

—Te. Vas. A. Morir.

—Sí, sí, me voy a morir…

—¿Conoces a Ben Hope?

Sí, conozco a Ben Hope y también sé exactamente lo que está a punto de decir.

—*Ben Hope me invitó a salir* —farfulla.

—Ah —digo—, ¡por Dios!

—¡Lo sé! ¡O sea, no me lo esperaba para *nada*! Estábamos hablando hace un rato y me confesó que le gustaba; ay, por Dios, ¡es tan lindo y *raro!* –Y sigue hablando sobre Ben Hope mientras bebe su Baileys, y yo sonrío, asiento y, definitivamente, me siento muy feliz por ella.

Luego de un rato, empieza a repetirle toda la historia a una chica disfrazada de Minnie y, como me empiezo a aburrir, reviso mi blog en mi teléfono. Veo el símbolo (1), lo que significa que recibí un mensaje:

Anónimo: Pensamiento del día: ¿por qué los autos siempre les ceden el paso a las ambulancias?

Leo el mensaje varias veces. Podría ser cualquier persona supongo, pero nadie que conozco en la vida real conoce mi blog. Estúpidos anónimos. ¿Por qué los autos siempre les ceden el paso a las ambulancias? Porque el mundo no está lleno de idiotas. Por eso.

Porque el mundo no está lleno de idiotas.

Ni bien llego a esa conclusión, Lucas me encuentra. Parece un poco molesto.

–No sé quién eres –dice, siempre tan *incómodo.*

–Soy Merlina Addams.

–Ahh, bien, bien –asiente como si supiera a quién me refiero, pero por su cara sé que no tiene idea de quién es Merlina Addams.

Miro detrás de él, hacia el jardín iluminado. Todas las personas allí son solo sombras borrosas. Me siento algo mareada y esta limonada dietética me está dejando un sabor horrible en la boca. Quiero ir a la cocina y tirarla en el lavabo, pero después recuerdo que me sentiré más perdida si no tengo algo a lo que aferrarme.

–¿Tori?

–¿Mmm? –Lo miro. El ajo no fue una buena idea. No huele bien.

–Te pregunté si estás bien. Te ves como si estuvieras teniendo una crisis de mediana edad.

–No es una crisis de mediana edad. Es solo una crisis existencial.

–¿Cómo? No te escuché.

–Estoy bien, solo un poco aburrida.

Sonríe como si estuviera bromeando, pero no estoy bromeando. Todas las fiestas son aburridas.

–Puedes hablar con otras personas, sabes –digo–. Yo no tengo nada interesante para contarte.

–Siempre tienes algo interesante para contar –agrega–. Solo que nunca lo haces.

Miento y le digo que necesito otro trago, aunque mi vaso está por la mitad y me estoy sintiendo mal del estómago. Salgo del jardín. Estoy sin aliento y enojada por ninguna razón. Me abro paso entre la multitud de adolescentes estúpidos y ebrios y me encierro en el baño de abajo. Parece que alguien no se estuvo sintiendo bien aquí, puedo olerlo. Me miro en el espejo. Mi delineador se corrió un poco así que lo arreglo. Luego me lo quito y lo arruino una vez más, e intento no llorar. Me lavo las manos tres veces y desarmo las trenzas porque se ven estúpidas.

Alguien golpea la puerta. Pasé una eternidad mirándome en el espejo, observando cómo mis ojos se llenaban de lágrimas y se secaban, y luego otra vez se llenaban de lágrimas. Abro la puerta, lista para golpear en la cara a la persona que tan insistentemente llama a la puerta, pero entonces me encuentro frente al maldito Michael Holden.

–Oh, gracias a Dios. –Entra a toda prisa y, sin molestarse en dejarme salir o cerrar la puerta, levanta la tapa del inodoro y empieza a mear–. Gracias. Dios. Creí que tendría que mear en las flores, por Dios.

–Está bien, mea tranquilo, haz de cuenta que no hay una dama presente –digo.

Mueve la mano de un modo casual.

Salgo de inmediato.

Cuando estoy cruzando la puerta de entrada, Michael me alcanza. Está disfrazado de Sherlock Holmes. Con sombrero y todo.

–¿A dónde vas? –me pregunta y me encojo de hombros.

–Hace demasiado calor ahí.

–Hace demasiado frío aquí.

–¿Desde cuándo tienes temperatura corporal?

–¿Alguna vez podrás hablarme de forma no sarcástica?

Volteo y me alejo, pero me sigue justo por detrás.

–¿Por qué me sigues?

–Porque no conozco a nadie aquí.

–¿No tienes amigos en tu clase?

–Yo... eh...

Me detengo en la acera frente al garaje de Becky.

–Creo que voy a volver a casa –digo.

–¿Por qué? –pregunta–. Becky es tu amiga. Es su cumpleaños.

–No le va a molestar –digo. No lo va a notar.

–¿Qué vas a hacer cuando llegues a tu casa? –pregunta.

Bloguear. Dormir. Bloguear.

–Nada.

–¿Por qué no nos metemos en una habitación arriba y miramos una película?

Si hubiera sido cualquier otra persona, habría sonado como una invitación a tener sexo, pero como es Michael sé que lo dice completamente en serio.

Noto que la limonada dietética de mi vaso desapareció. No recuerdo cuándo la terminé. Quiero ir a casa, pero, a la vez, no, porque no voy a dormir. Simplemente me voy a quedar tirada en la cama, despierta. El sombrero de Michael se ve bastante ridículo. Y seguro le pidió prestado el saco a un muerto.

–Está bien –contesto.

Doce

Siempre hay una línea que cruzas cuando te relacionas con una persona. Esa línea que separa "tratar" a alguien de "conocer *sobre su vida*". Y es esa línea la que cruzamos con Michael en el cumpleaños de Becky.

Subimos a la habitación de Becky. Él, obviamente, empieza a investigar el lugar y yo me desplomo sobre la cama. Se detiene frente al póster de Edward Cullen y Bella "Inexpresiva" Swan, levantando una ceja escéptica. Se acerca al estante con fotografías de competencias de baile y medallas, y al estante de libros juveniles que Becky no ha tocado en años. Se detiene frente a la montaña inmensa de vestidos, pantalones, camisetas, ropa interior, apuntes de clases, bolsos y papeles sueltos hasta que, finalmente, abre el armario, aparta la ropa amontonada en su interior y saca una pequeña pila de DVD.

Toma *Moulin Rouge*, pero, cuando ve mi expresión, la guarda enseguida. Algo similar ocurre con *Ella en mi cuerpo y él en el mío*. Al cabo de un rato, se queda boquiabierto, toma un tercer DVD, se acerca saltando a la televisión al otro lado del cuarto y la enciende.

—Vamos a ver *La Bella y la Bestia* —anuncia.

—No, claro que no.

—Creo que sí.

—Por favor —digo—. No. ¿Qué tal *Matrix*? ¿*Perdidos en Tokio*? ¿*El señor de los anillos*? —No sé por qué estoy diciendo todo esto. Becky no tiene ninguna de esas películas.

—Es por nuestro propio bien. —Inserta el DVD en el reproductor—. Creo que tu desarrollo psicológico se vio bastante afectado por la falta del encanto de Disney.

No me molesto en preguntarle de qué está hablando. Se sube a la cama junto a mí y se acomoda con una almohada sobre el respaldo. El logo de Disney aparece en la pantalla. Y siento cómo empiezan a sangrar mis ojos.

—¿Alguna vez viste una película de Disney? —me pregunta.

—Eh, sí.

—¿Por qué lo odias?

—No odio a Disney.

—¿Entonces por qué no quieres ver *La Bella y la Bestia*?

Volteo hacia él. No está viendo la película, aunque ya haya empezado.

—No me gustan las películas falsas —digo—. Esas donde los personajes y la historia son tan... perfectos. La vida real no es así.

Sonríe, aunque con cierta tristeza.

—¿No es la gracia de las películas?

Me pregunto qué hago aquí. Me pregunto qué hace él aquí. El dubstep patético de abajo es lo único que puedo escuchar. Aparecen algunas caricaturas en la pantalla, pero en realidad solo son figuras que se mueven sin parar. Empieza a hablarme.

—¿Sabías que —empieza—, en la historia original, Bella tenía dos hermanas? Pero en la película es hija única. Me pregunto por qué habrán hecho eso. No es divertido ser hijo único.

–¿Eres hijo único?

–Sí.

Un poco interesante.

–Yo tengo dos hermanos –comento.

–¿Son iguales a ti?

–No. Para nada.

A Bella la está cortejando un hombre muy musculoso. No es atractivo, pero comparto su rechazo por la literatura.

–Lee demasiado –digo, señalando con cierto desprecio a la chica de azul–. No me parece sano.

–¿Tú no estás cursando Literatura en la escuela?

–Sí, pero porque es fácil, no porque me interese. Odio los libros.

–Creo que debería haberme anotado a Literatura. Me habría ido bastante bien.

–¿Y por qué no lo hiciste?

Me mira y sonríe.

–Creo que los libros son para leer, no para estudiar.

Bella sacrifica su libertad para salvar a su padre. Es demasiado sentimental. Y ahora llora por eso.

–Cuéntame algo interesante sobre ti –dice Michael.

Pienso por un momento.

–¿Sabías que nací el mismo día que Kurt Cobain supuestamente se suicidó?

–De hecho, sí. Tenía solo veintisiete años el pobre tipo. Veintisiete. Quizás nos muramos cuando tengamos esa edad.

–La muerte no tiene nada de romántico. Odio cuando la gente usa el suicidio de Kurt como excusa para alabarlo por ser un alma tan atormentada.

Michael se detiene y me mira antes de hablar.

–Sí, supongo.

Bella ahora está haciendo una huelga de hambre. Al menos hasta que la vajilla de la cocina empieza a cantar y bailar para ella. Ahora la persiguen unos lobos. La verdad que me está costando mucho seguir el guion.

–Cuéntame algo interesante sobre ti –digo.

–Mmm –dice–. Soy... ¿ridículamente no inteligente? –Frunzo el ceño. Eso obviamente no es verdad. Me lee la mente–. En serio, no me saco más de C en todas las materias desde octavo.

–¿Qué? ¿Por qué?

–Es solo...

Parece casi imposible que alguien como Michael no sea inteligente. La gente como Michael, esa que hace cosas, siempre es inteligente. Siempre.

–En los exámenes... casi nunca escribo lo que quieren que escriba. No soy muy bueno para... mmm... encontrar la información en mi cabeza. Por ejemplo, en biología, entiendo perfectamente lo que es la síntesis de la cadena polipeptídica, pero no puedo ponerlo en palabras. No sé qué quieren los profesores. No sé si es porque me olvido de las cosas o porque no sé explicarlo. Tan solo *no lo sé*. Y es una *mierda*.

Mientras me cuenta todo esto, mueve las manos en círculos. Visualizo toda la información que flota en su cerebro sin poder transformarse en palabras comprensibles. Parece tener sentido.

–Es tan injusto –continúa–. No eres nada para la escuela a menos que sepas escribir o memorizar cosas, o seas capaz de resolver unas malditas ecuaciones. ¿Y qué hay de las otras cosas importantes de la vida? ¿Como ser un ser humano decente?

–Odio la escuela –digo.

–Tú odias todo.

–Es gracioso porque es verdad.

Voltea hacia mí una vez más. Nos quedamos mirando. En la

pantalla, un pétalo se desprende de una rosa, y estoy bastante segura de que debe simbolizar algo.

–Tus ojos son de diferente color –resalto.

–¿No te conté que soy una niña animé mágica?

–En serio, ¿por qué?

–Mi ojo azul converge el poder de mi vida pasada y lo uso para invocar a mis ángeles guardianes para que me ayuden a luchar contra las fuerzas de la oscuridad.

–¿Estás borracho?

–Soy un poeta.

–Bueno, contrólate, Lord Tennyson.

Esboza una amplia sonrisa.

–El *arroyo cesará su andar* –empieza a citar un poema, pero no lo conozco–. *El viento dejará de soplar, las nubes dejarán de partir, el corazón dejará de latir; pues todo debe morir.*

Le arrojo una almohada. Se hace a un lado para esquivarla, pero mi puntería es espectacular.

–Está bien, está bien –ríe–. No es tan romántico como parece. Alguien me tiró una roca en el ojo cuando tenía dos años, así que, básicamente, soy medio ciego.

En la pantalla, están bailando. Es un poco extraño. Una anciana empieza a cantar y noto que yo también estoy cantando a la par. Parece que conozco la canción. Michael me acompaña y nos turnamos para hacerlo.

Y luego nos quedamos en silencio por un largo rato, observando los colores en la pantalla. No sé cuánto dura el silencio, pero en algún momento escucho que se sorbe la nariz y levanta una mano hacia su rostro. Cuando volteo hacia él, veo que está llorando. Llorando de verdad. Por un momento, estoy confundida. Miro la pantalla. La Bestia acaba de morir. Y Bella la sostiene entre sus brazos, llorando, y, ah, esperen, sí, una lágrima cae sobre su pelaje y de repente todo se vuelve increíblemente mágico hasta que... sí, ahí está, milagrosamente vuelve a la vida. Ah, pero ahora es atractivo. Guau, ¿no es fantástico? Esta es la clase de mierda que odio. Mierda. Irreal. Sentimental.

Pero Michael está llorando. Y no sé qué hacer. Tiene una mano sobre su cara y sus ojos y nariz están completamente fruncidos. Es como si estuviera intentando contener las lágrimas.

Decido darle una palmada en su otra mano que descansa sobre la cama. Espero que lo interprete como un gesto de consuelo y no como algo sarcástico. Creo que me salió bien porque sujeta mi mano y la aprieta con increíble fuerza.

La película termina al poco tiempo. Apaga la televisión con el control remoto y nos quedamos sentados en silencio mirando la pantalla negra.

—Conocía a tu hermano —dice, luego de un largo rato.

—¿Charlie?

—De Truham...

Volteo, sin saber qué decir. Michael continúa.

—Nunca hablé con él. Siempre parecía bastante callado. Pero agradable. Era diferente.

En ese momento, decido contarle lo que sucedió. No sé por qué. Pero siento una inmensa necesidad de hacerlo. Mi cerebro se rinde. No puedo soportarlo.

Le cuento todo sobre Charlie.

Todo.

Su trastorno alimenticio. Sus obsesiones compulsivas. Las autolesiones.

Para ser honesta, no debería haber mencionado esas cosas. Tuvo que pasar algunas semanas en una guardia psiquiátrica y ahora está en tratamiento. Además, tiene a Nick. A lo que me refiero es que todavía se está recuperando, pero estará bien. Todo saldrá bien.

No sé en qué momento me quedo dormida, pero lo hago. No del todo. Ya no sé si estoy despierta o soñando. Quizás sea un poco extraño quedarse dormida en este tipo de situaciones, pero estoy empezando a no hacerme problema por cosas como esas. Lo que más me sorprende es la rapidez con la que ocurre. Por lo general, me toma una eternidad hacerlo. Por lo general, cuando intento dormir, hago todas esas cosas tontas como girar hacia un lado, imaginarme estar durmiendo junto a otra persona, extender la mano para acariciar su pelo. O juntar las manos y, después de un rato, pensar que es la mano de otra persona y no la mía. Juro por Dios que no estoy muy bien de la cabeza. En serio.

Pero esta vez siento que giro ligeramente para apoyarme sobre su pecho, bajo su brazo. Tiene un vago aroma a fogata. En algún momento, tengo la sensación de que alguien abre la puerta y nos ve acostados juntos, medio dormidos. Quienquiera que sea nos mira por un momento hasta que cierra la puerta despacio. Los gritos de abajo empiezan a calmarse, aunque la música sigue sonando a todo volumen. Hago un leve esfuerzo por escuchar si hay alguna criatura demoníaca al otro lado de la ventana, pero es una noche silenciosa. Nada me quiere atrapar. Es agradable. Siento el aire en el cuarto y es como si no existiera.

Suena mi teléfono.

01:39
Llamada de *Casa*

–¿Hola?
–Tori, ¿ya estás volviendo?
–¿Oliver? ¿Qué haces despierto?
–Estaba mirando *Doctor Who*.
–No viste el episodio de los ángeles, ¿verdad?
–...

–¿Ollie? ¿Estás bien? ¿Por qué llamas?

–...

–¿Oliver? ¿Estás ahí?

–Algo le pasa a Charlie.

La expresión en mi cara debe ser bastante inusual por la forma en que me mira Michael. Una mirada divertida y aterrada a la vez.

–¿Qué... pasó?

–...

–¿Qué pasó, Oliver? ¿Qué hizo Charlie? ¿Dónde está?

–No puedo entrar a la cocina. Charlie cerró la puerta y no puedo abrirla. No lo escucho.

–...

–¿Cuándo vuelves, Tori?

–Ya estoy en camino.

Cuelgo.

Michael está despierto. Tengo las piernas cruzadas en medio de la cama. Él está igual frente a mí.

–Mierda –digo–. Mierda, mierda, mierda, mierda, mierda, mierda, maldita mierda.

Michael ni siquiera pregunta.

–Yo te llevo.

Estamos corriendo. Cruzamos la puerta, bajamos por la escalera y nos abrimos paso entre la multitud. Algunos siguen de fiesta, otros están amontonados en el suelo, algunos se están besando, otros están llorando. Cuando estoy a punto de llegar a la puerta, Becky me agarra por detrás. Está destruida.

–Estoy *destruida*. –Me sujeta del brazo con mucha fuerza.

–Me tengo que ir, Becky.

–Eres tan *linda*, Tori. Te extraño. Te quiero mucho. Eres tan *hermosa* y linda.

–Becky...

Se cuelga de mis hombros cuando sus piernas ceden.

–No estés triste. Prométemelo, Tori. Prométemelo. Prométeme que no estarás triste.

–Te lo prometo. Tengo que...

–Odio a-a Jack. Es un... un... un... un idiota. Merezco a... alguien como Ben. Él es *hermoso*. Como tú. Tú odias todo, pero sigues siendo hermosa. Eres como... un fantasma. Te quiero mucho... mucho. No estés... más... triste.

No quiero dejarla porque está completamente destruida, pero necesito llegar a casa urgente. Michael me empuja hacia adelante y abandonamos a Becky, cuyas piernas se ven muy frágiles, su maquillaje excesivo y su peinado demasiado alborotado.

Michael está corriendo y yo también. Se sube a su bicicleta. Una bicicleta real. ¿La gente usa esto?

–Súbete atrás –dice.

–Estás bromeando.

–Es esto o caminar.

Me subo.

Y con eso, Sherlock Holmes y Merlina Addams vuelan hacia la noche. Pedalea tan rápido que las casas a cada lado se convierten en líneas grises borrosas, y me aferro a su cintura con tanta fuerza que mis dedos pierden toda sensación. Pero me siento feliz, aunque sé que no debería, y las emociones conflictivas solo hacen que el momento sea más intenso, radiante, inmensurable. El aire me azota la cara y hace que mis ojos se llenen de lágrimas. Pierdo noción del espacio, aunque conozco la ciudad como la palma de mi mano, y lo único que se me ocurre pensar es que así se debió sentir aquel niño que salió volando con ET. Como si pudiera morir en ese mismo instante y no importara en absoluto.

Llegamos a mi casa al cabo de quince minutos. Michael no entra. Tiene modales, le concedo eso. Se queda sentado en su bicicleta cuando volteo hacia él.

–Espero que esté bien –dice.

Asiento.

Él hace lo mismo y se marcha. Abro la puerta y entro a mi casa.

Trece

Oliver baja por la escalera adormecido. Tiene puesto su pijama de Thomas y *sus amigos* y un osito de peluche entre sus brazos. Me tranquiliza que nunca haya entendido qué le pasa a Charlie.

–¿Estás bien, Oliver?

–Mmm, sí.

–¿Vamos a la cama?

–¿Y Charlie?

–Estará bien. Yo me encargo.

Asiente y sube nuevamente por la escalera, frotándose los ojos. Me acerco corriendo a la cocina, la puerta sigue cerrada.

Me empiezo a sentir mal. Ni siquiera estoy del todo despierta.

–Charlie. –Golpeo la puerta.

Silencio total. Intento entrar, pero trabó la puerta con algo.

–Abre la puerta, Charles. No estoy bromeando. Voy a romperla.

–No, no lo hagas. –Su voz suena muerta. Vacía. Pero estoy aliviada, está vivo.

Giro el picaporte y empujo la puerta con todo mi cuerpo.

–¡No entres! –Suena como si estuviera en medio de un ataque de pánico, lo cual me hace tener uno a mí porque Charlie nunca entra en pánico y eso es lo que lo convierte en él–. ¡No entres! ¡Por favor! –Escucho un escándalo de cosas, como si las estuviera moviendo frenéticamente de un lado a otro.

Sigo empujando la puerta con todo mi cuerpo y lo que sea que está bloqueando el paso empieza a ceder. Abro un espacio lo suficientemente grande como para escurrirme y entro.

–¡No, vete! ¡Déjame solo!

Lo miro.

–¡Vete!

Estuvo llorando. Sus ojos están rojos y morados, y la oscuridad de la cocina lo esconde en una suerte de bruma. Hay un plato de lasaña sobre la mesa, fría y sin tocar. Toda nuestra comida está fuera de la alacena, del refrigerador y del congelador, y está ordenada según su tamaño y color en varios montones en el suelo. Tiene algunos pañuelos descartables en las manos.

No está mejor.

–Lo siento –dice entre lágrimas, desplomado sobre la silla con la cabeza hacia atrás y la mirada perdida–. Lo siento. Lo siento. No quise hacerlo. Lo siento.

No puedo hacer nada. Es difícil no vomitar.

–Lo siento –sigue diciendo–. Lo siento tanto.

–¿Dónde está Nick? –le pregunto–. ¿Por qué no está contigo?

Se sonroja completamente y murmura algo inaudible.

–¿Qué?

–Nos peleamos. Se fue.

Empiezo a sacudir la cabeza. La muevo de izquierda a derecha de derecha a izquierda en un gesto desafiante fuera de control.

–Ese hijo de puta. Ese estúpido hijo de puta.

–No, Victoria, fue mi culpa.

Tengo el teléfono en la mano y marco a Nick enfurecida.

–¿Hola? –atiende luego de dos tonos.

–¿Entiendes lo que acabas de hacer, imbécil?

–¿Tori? ¿Qué pa...?

–Si Oliver no me hubiera llamado, Charlie hubiera... –ni siquiera puedo decirlo–. Esto es todo tu culpa.

–No... espera, ¿qué diablos pasó?

–¿Qué diablos *crees* que pasó? Tuvo una recaída. Lo alteraste y ahora tuvo una maldita recaída. *Vete a la mierda.*

–Yo no...

–Confiaba en ti. Se suponía que lo cuidarías y ahora entro a la cocina y él... No debería haber salido. Debería haberme quedado aquí. Nosotros... Yo soy la persona que se supone que tiene que *estar* cuando esto ocurre.

–Espera, ¿qué...?

Estoy sujetando el teléfono con tanta fuerza que empiezo a temblar. Charlie me mira, algunas lágrimas silenciosas brotan de sus ojos. Se ve tan grande. Ya no es más un niño. En un par de meses, cumplirá dieciséis, como yo. Parece más grande, Dios. Podría pasar por alguien de dieciocho con facilidad.

Suelto el teléfono, acerco una silla al lado de mi hermano y lo envuelvo en un abrazo.

Nick llega y abraza a Charlie de inmediato, los dos se disculpan en voz baja por lo que sea que haya causado la pelea. Luego ordenamos la cocina. Charlie pone muecas de dolor y se lleva las manos a la cabeza cuando desarmamos toda su pila preciada de latas y paquetes, pero no me detengo. Pronto, él también nos ayuda.

Arrojo la lasaña a la basura. Encuentro el botiquín de primeros auxilios y le pongo una venda en el brazo a Charlie. Para este momento, ya está más tranquilo y suena más frustrado consigo mismo que cualquier otra cosa. Sabíamos que habría buenos días y malos días, y que a veces habría días particularmente malos como este, pero las autolesiones solo ocurren cuando está en el peor de sus momentos. Ya pasaron casi tres meses desde la última vez que lo hizo. Creí que el tratamiento estaba funcionando. Creí que estaba mejorando. Creí...

—Me estaba yendo tan bien —dice y luego suspira levemente con cierta tristeza.

—Es solo un tropezón —digo y, Dios, espero tener razón. Solo un tropezón. Solo una recaída. Estará bien. Todo estará bien.

Eventualmente, Nick y yo lo llevamos a la cama.

—Lo siento —dice Charlie, acostándose con el brazo sobre la frente.

Estoy parada en la puerta. Nick está en el suelo con otro pijama de Charlie, que le queda bastante pequeño, y una manta y una almohada extras. Mira a Charlie con una expresión que alberga tanto miedo como amor. Todavía no lo perdono, pero sé que se redimirá. Sé que se preocupa por Charlie. Mucho.

—Está bien —digo—. Pero voy a tener que contarles a mamá y papá.

—Lo sé.

—En un rato vuelvo para revisarte.

—Está bien —dice. Al ver que me quedo parada ahí, me pregunta—. ¿Estás... bien?

Una pregunta extraña, en mi opinión. Dado que es él quien acaba de...

—Estoy perfectamente.

Apago la luz antes de bajar y llamo a papá. Está tranquilo. Muy tranquilo. No me gusta. Quiero que se vuelva loco, que grite, que entre en pánico, pero no lo hace. Me dice que ya están regresando. Cuelgo el teléfono, me sirvo un vaso de limonada dietética y me quedo sentada en la sala de estar por un rato. Es la mitad de la noche. Las cortinas están todas abiertas.

Una no se encuentra mucha gente como Charlie Spring en el mundo. Supongo que ya lo dejé en claro. Mucho menos alguien como Charlie Spring en una escuela para varones. Si me lo preguntan, para mí las escuelas como esas son un infierno. Quizás porque no conozco a muchos chicos. Quizás porque ninguno de los chicos que veo saliendo de Truham me da una buena impresión, la mayoría se la pasa tirándose refrescos en el pelo, diciéndose gay todo el tiempo, acosando a los pelirrojos. No sé.

No sé nada sobre la vida de Charlie en esa escuela.

Subo nuevamente y me asomo a la habitación de Charlie. Él y Nick están dormidos en la cama, Charlie está acurrucado sobre el pecho de Nick. Cierro la puerta.

Voy a mi habitación. Empiezo a temblar y me miro en el espejo por un largo rato, preguntándome si realmente soy Merlina Addams. Pienso en la última vez que Charlie tuvo una recaída. Octubre. Esa fue peor.

Mi habitación está bastante oscura, pero la página principal de mi blog en mi laptop funciona como una tenue lámpara azul. Camino en círculos sin parar hasta que me empiezan a doler los pies. Pongo un poco de Bon Iver y luego algo de Muse y luego Noah and the Whale, ya saben, música tonta y angustiante. Lloro y casi de inmediato dejo de hacerlo. Tengo un mensaje en el móvil, pero no lo leo. Escucho la oscuridad. Todos vienen por ti. Tus latidos son pisadas. Tu hermano no está bien. No tienes amigos. Nadie siente lástima por ti. La Bella y la Bestia no es real. Es gracioso porque es verdad. No estés triste. No estés triste.

Catorce

14:02

Llamada de *Michael Holden*

—¿Hola?

—No te desperté, ¿verdad?

—¿Michael? No.

—Bien. Dormir es importante.

—¿Cómo conseguiste mi número?

—Me llamaste el otro día, ¿no lo recuerdas? ¿En la sala de computación? Guardé tu número.

—Qué rápido.

—Yo diría más bien práctico.

—¿Llamaste por Charlie?

—Llamé por ti.

—...

—¿Charlie está bien?

—Fue solo una mala noche. Ahora está en terapia con nuestros padres.

–¿Dónde estás?

–En la cama.

–¿A las dos de la tarde?

–Sí.

–¿Puedo...?

–¿Qué?

–¿Puedo pasar?

–¿Por qué?

–No me agrada la idea de que estés sola. Me recuerdas a una anciana que vive sola con sus gatos y tiene el televisor encendido todo el tiempo.

–Ah, ¿en serio?

–Y yo soy un jovencito agradable que quiere pasar a visitarte para escuchar tus historias sobre la guerra y compartir un té con galletas.

–No me gusta el té.

–Pero sí las galletas. A todo el mundo le gustan las galletas.

–No tengo ganas de comer galletas hoy.

–No importa, iré a verte, Tori.

–No tienes que venir. Estoy perfectamente bien.

–No *mientas*.

Va a venir. No me molesto en quitarme el pijama ni cepillarme el pelo ni hacer que mi cara de hecho se vea humana. No me importa. No pienso salir de la cama, ni aunque tenga hambre, y acepto el hecho de que mi falta de voluntad termine ocasionando mi muerte por inanición. Pero después me doy cuenta de que no puedo permitir que mis padres tengan dos hijos que se dejan morir de hambre por voluntad propia. Dios, qué dilema. Incluso estar acostada en la cama es estresante.

Suena el timbre y toma la decisión por mí.

Me quedo parada en el porche con una mano sobre la puerta abierta. Él está en el último escalón, excesivamente arreglado y exageradamente alto, con sus gafas estúpidamente grandes y peinado hacia un costado Su bicicleta está encadenada a nuestra verja. Anoche no noté que tenía una canasta al frente. Afuera hace un millón de grados bajo cero, pero él solo lleva una camiseta y unos jeans.

Me mira de pies a cabeza.

—Ay, Dios mío.

Empiezo a cerrarle la puerta en la cara, pero la detiene con una mano. No puedo hacer nada después de eso. Simplemente, me agarra. Sus brazos se envuelven alrededor de mi cuerpo. Su barbilla reposa sobre mi cabeza. Mis brazos quedan atrapados a cada lado de mi cuerpo y mi mejilla queda presionada contra su pecho. El viento sopla a nuestro alrededor, pero no tengo frío.

Me prepara una taza de té. Odio el té, por Dios. Lo bebemos en nuestras tazas viejas en la mesa de la cocina.

—¿Qué sueles hacer los sábados? ¿Sales? —me pregunta.

—No si puedo evitarlo —respondo—. ¿Tú?

—No sé.

Bebo un sorbo del agua sucia.

—¿No sabes?

Se reclina hacia atrás.

—El tiempo pasa. Hago cosas. Algunas relevantes. Otras no.

—Creí que eras optimista.

Sonríe.

—Solo porque algo no sea relevante no significa que no valga la pena hacerlo. —La luz de la cocina está apagada. Está muy oscuro—. Bueno, ¿a dónde quieres ir hoy?

Sacudo la cabeza.

—No puedo salir, Oliver está aquí.

Parpadea, confundido.

—¿Oliver?

Le doy un momento para que lo recuerde, pero no lo hace.

–Mi hermanito de siete años. Te conté que tenía dos hermanos.

Parpadea una vez más.

–Ah, sí. Sí. Cierto. –Está bastante entusiasmado–. ¿Es como tú? ¿Puedo conocerlo?

–Mmm, claro...

Llamo a Oliver y aparece luego de un minuto con un tractor en sus manos, aún en pijama y bata. La bata tiene una capucha con orejas de tigre. Baja por la escalera, se apoya sobre el barandal y mira hacia la cocina.

Michael se presenta, obviamente, sacudiendo la mano con una sonrisa deslumbrante.

–¡Hola! ¡Soy Michael!

Oliver también se presenta con el mismo entusiasmo.

–¡Yo soy Oliver Jonathan Spring! –dice, sacudiendo su tractor de lado a lado . Este es Tom el Tractor. –Lo acerca a su oreja y escucha con atención–. Tom el Tractor no cree que seas peligroso, así que puedes entrar al tractor de la sala si quieres.

–Estaría más que encantado de ver al tractor de la sala –dice Michael. Creo que está un poco sorprendido. Oliver no se parece en nada a mí.

Oliver lo estudia con una mirada juiciosa. Luego de un momento de contemplación, se lleva la mano a la boca y susurra en voz alta.

–¿Es tu *novio*?

Me hace soltar una carcajada. Una risa genuina. Michael también ríe y luego se detiene y me mira. Yo sigo sonriendo. Creo que nunca me vio reír. ¿Alguna vez siquiera me vio sonreír? No dice nada. Tan solo me mira.

Y así es cómo paso el resto de mi sábado con Michael Holden.

No me molesté en cambiarme la ropa. Michael invade nuestra alacena y me enseña a preparar un pastel de chocolate, y luego lo comemos durante el resto del día. Michael lo corta en cuadrados, no en porciones triangulares, y, cuando le pregunto por qué lo hace así, simplemente me responde:

–No me gusta ajustarme a las convenciones típicas sobre cómo cortar un pastel.

Oliver sube y baja por la escalera a toda prisa para mostrarle a Michael su inmensa y variada colección de tractores, la cual Michael admira con un educado interés. Duermo una siesta en mi cuarto entre las cuatro y las cinco mientras Michael se queda tirado en el suelo y lee *Metamorfosis*. Cuando me despierto, me cuenta por qué el personaje principal no es el personaje principal ni nada por el estilo y que no le gustó el final porque el supuesto personaje principal muere. Luego se disculpa por arruinarme el final. Le recuerdo que no leo.

Después de eso, los tres nos metemos en el tractor de la sala y jugamos un viejo juego de mesa llamado El juego de la vida que Michael encontró debajo de mi cama. Empiezas recibiendo un montón de dinero, como en el Monopoly, y luego tienes que tener la vida más exitosa posible, el mejor trabajo, el sueldo más alto, la casa más grande, el mejor seguro. Es un juego muy extraño. De todos modos, lo jugamos por casi dos horas y, luego de otra ronda de pastel, jugamos a *Sonic Heroes* en la Play Station 2. Oliver triunfantemente nos gana a los dos y, como consecuencia, tengo que cargarlo en mi espalda por el resto de la tarde. Una vez que lo llevo a la cama, obligo a Michael a mirar *Los excéntricos Tenenbaum* conmigo. Ambos lloramos cuando Luke Wilson y Gwyneth Paltrow deciden que deben mantener su amor en secreto.

A las diez de la noche mamá, papá y Charlie llegan a casa. Charlie sube directo a su cuarto sin decir nada. Michael y yo estamos en el sofá de la sala, mientras él escucha música en mi laptop. La conectó al estéreo. Música de piano. O algo así. Nos relaja tanto que casi estamos dormidos, yo estoy recostada sobre él, pero no de un modo romántico ni nada por el estilo. Mamá y papá se detienen en la puerta y solo se quedan ahí, parpadeando, paralizados.

–Hola –dice Michael. Se levanta y le extiende una mano a papá–. Soy Michael Holden. Soy el nuevo amigo de Tori.

Papá estrecha su mano.

–Michael Holden. Sí. Un gusto conocerte, Michael.

Michael también estrecha la mano de mamá, lo que me parece un poco raro. No sé, tampoco soy una experta en etiqueta social.

–Sí –dice mamá–. Claro. Amigo de Tori.

–Espero que no les moleste que esté aquí –dice Michael–. Conocí a Tori hace algunas semanas. Supuse que se sentiría un poco sola.

–No, no. Para nada –dice papá, asintiendo–. Muy amable de tu parte, Michael.

Es una conversación tan aburrida y cliché que casi me veo tentada a quedarme dormida. Pero no lo hago.

Michael voltea hacia papá.

–Leí *Metamorfosis* mientras estaba aquí. Tori me contó que usted se lo prestó. Me pareció brillante.

–¿En serio? –La luz de la literatura se enciende en los ojos de papá–. ¿Y qué opinas?

Empiezan a hablar sobre literatura mientras yo sigo acostada en el sofá. Veo a mamá mirarme de reojo, como si intentara sacarme la verdad. No, le contesto telepáticamente. No, Michael no es mi novio. Llora cuando ve *La Bella y la Bestia*. Me enseñó a hacer un pastel de chocolate. Me siguió hasta un restaurante y fingió olvidar por qué.

Quince

Cuando me despierto, no recuerdo quién soy porque estaba teniendo un sueño muy loco. Sin embargo, cuando me despabilo por completo noto que ya es domingo. Todavía estoy acostada en el sofá. Mi teléfono está en el bolsillo de mi salto de cama y lo saco para mirar la hora. 07:42 a.m.

Enseguida subo y me asomo a la habitación de Charlie. Está dormido, obviamente, y se lo ve tranquilo. Sería agradable que siempre estuviera así.

Ayer, Michael Holden me contó muchas cosas y una de esas fue dónde vive. Entonces, no estoy segura de cómo ni por qué hago esto, pero hay algo en este domingo desolado que me hace querer levantarme del sofá y aventurarme hacia su casa en la Muerte del Sol.

La Muerte del Sol es un acantilado sobre el río. Es el único del condado. No sé por qué hay un acantilado sobre un río porque, por lo general, no hay acantilados sobre los ríos, salvo en las películas o documentales imprecisos sobre lugares que nunca visitarás. Pero la Muerte del Sol tiene ese nombre dramático porque, si te paras en el punto más alejado del acantilado, quedas justo frente al sol cuando se oculta en el horizonte. Hace un par de años, decidí recorrer la ciudad y recuerdo haber visto esa casa color café ubicada a solo metros del borde del acantilado, como si estuviera lista para saltar.

Quizás recordar todo esto es lo que me obliga a caminar por el largo camino campestre y detenerme frente a la casa café en la Muerte del Sol a las nueve de la mañana.

La casa de Michael tiene una verja, una puerta de madera y un letrero en la pared del frente que dice: "La cabaña de Jane". Es un lugar donde cualquiera creería que vive un granjero o algún viejo solitario. Me quedo ahí parada, justo frente a la verja. Venir fue un error. Un completo error. Son las nueve de la mañana. Nadie se levanta a esta hora un domingo. No puedo llamar a la puerta como si nada. Eso lo hacías en la primaria, por Dios.

Emprendo el camino de regreso.

Doy algunos pasos cuando escucho la puerta del frente abrirse.

–¿Tori? –Me detengo en la mitad del camino. No debería haber venido. No debería haber venido–. ¿Tori? ¿Eres tú?

Muy lentamente, volteo. Michael cierra la reja y se acerca trotando. Se detiene delante de mí y esboza una sonrisa.

Por un momento, no creo que sea él. Está bastante despeinado. Su cabello, por lo general alisado con gel hacia un costado, se sacude alrededor de su cabeza en mechones ondulados, tiene una admirable cantidad de ropa, incluyendo un suéter y soquetes de lana. Sus gafas están caídas sobre su nariz. No parece despierto y su voz, a menudo suave, ahora suena un poco ronca.

–¡Tori! –dice y se aclara la garganta–. ¡Tori Spring!

¿Para qué vine? ¿En qué estaba pensando? ¿Por qué soy tan idiota?

–Viniste a mi casa –dice, sacudiendo la cabeza de atrás hacia adelante en lo que solo se puede describir como sorpresa pura–. Aunque bueno, supuse que lo harías, aunque también creí que no… ya sabes.

Miro hacia un lado.

–Lo siento.

–No, no, estoy muy contento de que hayas venido. En serio.

–Puedo volver a casa. No quería...

–No.

Ríe y suena agradable. Se pasa una mano por el pelo. Nunca lo vi hacer eso antes.

Noto que le devuelvo la sonrisa. No estoy muy segura de cómo es que pasa eso.

Un auto aparece por detrás y rápidamente nos apartamos del camino para darle paso. El cielo aún está un poco anaranjado y, en todas direcciones, menos hacia la ciudad, lo único que se puede ver es campo en su mayoría abandonado y salvaje, con sus malezas altas meciéndose como las olas del mar. Empiezo a sentirme como si estuviera en la película de *Orgullo y prejuicio*, saben a lo que me refiero, esa parte al final cuando salen al campo en la neblina y el sol empieza a elevarse por el horizonte.

–¿Quieres... salir? –le pregunto. Y enseguida agrego–. ¿Hoy?

Literalmente, no lo puede creer. ¿Por. Qué. Soy. Tan. Idiota?

–S-sí. Definitivamente. Guau, sí. Sí.

¿Por qué?

Miro a su casa.

–Tu casa es linda –le comento, preguntándome cómo será por dentro. Me pregunto quiénes serán sus padres, cómo estará decorada su habitación. ¿Tendrá pósteres? ¿Luces? Quizás pintó algo. Quizás tiene juegos de mesa viejos apilados sobre unos estantes. Quizás tiene un puff. O figuras coleccionables. Quizás tiene sábanas con un patrón azteca y paredes negras, y ositos de peluche en una caja y un diario bajo su almohada.

Mira hacia su casa, sintiéndose, de pronto, abatido.

–Sí, supongo –dice y luego voltea hacia mí–. Pero deberíamos ir a otro lado.

Rápidamente regresa hasta la reja y la cierra. Su cabello se ve muy gracioso. Pero agradable. No puedo dejar de mirarlo. Se acerca caminando hacia mí y pasa a mi lado, luego voltea y extiende una mano. Su suéter, demasiado grande para él, se sacude alrededor de su cuerpo.

–¿Vienes?

Doy un paso hacia él. Y luego hago algo increíblemente patético.

–Tu pelo –digo, levantando una mano y tomando un mechón que cubre su ojo azul–. Está... *libre.* –Muevo el mechón hacia un lado.

Luego caigo en la cuenta de lo que estoy haciendo y salto hacia atrás incómoda.

Por lo que se siente una fría eternidad, me mira con una expresión congelada y puedo jurar que se sonroja un poco. Aún tiene su mano extendida hacia mí, entonces la sujeto, y eso casi lo hace saltar a *él.*

–Tu mano está muy fría –dice–. ¿Por casualidad tienes *sangre?*

–No –le contesto–. Soy un fantasma. ¿Recuerdas?

Dieciséis

Algo se siente diferente en el aire mientras caminamos. Estamos uno al lado del otro, pero definitivamente no de un modo romántico. La cara de Michael aparece sin parar en mi mente y llego a la conclusión de que no conozco al chico con el que estoy caminando. No lo conozco para nada.

Michael me lleva a una cafetería llamada Café Rivière. Está junto al río, por eso el nombre tan poco original, y ya vine aquí varias veces antes. Somos los únicos además del anciano dueño francés que barre el suelo. Nos sentamos en una mesa con un mantel cuadrillé y un florero junto a una ventana. Michael bebe un té. Yo como un *croissant*.

Me muero por iniciar una conversación, aunque no sé por qué. Así que empiezo con algo.

–Bueno, ¿por qué te cambiaste de escuela? –La expresión en su cara me dice que no fue la pregunta casual que tenía intenciones de hacer. Estoy incómoda–. Ah, lo siento. Lo siento. Fui demasiado entrometida. No tienes que responder.

Por un largo instante, bebe su té. Luego baja la taza y mira las flores entre nosotros.

–No, está bien. No es la gran cosa –dice y ríe para sí mismo, como si acabara de recordar algo–. Yo… eh… no me llevaba bien con la gente ahí. Ni con los profesores, ni con mis compañeros… Supuse que un cambio me vendría bien. Creí que podría llevarme mejor con las chicas o algo estúpido como eso. –Se encoge de hombros y ríe, pero no por diversión, sino por algo más–. Pero no. Claramente mi personalidad es demasiado fantástica para cualquier género.

No sé por qué, pero me empiezo a sentir bastante triste. No es la tristeza normal, ya saben, esa tristeza innecesaria y autoinfligida de lástima, sino una tristeza que se proyecta hacia afuera.

–Deberías aparecer en *Waterloo Road* o *Skins*, o algo de eso –digo.

Ríe una vez más.

–¿Por qué?

–Porque eres… –Termino la oración encogiéndome de hombros.

Me responde con una sonrisa.

Nos quedamos en silencio por otro rato. Yo como. Él bebe.

–¿Qué piensas hacer el año que viene? –le pregunto. Me siento como si le estuviera haciendo una entrevista, pero por primera vez en mi vida tengo una sensación extraña en el cuerpo. Como si estuviera *interesada*–. ¿Universidad?

Termina su té de un modo ausente.

–No. Sí. No, no sé. Ya es demasiado tarde igual; ayer terminó el plazo de inscripción. ¿Cómo pretenden que decida qué estudiar en la universidad? Muchas veces en la escuela ni siquiera me decido qué *bolígrafo* usar.

–Creí que nuestra escuela te *obligaba* a inscribirte a la universidad en el último año. O al menos a alguna tecnicatura o ese tipo de cosas. Aunque después no aceptes la vacante.

Levanta las cejas.

–Sabes, la escuela no puede *obligarte* a nada.

La verdad de esa frase me golpea como un puñetazo en la cara.

–Pero... ¿por qué no te postulaste a alguna universidad? ¿Solo en caso de que decidas ir?

–¡Porque *odio* la escuela! –dice bastante fuerte. Empieza a sacudir la cabeza–. La idea de sentarme en una silla durante tres años y aprender cosas que no me van a servir para la vida *literalmente* me da ganas de vomitar. Siempre me fue mal en los exámenes y va a ser así por siempre, ¡y *odio* que todo el mundo crea que *tienes* que ir a la universidad para tener una vida decente!

Me quedo sentada, boquiabierta. No decimos nada por poco más de un minuto hasta de que finalmente me mira a los ojos.

–Quizás siga con el deporte –dice, tranquilo, con una sonrisa juguetona.

–Ah, bien. ¿Qué haces?

–¿Eh?

–¿Qué deporte haces?

–Soy patinador de velocidad.

–Espera, ¿qué?

–Soy patinador de velocidad.

–¿Te refieres a carreras? ¿Sobre hielo?

–Ajá.

Sacudo la cabeza.

–Suena a como si hubieras elegido un deporte al azar.

Asiente en concordancia.

–Supongo.

–¿Eres bueno?

Hay una pausa.

–Me va bien –dice.

Empieza a llover. La lluvia cae sobre el río, agua sobre agua, y se desliza por la ventana como lágrimas del cristal.

–Ser patinador suena bastante buena onda –dice–. Pero, ya sabes, es difícil. Ese tipo de cosas son difíciles.

Le doy otro mordisco a mi croissant.

–Está lloviendo. –Se apoya sobre su mano–. Si sale el sol va a haber un arcoíris. Sería hermoso.

Miro por la ventana. El cielo está gris.

–No hay necesidad de que haya un arcoíris para que sea hermoso.

El dueño del café murmura algo. Una anciana entra al local y se sienta cerca de nosotros junto a una ventana. Noto que las flores de nuestra mesa son falsas.

–¿Qué quieres hacer? –pregunta Michael.

Me toma un momento pensarlo.

–Están pasando *El imperio contraataca* en el cine esta tarde –digo.

–¿Te gusta *La guerra de las galaxias?*

–¿Te sorprende? –pregunto cruzándome de brazos.

Me mira.

–Eres una caja llena de sorpresas. En general. –Su expresión cambia–. Te gusta *La guerra de las galaxias* –repite.

Frunzo el ceño.

–Eh, sí.

–Y tocas el violín.

–Eh… sí.

–¿Te gustan los gatos?

Empiezo a reír.

–¿De qué mierda estás hablando?

–Sígueme la corriente por un minuto.

–Está bien. Está bien, sí, los gatos son fabulosos.

–¿Y qué opinas de Madonna? ¿Y Justin Timberlake?

Michael es una persona muy extraña, pero esta conversación está a punto de cruzar el umbral de la cordura.

–Eh, sí. Algunas de sus canciones están bien. Pero, por favor, dime a qué quieres llegar con todo esto. Me está empezando a preocupar tu salud mental.

–Solitario.

Ambos nos quedamos congelados, mirándonos. La broma de *La guerra de las galaxias*. El video del violín. Los gatos, *Material Girl*, *SexyBack* de Justin Timberlake...

–¿Estás insinuando lo que creo?

–¿Qué crees que estoy insinuando? –me pregunta Michael con inocencia.

–Estás insinuando que Solitario tiene algo que ver *conmigo*.

–¿Y qué opinas de eso?

–Creo que es lo más ridículo que escuché en todo el año. –Me pongo de pie y empiezo a ponerme el abrigo–. Literalmente soy la persona más aburrida de todo el planeta.

–Eso es lo que *tú* crees.

En lugar de seguir discutiendo, le pregunto:

–¿Por qué te interesa tanto todo eso?

Se detiene y se inclina hacia atrás.

–No sé. Es solo que me da curiosidad, ¿sabes? Quiero saber quién está detrás de todo eso. Y por qué lo hace. –Ríe y agrega–. Tengo una vida bastante triste.

Me toma algunos segundos entender el impacto de lo último que acaba de decir. Es la primera vez que escucho a Michael Holden decir algo como eso.

Algo que diría yo.

–Oye –digo y asiento con franqueza–. Yo también.

Antes de irnos del café, Michael le compra un té a la anciana. Luego me lleva a la pista de patinaje sobre hielo para mostrarme lo rápido que sabe patinar. Parece que conoce a cada uno de los empleados del lugar. Saluda a todos chocando los cinco cuando entra y todos insisten en saludarme del mismo modo a mí, lo cual es bastante raro, pero también me hace sentir buena onda.

Michael es un patinador increíble. No solo es más rápido que yo, sino que *vuela*. Es como si todo se detuviera cuando voltea hacia mí con esa sonrisa, su sonrisa, hasta tan solo desvanecerse y dejar atrás un rastro de vapor que parece el aliento de un dragón. Yo, por el contrario, me caigo varias veces.

Luego de tambalearme sobre el hielo por un largo rato, decide apiadarse de mí y me ayuda. Lo sujeto de las manos, intentando no caerme de cara, y me lleva riendo tan fuerte por mi cara de concentración que algunas pequeñas lágrimas empiezan a brotar de sus ojos. Una vez que le agarro el ritmo, empezamos a hacer patinaje artístico por toda la pista mientras suena *Radio People* de Zapp, una joya subestimada de los ochentas y, casualmente, mi canción favorita de *Un experto en diversión*. Cuando salimos, al cabo de una hora más o menos, me muestra una foto de él en el tablero del Club de Patinaje, a los diez años, levantando un trofeo sobre su cabeza.

No hay muchas personas en la ciudad, solo unos pocos ancianos. Un domingo dormido. Visitamos la tienda de antigüedades. Toco un violín de segunda mano y logro recordar una sorprendente cantidad de obras. Michael me acompaña en el piano y tocamos hasta que el dueño de la tienda decide que estamos haciendo demasiado alboroto y nos echa del lugar. En otra tienda, encontramos un caleidoscopio fantástico. Es de madera y se puede extender como un telescopio. Nos turnamos para mirar los patrones de colores, hasta que Michael decide comprarlo. Es bastante caro. Le pregunto por qué lo compra. Me responde que no le gusta la idea de que nunca nadie lo vuelva a mirar.

Caminamos junto al río y arrojamos algunas rocas y jugamos a *Ramitas Pooh* en el puente. Regresamos a Café Rivière para almorzar y para que Michael beba otro té. Vamos al cine a ver *La guerra de las galaxias: El imperio contraataca*, que, obviamente, es excelente, y luego nos quedamos a mirar *Baile caliente*, porque aparentemente es día de "Volver a los ochenta". *Baile caliente* es una película bastante estúpida.

A mitad de la película, recibo otro mensaje en mi blog.

Anónimo: Pensamiento del día: ¿por qué la gente deja el periódico en el tren?

Se lo muestro a Michael.

–Qué pregunta *fantástica* –dice.

No le veo lo fantástico, así que la borro, al igual que el anterior.

No sé qué hora es, pero está oscureciendo. Regresamos a la Muerte del Sol. Un poco más adelante junto al acantilado está la casa de Michael, brillando bajo el cielo. Este lugar de verdad es el mejor lugar del mundo. El mejor fin del universo.

Nos acercamos a la cornisa, dejando que el viento sople en nuestros oídos. Me siento con las piernas colgando por el borde y, luego de persuadirlo un rato, él hace lo mismo.

–Se está ocultando el sol –dice.

–También sale el sol –digo sin poder evitarlo. Voltea la cabeza hacia mí como un robot.

–Repite eso.

–¿Qué?

–Repite eso.

–¿Repetir qué?

–Lo que acabas de decir.

Suspiro.

–*También sale el sol.*

–¿Y a quién te recuerda?

Suspiro otra vez.

–Ernest Hemingway.

Empieza a sacudir la cabeza.

–Odias la literatura. La odias. Ni siquiera puedes terminar *Orgullo y prejuicio.*

–...

–Dime tres novelas de Hemingway.

–¿En serio? ¿En serio me estás pidiendo eso? –Sonríe y pongo los ojos en blanco–. *Por quién doblan las campanas. El viejo y el mar. Adiós a las armas.* –Abre la boca, sorprendido–. No significa que las haya leído.

–Ahora voy a tener que ponerte a prueba.

–Dios.

–¿Quién escribió *La campana de cristal?*

–...

–No te hagas la que no lo sabe, Spring.

La primera vez que me llama por mi apellido. No estoy segura de qué significa esto para nuestra relación.

–Está bien. Sylvia Plath.

–¿Quién escribió *El guardián entre el centeno?*

–J. D. Salinger. Son muy fáciles.

–Está bien. ¿Quién escribió *Final de partida?*

–Samuel Becket.

–¿*Una habitación propia?*

–Virginia Woolf.

Me mira detenidamente.

–*Hermosos y malditos.*

Quiero dejar de responderle, pero no puedo. No puedo mentirle.

–F. Scott Fitzgerald.

Sacudo la cabeza.

–Conoces los nombres de todos los libros, pero nunca leíste ninguno. Es como si estuviera lloviendo dinero, pero te negaras a atrapar una simple moneda.

Lo sé, si pudiera tolerar las primeras páginas, podría disfrutar algún libro, pero no es el caso. No puedo leer nada porque sé que lo que estoy leyendo no es real. Sí, soy una hipócrita. Las películas tampoco son reales y me encantan. Pero los libros… son diferentes. Cuando miras una película, eres una especie de extraño que la mira desde afuera. Pero con un libro… estás ahí. Adentro. Eres la protagonista.

Un minuto más tarde, me pregunta:

–¿Alguna vez tuviste novio, Tori?

Río.

–Claramente, no.

–No digas eso. Eres una bomba sexy. Fácilmente podrías tener un novio.

No soy ninguna bomba sexy en ningún sentido. Suspiro.

–No necesito un hombre. Disfruto estar soltera.

Eso hace reír a Michael tan fuerte que se reclina hacia atrás y se tapa la cara con las manos, lo que me hace reír a mí también. Seguimos riendo a carcajadas hasta que el sol prácticamente desaparece.

Una vez que nos calmamos, Michael se recuesta sobre el césped.

–Espero que no te moleste, pero Becky no suele pasar mucho tiempo contigo en la escuela. Me refiero a que, si no lo supiera, no parecen mejores amigas. –Me mira–. No hablan mucho.

Me cruzo de piernas. Otro cambio de tema inesperado.

–Sí… ella… no sé. Quizás por eso somos mejores amigas. Porque no necesitamos hablar todo el tiempo. –Lo veo acostado en el suelo con un brazo sobre su frente, su cabello disperso en la oscuridad y su ojo azul envuelto en un caleidoscopio de luces remanentes. Aparto mis ojos–. Tiene más amigos además de mí, supongo. Pero está bien. No me molesta. Es entendible. Yo soy bastante aburrida. Quiero decir, su vida sería demasiado aburrida si solo pasara tiempo conmigo.

–Tú no eres aburrida. Eres la personificación de lo no-aburrido –pausa–. A mí me pareces una gran amiga –dice. Volteo nuevamente hacia él. Está sonriendo y me recuerda a esa expresión que puso el día que nos conocimos, salvaje, radiante, imposible de leer–. Becky tiene mucha suerte de tener a alguien como tú.

Yo no sería nada sin Becky, supongo. Aunque todo sea diferente ahora. A veces, me da ganas de llorar pensar en lo mucho que la quiero.

–Es al revés –digo.

Las nubes ya casi se despejaron. El cielo anaranjado del horizonte se tiñe de azul oscuro sobre nuestras cabezas. Parece un portal. Sigo pensando en *La guerra de las galaxias* que vimos antes. Cuando era niña quería tanto ser una Jedi. Mi sable de luz habría sido verde.

–Creo que tengo que volver a casa –digo eventualmente–. No les dije a mis padres que saldría.

–Ah, está bien. –Ambos nos ponemos de pie–. Te acompaño.

–No hace falta.

Pero lo hace de todos modos.

Diecisiete

Cuando llegamos a la puerta de mi casa, el cielo está negro y aún no hay ninguna estrella a la vista.

Michael voltea y me envuelve entre sus brazos. Me toma por sorpresa, así que no tengo tiempo de reaccionar y mis brazos, una vez más, quedan atrapados a cada lado de mi cuerpo.

–Lo pasé muy bien hoy –dice, sujetándome.

–Yo también.

Me suelta.

–¿Crees que somos amigos ahora?

Dudo por un momento. No sé por qué. Dudo por ninguna razón.

Me arrepiento de lo que digo ni bien las palabras brotan de mi boca.

–Pareces... –digo–, obsesionado con querer ser mi amigo. –Luce avergonzado, casi arrepentido–. Se siente como si solo lo estuvieras haciendo por ti.

–Todas las amistades son egoístas. Quizás si no fuéramos egoístas, nos quedaríamos solos.

–Pero, a veces, eso es mejor.

Eso lo lastima. No debería haberlo dicho. Estoy quitándole toda la felicidad del momento.

−¿Eso crees?

No sé por qué no puedo decir que somos amigos y terminar con esto de una vez por todas.

−¿Qué es esto? Todo esto. Te conozco desde hace solo dos semanas. Nada tiene sentido. No entiendo por qué quieres ser mi amigo.

−Es lo mismo que dijiste la última vez.

−¿La última vez?

−¿Por qué quieres complicar todo? No tenemos seis años.

−Es solo que soy horrible para... para... no sé.

Su sonrisa desaparece.

−No sé qué decir −agrego.

−Está bien. −Se quita las gafas y las limpia con la manga de su suéter. Nunca lo vi sin sus gafas−. Está bien. −Y luego, mientras se las coloca nuevamente, toda la tristeza se desintegra y lo que yace por debajo es el verdadero Michael, el fuego, el chico que patina, el chico que me siguió al restaurante para decirme algo que no podía recordar, el chico que no tiene nada mejor que hacer que obligarme a salir de mi casa y vivir.

−¿Tengo que dejar de intentar? −pregunta y se responde a sí mismo−. No, claro que no.

−Pareces enamorado de mí −suelto−. Dios mío.

−No sé por qué no podría estar enamorado de ti.

−¿Estás enamorado de mí?

Me guiña el ojo.

−Es *un misterio*.

−Voy a tomar eso como un no.

−Era obvio. Era obvio que lo ibas a tomar como un no. Ni siquiera hacía falta que me lo preguntaras, ¿verdad?

Ya está empezando a molestarme. Mucho.

—¡Por Dios! ¡Ya sé que soy una estúpida, una cretina pesimista, pero deja de actuar como si fuera una especie de psicópata maniática depresiva!

Y luego, de repente, como una ráfaga de viento inesperada o un bache en el camino, o una escena que te hace gritar en una película de terror, es una persona completamente distinta. Su sonrisa muere y sus ojos azul y verde se oscurecen. Cierra el puño y presiona los dientes con intensidad, mirándome fijo.

—¡Quizás sí eres una *psicópata maniática depresiva*!

Me quedo congelada, confundida, con ganas de vomitar.

—Está bien.

Volteo.

Entro a mi casa.

Y cierro la puerta.

Charlie está en la casa de Nick para variar. Voy a su habitación y me acuesto en su cama. Tiene un planisferio a un lado con algunos lugares marcados con un círculo. Praga. Kioto. Seattle. También hay varias fotos de Nick. Nick y Charlie en el London Eye. Nick y Charlie en un partido de rugby. Nick y Charlie en la playa. Su habitación está tan ordenada. Obsesivamente ordenada. Huele a limpio.

En su mesa de luz tiene un cajón en el que solía guardar todos sus snacks, obviamente apilados y ordenados, pero mamá los encontró y los tiró a la basura cuando lo internaron en la guardia psiquiátrica. Ahora ese cajón está lleno de libros. Muchos de los cuales fueron un regalo de papá. Cierro el cajón.

Voy a buscar mi laptop y la llevo al cuarto de Charlie y reviso algunos blogs.

Lo arruiné, ¿verdad?

Estoy enojada con Michael por decir esas cosas. Odio que haya dicho todo eso. Pero, si venimos al caso, yo también dije estupideces. Me quedo sentada, preguntándome si Michael me va a hablar mañana. Quizás sea mi culpa. Todo es mi culpa.

Me pregunto cuánto hablará Becky sobre Ben mañana. Mucho. Pienso en otra persona con la que podría pasar tiempo. No hay nadie. Pienso en que no quiero volver a salir de esta casa nunca más. Pienso en si tengo tarea para hacer este fin de semana. Pienso en la horrible persona que soy.

Pongo *Amélie*, que resulta ser la mejor película extranjera en la historia del cine. Esta es una película indie *original*. El romance está *bien*. Se nota que es *genuino*. No es solo "ella es linda, él es atractivo, ambos se odian, luego descubren sus secretos, empiezan a gustarse, se declaran su amor, fin". El romance de Amélie tiene sentido. No es falso, es creíble. Es *real*.

Bajo las escaleras. Mamá está en la computadora. Le digo buenas noches, pero se tarda al menos veinte segundos en escucharme, entonces regreso arriba con un vaso de limonada dietética.

Dieciocho

Becky está con Ben Hope en la escuela. Ahora están juntos. Comparten una mesa en la sala de estudiantes y sonríen mucho. Luego de algunos minutos de estar sentada a pocos metros de ellos en una silla giratoria, Becky finalmente me ve.

–¡Hola! –Me esboza una sonrisa, pero el saludo suena forzado.

–Buen día. –También están sentados, Becky tiene las piernas sobre el regazo de Ben.

–No recuerdo haber hablado contigo antes –dice Ben. Es tan atractivo que me siento increíblemente incómoda. Odio eso–. ¿Cómo te llamas?

–Tori Spring –respondo–. Vamos a la misma clase de Matemática. Y Literatura.

–Ah, sí, cierto, ¡me parecía que te había visto ahí! –No le creo nada–. Hola, soy Ben.

–Sí.

Nos quedamos sentados ahí por un buen rato, como si él esperara que yo continúe la conversación. Claramente no me conoce.

–Espera. ¿Tori *Spring*? –Me mira con los ojos entrecerrados–. ¿Eres... la hermana de *Charlie* Spring?

–Sí.

–Charlie Spring... ¿el que sale con Nick Nelson?

–Sí.

De inmediato, todo rastro adulador abandona su expresión, dejando solo una especie de ansiedad reprimida. Por un momento, es casi como si estuviera intentando sacarme alguna reacción. Pero luego desaparece.

–Genial. Sí, me lo crucé un par de veces en Truham.

Asiento.

–Genial.

–¿Conocías a Charlie Spring? –pregunta Becky.

Ben se toca los botones de su camisa algo incómodo.

–No mucho. Solo lo vi un par de veces, ya sabes. ¡El mundo es un pañuelo!

–Sí –digo.

Becky me mira con una expresión extraña. La miro, intentando comunicarle telepáticamente que no quiero estar aquí.

–Tori –dice Becky–, ¿hiciste la tarea de Sociología?

–Sí, ¿tú?

Esboza una sonrisa tímida y mira a Ben. Intercambian una mirada traviesa.

–Estábamos ocupados –dicen riendo.

Intento no pensar en las connotaciones de la palabra "ocupados".

Evelyn estuvo aquí todo este tiempo, de espaldas a nosotros, hablando con otros estudiantes del 12° año con los que nunca hablé. Gira sobre su silla y pone los ojos en blanco cuando los ve a Ben y a Becky.

–Dios, ¿por qué son tan *adorables*?

Empiezo a hurgar en mi mochila, encuentro la tarea y se la paso a Becky.

—Devuélvemela antes de la clase —digo.

—Ay. —Toma el papel—. Eres *fabulosa*. Gracias, cariño.

Becky nunca me llamó "cariño" en toda su vida. Me ha llamado "hermanita", "compa" y "amiga" un millón de veces. Pero nunca, nunca, nunca me llamó "cariño".

Suena la campana y me voy sin despedirme.

Lucas se me acerca durante el recreo mientras acomodo algunos libros en mi casillero. Intenta iniciar una conversación y, para ser honesta, solo porque siento lástima por él la mayor parte del tiempo, reúno todas mis fuerzas para hablarle. Y por "reunir todas mis fuerzas para hablarle" me refiero a que no lo ignoro. Noto que su cabello creció desde el viernes.

Hablamos sobre la fiesta de Becky.

—Sí, me fui a casa un poco temprano —dice—. Tú desapareciste de la nada.

Me pregunto si me vio con Michael.

—Sí —respondo, mirándolo por un breve instante con una mano en la puerta de mi casillero—. Eh, yo también me fui a casa.

Asiente y mete ambas manos en los bolsillos de su pantalón. Pero estoy segura, más que segura, de que sabe que no fui a casa. Hay un breve silencio antes de que continúe rápidamente.

—No sé si le gustó mi regalo —dice, encogiéndose de hombros. Luego me mira—. Siempre fui bastante bueno eligiendo regalos para ti.

Asiento. Es verdad.

—Sí, tienes razón.

—Cinco de abril, ¿cierto?

Recuerda mi cumpleaños. Volteo, tardando más de lo necesario para sacar mi libro de matemática.

–Qué buena memoria.

Otra pausa incómoda.

–El mío es en octubre –dice. Entonces ya tiene diecisiete–. Supuse que no lo recordarías.

–No soy muy buena para recordar cosas.

–Claro. No, está bien.

Ríe. Empiezo a sentirme un poco mareada. Cuando la campana suena para la tercera hora de clase, el alivio casi me hace desmayar.

Para la cuarta hora de clase, Solitario ataca de nuevo.

La única página a la que tienen acceso todas las computadoras de la escuela es el blog de Solitario, que ahora muestra una inmensa foto de Jake Gyllenhaal con el torso desnudo, debajo de las siguientes palabras:

Solitarianos:

Hemos llegado a los 2.000 seguidores. Su recompensa es la destrucción de la clase de informática hoy en Higgs, à la Gyllenhaal. Para quienes no van a Higgs, estamos seguros de que sabrán apreciar a este Gyllenhaal.

La paciencia mata.

Los profesores prácticamente empiezan a echar a los estudiantes de las salas de computación y todas las clases de informática quedan canceladas hasta nuevo aviso. Aplaudo a Solitario por el esfuerzo.

Kent decidió llevar todo al siguiente nivel y no lo culpo. A la hora del almuerzo, nos piden que vayamos a la secretaría del bachillerato para tener una "entrevista de estudiantes", que es una forma bonita que tienen los profesores de decir "interrogatorio". Kent está ahí con su computadora junto a Strasser, quien pestañea enérgicamente. Me siento con pesadez sobre la silla. En la pared opuesta, hay un cartel que dice "HABLAR AYUDA". Nada de esto tiene sentido.

–Seremos breves –dice Strasser–. Estás a salvo aquí. Todo lo que digas en este lugar quedará en el anonimato.

Kent mira a Strasser de un modo particular.

–Solo queremos saber si viste o escuchaste algo que podría ayudarnos –dice.

–No –les digo, aunque están los mensajes, lo que pasó en la C13 y la reunión–. Lo siento. Nada.

Soy consciente de que estoy mintiendo. Y no sé por qué lo hago. Solo tengo la impresión de que si digo algo sobre lo que vi y escuché, me terminarían *acusando a mí*. Y no quiero verme *involucrada*.

–Está bien –dice Kent–. Mantente alerta. Sé que no eres una delegada, pero... ya sabes.

Asiento y me levanto para marcharme.

–Tori –me llama Kent. Volteo y lo veo mirándome de un modo extraño. Diferente. Pero tan pronto como aparece, esa mirada desaparece–. Mantente alerta. No podemos permitir que todo empeore.

Estoy navegando por un blog en la sala común cuando termina la hora del almuerzo. Nuestro grupo entra y se sienta en una mesa apenas regresa de la cafetería. Hoy son Becky, Lauren y Rita. No hay rastros de Lucas ni de Evelyn. Me olvidé de prepararme el almuerzo y no tengo dinero, aunque, para ser honesta, pensar en comida me hace sentir un poco asqueada. Becky me ve en la computadora y se acerca. Cierro el blog y abro el ensayo de Literatura que todavía no terminé.

–¿Qué haces aquí sola?

–Todavía no terminé el ensayo de Literatura.

–¿Qué ensayo? Pensé que teníamos solo la otra tarea.

–El mini ensayo sobre los héroes en *Orgullo y prejuicio*. Es para mañana.

–Ah, bueno, qué lástima, demasiado tarde. Me di cuenta de que prefiero vivir a hacer tarea.

Asiento como si entendiera a lo que se refiere.

–Me parece justo.

–Viste mi Facebook, ¿no?

–Sí.

Suspira y se lleva las manos a las mejillas:

–¡Estoy tan feliz! ¡No puedo creerlo! Es el chico más lindo que conocí jamás.

Asiento y sonrío.

–¡Me alegra tanto por ti! –Sigo asintiendo y sonriendo. Soy como ese bulldog de la aseguradora Churchill Insurance. *Oh, sí.*

–O sea, el sábado, le escribí preguntándole, ya sabes, si sentía todas las cosas que me había dicho en la fiesta o solo las había dicho porque estaba ebrio y me aseguró que no, que lo decía en serio y que le gusto mucho de verdad.

–¡Qué lindo!

–Y a mí también me gusta mucho.

–¡Bien!

Toma su teléfono y busca algo, me lo muestra y ríe.

–¡Hace una eternidad que no me siento así de feliz!

Junto las manos sobre mi regazo.

–¡Me alegra mucho por ti, Becky!

Pero noto que cree que estoy mintiendo. Cree que no me importa.

–Gracias. –Desearía poder decirle que de verdad me alegro por ella, pero todo lo que hace me hace sentir un fracaso en esta vida.

Nos quedamos en silencio por algunos segundos. Solo sonreímos.

–¿Qué hiciste este fin de semana? –me pregunta casi por obligación.

Paso una mano por mi pelo. Tenía un mechón suelto en el lado opuesto.

–Nada. Ya me conoces.

Mantiene los ojos fijos en mí.

–Creo que te vendría bien salir más. Es solo que, bueno, no lo intentas. Si lo intentaras, podrías conseguir un novio con facilidad.

–No necesito un novio –digo.

Luego de un rato, la campana suena otra vez. Terminé e imprimí el ensayo. Todos se van en sus grupos menos yo. Empiezo a caminar hacia mi clase, pero cuando volteo hacia la derecha, Michael pasa caminando a mi lado y verlo me hace querer empezar a patear y golpear cosas. Se detiene y me pregunta, "¿A dónde vas?", pero yo simplemente sigo caminando hacia la puerta de la escuela sin detenerme. Apenas hay gente en la ciudad moribunda y el frío es prácticamente polar, pero olvidé mi abrigo en la escuela y, cuando finalmente llego a casa, estoy completamente sola, así que me meto en la cama y duermo hasta que mamá me despierta para la cena, sin saber que me escapé de la escuela.

Esa tarde, Charlie tiene una cita con su psiquiatra en la clínica especializada en trastornos alimenticios y todos decidimos acompañarlo (mamá, papá y yo), así que dejamos a Oliver en casa a cargo de Nick. Mamá y papá entran a la primera reunión y yo me quedo con Charlie en la sala de espera. Es la primera vez que estoy en este lugar desde que Charlie estuvo internado aquí y sigue siendo incómodamente optimista. En la pared, hay una pintura inmensa de un arcoíris y un sol con una carita sonriente.

Esta guardia solo trata adolescentes. Hay otra chica en la sala, quizás de mi edad, leyendo un libro y un chico menor, quizás de unos trece años, mirando *Shrek*. Aplaudo internamente por su buen gusto para las películas.

Charlie no me habla desde el viernes. Pero yo tampoco. Luego de varios minutos, él rompe el silencio.

–¿Por qué ya no hablamos? –Lleva una camisa a cuadros suelta y unos jeans. Sus ojos se ven oscuros y muertos.

–No lo sé –es lo único que puedo decir.

–Estás enojada conmigo.

–Claro que no.

–Deberías.

Cruzo las piernas en el sofá.

–No es tu culpa.

–Entonces ¿de quién? –Se apoya sobre una mano–. ¿Quién es el responsable de todo esto?

–*Nadie* –respondo–. Esta mierda pasa. Esta mierda le pasa siempre a la gente equivocada. Ya lo sabes.

Me mira por un largo rato, su cabeza levemente encorvada hacia abajo.

–¿Qué cuentas? –me pregunta.

Me detengo antes de responderle.

–Estuve con Michael Holden todo el fin de semana. –Levanta las cejas y aclaro–: No de ese modo.

–No dije nada.

–Pero lo pensaste.

–¿Por qué estuviste con él todo el fin de semana? ¿Ahora son amigos? –Sus ojos se iluminan–. No pensé que *hicieras eso*.

Frunzo el ceño.

–Dijo que era una "psicópata maniática depresiva". Dudo que…

El dispensador de agua burbujea. Las ventanas están a medio abrir y la brisa sacude unas persianas salidas de la década del ochenta. Charlie me mira.

—¿Qué más pasa? —pregunta—. No hablamos bien desde hace una eternidad.

Le enumero todas las cosas.

—Becky está saliendo con Ben Hope. Me habla de él todo el tiempo. No hablo bien con mamá y papá desde el sábado. No estoy durmiendo mucho. Y... Michael.

Charlie asiente.

—Son muchas cosas.

—Lo sé. Una catarata de problemas del primer mundo.

—Espera —dice—. ¿Becky está saliendo con *Ben Hope*?

—Sí.

—¿El mismo que iba a Truham?

—¿Qué? ¿Lo conoces?

La pregunta casi parece desconcertarlo. Luego de una breve pausa, agrega.

—Sí, éramos amigos. Ahora ya no.

—Okey.

—No voy a ir a la escuela mañana.

—¿No?

—No, mamá y papá me dijeron que no vaya. Creo que están exagerando demasiado todo esto.

Río.

—Tuviste una recaída por autolesiones, idiota.

Se reclina hacia atrás.

—Bueno, pero ¿te olvidas de que soy un melodramático?

—¿Quieres que te acompañe en autobús el miércoles? —Por lo general, yo camino a la escuela y Charlie toma el autobús. Odio el autobús.

La expresión de Charlie se suaviza y sonríe.

–Está bien, gracias. –Se acomoda en el sofá para que su cuerpo quede enfrentado al mío–. Creo que deberías darle una oportunidad a Michael.

¿Una oportunidad?

–Ya sé que con Nick dijimos que es raro, y de verdad que lo *es*, y sé que crees que es más fácil estar sola, pero cada minuto que pasas pensando en lo que no estás haciendo, pasa otro minuto en el que te olvidas de estar con otras personas.

–Yo no...

–Michael está bien. Ya lo dejó en claro. No entiendo por qué no puedes aceptar este tipo de cosas. Si no puedes aceptar lo que no entiendes, entonces te pasarás el resto de tu vida cuestionando todo. Y pasarás toda una vida metida dentro de tu propia cabeza.

Nos interrumpe una enfermera y le pide a Charlie que acompañe a mamá y papá en la reunión. Charlie se pone de pie, pero no se va. Me mira.

–¿Y eso qué tiene de malo? –pregunto.

–Victoria, así es como terminas en un lugar como este.

Diecinueve

La alarma suena en la quinta clase al día siguiente. *Acababa de sentarme* en mi silla en la sala común, mientras escuchaba Fix You de Coldplay en mi iPod una y otra vez (patético, lo sé), cuando de repente empieza a sonar una alarma. Ahora estamos aquí en el páramo desolado y congelado del campus, formados en filas con nuestros respectivos grupos.

Oigo al menos a tres personas comentar algo sobre un incendio en la oficina de Kent, pero asistir a una escuela solo para chicas por más de cinco años me enseñó a no confiar en ningún chisme que pasara de boca en boca.

No conozco a prácticamente nadie en mi fila, por lo que tiemblo y volteo. Veo a Michael un poco más adelante, destacado entre sus compañeros. Parece fuera de lugar en cualquier lugar.

Empiezo a preguntarme si mi crisis el domingo es la razón por la que no me llamó ni me buscó en la escuela. Me pregunto si todavía quiere ser mi amigo. Quizás debería hacerle caso a Charlie. Si cree que Michael está bien, entonces quizás tenga razón, y debería darle una oportunidad. No lo digo como si me importara, porque ya rechacé su oferta. Además, tampoco creo que me de otra oportunidad. Y está bien. Está bien. No quiero ir a esa reunión de Solitario el sábado, así que, al menos, me pude sacar eso de encima.

Sigo mirándolo porque noto que algo no anda bien.

Tiene los ojos entrecerrados y la mirada perdida en un libro, su rostro está tan inmóvil que me hace poner a mí tensa. De hecho, casi siento que está a punto de llorar. No veo qué libro es, pero parece bastante grande y ya está cerca del final. Además, tiene la corbata deshecha, envuelta alrededor de su cuello como una bufanda, y su peinado usualmente prolijo está prácticamente descuidado. Desearía saber qué está leyendo. Sé que no me gustan los libros, pero siempre puedes saber lo que piensa la otra persona por lo que lee.

A pocos metros, Lucas pasa caminando con Evelyn y un chico con mucho pelo, son parte del último grupo que llega. Lucas parece igual de triste. Empiezo a sentir que todos están tristes. Todo es triste. Todo triste.

Me pregunto si Lucas será el novio secreto de Evelyn. Es posible.

No quiero pensar más en Lucas ni en Michael. Así que tomo mi teléfono y entro al blog de Solitario. Espero a que termine de cargar con la esperanza de encontrar a Jake Gyllenhaal.

Pero hay una nueva publicación en reemplazo de la de Jake. Es la foto de una mano con el dedo índice extendido, a punto de activar la alarma contra incendios de la escuela. Debajo, tiene un texto que dice así:

¿ME ATREVO

A PERTURBAR EL UNIVERSO?

Me quedo mirando la foto por un largo rato y empiezo a sentirme un poco claustrofóbica. Esa pregunta, esos versos, giran en mi cabeza como si me lo estuviera preguntando a mí. Me pregunto cómo es que siquiera *sé* que esos dos versos son de un poema porque no recuerdo nunca haberle echado un vistazo a un poema que no fuera parte de alguna tarea para la escuela. Me pregunto si podría preguntárselo a Michael, él seguramente sabría cuál es, pero luego recuerdo que cree que soy una psicópata maniática depresiva. Y entonces lo olvido.

Veinte

Llego a casa. Todo parece normal. Saludo a Nick y a Charlie. Enciendo mi laptop. Pongo una película. Y luego hago algo extraño.

Llamo a Michael.

16:49
Llamada saliente

M: ¿Hola?

T: Hola. Soy Tori.

M: ¿Tori? ¿En serio? ¿Me llamas otra vez? Son dos veces en dos semanas. No sabía que te gustaba tanto hablar por teléfono.

T: Créeme que no me gusta.

M:

T: Sobredimensioné todo. Yo soy la que tiene que pedirte disculpas. Llamé para eso.

M:

T:

M: Yo también lo siento. No creo que seas una psicópata.

T: ¿No? Igual no estarías muy equivocado.

M: No sé por qué tenemos que disculparnos. Ni siquiera recuerdo por qué discutimos. Es más, ni siquiera creo que *hayamos* discutido.

T: ¿Estás negado?

M: ¿Tú?

T: ¿A qué te refieres?

M: No sé.

T: Lamento haberte hablado mal.

M:

T: Quiero que seamos amigos. ¿Podemos…?

M: Ya somos amigos, Tori. No tienes que pedírmelo, ¿sí? Ya somos amigos.

T:

M: ¿Charlie está bien?

T: Sí, está bien.

M: ¿Y tú?

T: Estoy bien.

M:

T:

M: Veo que Becky y Ben están bastante acoplados.

T: Ah, sí, prácticamente se fusionaron en uno. Ella está muy feliz.

M: ¿Y tú estás feliz?

T: ¿Qué?

M: ¿Tú estás feliz?

T: Sí. Estoy feliz por ella. Estoy feliz por ella. Es mi mejor amiga. Estoy muy feliz por ella.

M: No te pregunté eso.

T: No entiendo.

M:

T:

M: ¿Quieres ir a la reunión de Solitario el sábado?

T:

M: No quiero ir solo.

T: Está bien.

M: ¿Vienes?

T: Sí.

M:

T: ¿Por qué escucho viento? ¿Dónde *estás*?

M: En la pista de patinaje.

T: ¿La de hielo?

M: ¿Conoces alguna *otra*?

T: Estás hablando por teléfono y patinando al mismo tiempo.

M: Los hombres también podemos hacer varias cosas a la vez, sabes. ¿Tú dónde estás?

T: Obviamente en mi casa.

M: Qué perdedora.

T: ¿Qué canción es esa?

M:

T: Es de una película, ¿no?

M: ¿Sí?

T: Es la de *Gladiador*. Se llama *Now We Are Free*.

M:

T:

M: Tu conocimiento de películas es mágico.

T: ¿Mágico?

M: Tú eres mágica, Tori.

T: Tú eres el que sabe patinar sobre hielo. Es lo más cercano a volar para un humano sin vehículo.

M:

T: Tú puedes volar, Michael.

M:

T: ¿Qué?

M: Puedo volar.

T: Puedes volar.

M: Nunca nadie...

T:

M: Bueno, nos vemos en Hogwarts entonces.

T: O en Nunca Jamás.

M: O en ambos.

T: O en ambos.

Veintiuno

Estar sentada junto a Charlie durante el viaje en autobús el miércoles por la mañana me deja más tranquila. Tengo muchos mensajes sin leer en mi blog, pero no quiero leerlos. Es un día muy, muy soleado. Nos encontramos con Nick en la puerta de Truham. Nick le da un beso rápido a Charlie y empiezan a hablar y reír. Espero a que entren a la escuela y luego sigo mi camino a Higgs.

Siento que todo está bien porque Michael y yo estamos bien. No sé por qué hice todo ese alboroto. Mentira. Sí sé. Porque soy una idiota.

El señor Compton, mi profesor imbécil de matemáticas, decide que, solo por una lección, tenemos que trabajar con gente con la que por lo general no trabajamos. Así termino sentada al lado de Ben Hope en la clase de matemáticas del miércoles. Intercambiamos algunas palabras y nos quedamos sentados en silencio mientras Compton explica la regla del trapecio de la forma más complicada posible. Ben no tiene estuche para sus útiles. Solo tiene un bolígrafo y una pequeña regla en el bolsillo de su camisa. También se olvidó su libro de C2. Tengo la impresión de que lo hizo a propósito.

A mitad de la clase, Compton se va a hacer fotocopias de algunas cosas y no regresa por un buen rato. Para mi consternación, Ben decide hablarme.

–Oye –dice–. ¿Cómo está Charlie?

Volteo lentamente hacia mi izquierda. Para mi sorpresa, parece realmente preocupado.

–Mmm... –¿La verdad? ¿Una mentira?–. No tan mal.

–Bien. Okey.

–Charlie me contó que solían ser amigos o algo.

Abre los ojos bien en grande.

–Mmm, sí. Supongo. Pero ya sabes. O sea, sí. Todo el mundo conoce a Charlie, ¿sabes?

Sí. Todo el mundo lo conoce. Dos meses son suficientes para saber por qué.

–Sí.

El silencio entre nosotros regresa. El resto de nuestros compañeros está hablando y ya falta poco para terminar la clase. ¿Compton se quedó a comer en la fotocopiadora?

De pronto, antes de darme cuenta, hablo. Hablo *primera*. Es bastante raro.

–Todo el mundo ama a Charlie en Truham –digo–, ¿verdad?

Ben empieza a golpear su bolígrafo contra la mesa y una sonrisa nerviosa se presenta en su rostro.

–Bueno, yo no diría *todos* –ríe, incómodo. Frunzo el ceño y rápidamente se escuda agregando–. No, quiero decir, nadie puede agradarle a *todos*, ¿no crees?

Me aclaro la garganta.

–Supongo.

–No lo conozco mucho ahora –agrega.

–Ah. Okey.

Veintidós

Almuerzo. Sala común. Miro mi reflejo en la pantalla sucia de una de las computadoras apagadas. Tengo la cabeza apoyada sobre las manos, no porque esté particularmente estresada ni nada por el estilo; es solo una posición bastante cómoda para sentarse.

–Hola –dice Lucas, sonriendo y sentándose a mi lado. Lo miro. No parece tan avergonzado hoy, lo cual es un progreso colosal.

–¿Por qué tan alegre? –le pregunto.

Se encoge de hombros.

–¿Qué tiene de malo?

Pongo los ojos en blanco, fingiendo sarcasmo.

–No me gusta tu actitud.

Se me queda mirando por un minuto. Tomo mi teléfono y reviso mi blog. Luego agrega:

–Oye, mmm, ¿qué haces este sábado?

–Eh, nada, supongo.

–¿Quieres…? Deberíamos hacer algo.

–… ¿deberíamos?

–Sí. –*Ahora* está avergonzado–. Quiero decir, si quieres.

–¿Algo como qué?

Sacude la cabeza.

–No sé. Podríamos ir a... relajarnos a algún lugar.

Me obligo a pensar en todo esto con mucho cuidado. Podría intentarlo. Al menos, una vez. Podría intentar ser legítimamente buena con un ser humano.

–Ah, eh, a la noche estoy ocupada. Pero estoy libre durante el día.

Su rostro se ilumina.

–¡Genial! ¿Qué quieres hacer?

–No sé. Fue tu idea.

–Ah, sí, es verdad... bueno, ¿podrías venir a mi casa si quieres? Podemos ver una película...

–¿A Evelyn no le molesta?

Sí, traigo eso.

–Eh... –ríe, como si estuviera bromeando–. ¿Qué?

–Evelyn. –Mi voz empieza quebrarse–. ¿Ustedes dos no... tú y Evelyn...?

–Eh... nosotros... no...

–Ah, bien. Genial. Quería estar segura.

–¿De qué están hablando? –dice Becky. Ambos giramos–. Parece que están hablando de algo interesante. Quiero chismes. *Escupan todo.*

Apoyo las piernas sobre el regazo de Lucas porque no puedo molestarme en ser reservada ahora.

–Obviamente, estamos coqueteando. Dios, Becky.

Por un segundo, Becky cree que hablo en serio. Es un momento realmente victorioso.

Más tarde, me cruzo con Michael en el corredor. Se detiene y me señala.

–Tú –dice.

–Yo –digo.

Rápidamente llevamos nuestra conversación a la escalera.

–¿Estás libre el sábado? –me pregunta. Tiene una de esas estúpidas tazas de té otra vez. Incluso, se volcó un poco sobre su camisa blanca.

Estoy a punto de decirle que sí, pero luego recuerdo los otros planes.

–Eh, no. Creo que vamos a hacer algo con Lucas. Lo siento.

–Ah, no hay problema. –Bebe un sorbo de su té–. Pero no tienes permitido faltar a la reunión de Solitario.

–Ah.

–¿Te olvidaste?

–No, todo el mundo está hablando de eso.

–Sí, eso parece.

Nos miramos.

–¿*Tengo* que ir? –pregunto–. Eres consciente de que literalmente no me importa una mierda Solitario.

–Soy consciente de eso –dice, lo que significa que sí, tengo que ir.

La horda de chicas de primaria que sube por la escalera al lado de nosotros lentamente se reduce. Tengo que ir a mi clase de Literatura.

–De todos modos –agrega–. Sí, ven a mi casa el sábado por la noche. Cuando tú y Lucas hayan terminado de... acaramelarse. –Levanta las cejas de arriba abajo.

Lentamente sacudo la cabeza.

–No recuerdo haber escuchado a nadie usar esa palabra en la vida real.

–Bueno –dice–. Me alegra haber hecho tu día un poco más especial.

Veintitrés

Cuando era menor, todos los días después de la escuela, solía caminar por la calle y encontrarme con Charlie en la puerta de Truham. Tomábamos el autobús o caminábamos. Si bien era solo un viaje de diez minutos, tenía que poner mi iPod casi al máximo. Era consciente de que me quedaría sorda antes de los veinte, pero si tenía que escuchar a esos niños todos los días, no creía que siquiera llegara viva a los veinte. O a los diecisiete.

Empecé a tomar el autobús otra vez el miércoles para hacerle compañía y no estuvo tan mal. Pudimos hablar de muchas cosas. No me molesta hablar con Charlie.

No importa, hoy es viernes y Michael decide acompañarme a casa, lo cual me parece un gesto agradable, a decir verdad.

Nick me espera en la puerta de Truham. Siempre se ve muy elegante con su corbata y su chaqueta. El parche que dice RUGBY sobre el emblema de escuela refleja un poco la luz del sol. Tiene gafas de sol. Ray-Ban. Me ve acercarme con Michael.

—¿Todo bien? —pregunta Nick, moviendo la cabeza, con las manos en su bolsillo y su bolso de Adidas colgado sobre un hombro.

–Todo bien –le respondo.

Nick estudia a Michael.

–Michael Holden –dice.

Michael tiene las manos detrás de su espalda.

–Tú eres Nick Nelson.

Veo que Nick se pone algo incómodo ante la reacción atípicamente normal de Michael.

–Sí, sí, me acuerdo de ti. Truham. Eres famoso allí, amigo.

–Sí, soy grandioso.

–Genial.

Michael sonríe.

–*Nicholas Nelson*. Es un nombre fantástico.

Nick ríe de esa forma cálida que lo caracteriza, casi como si él y Michael fueran amigos desde hace años.

–Sí, ¿verdad?

Varios chicos de Truham pasan a nuestro alrededor, corriendo por razones inexplicables, mientras el tráfico en la calle permanece estático. Un grupo de chicas de secundario de Higgs se acerca a un grupo de chicos de secundario de Truham sobre la reja a pocos metros de nosotros. Hay al menos tres parejas en el grupo. Dios.

Me rasco la frente, algo agitada.

–¿Dónde está Charlie?

Nick levanta las cejas y gira hacia Truham.

–Es al único de la clase que le importa Clásicas, así que seguro se quedó hablando con Rogers sobre, ya saben, proverbios griegos o ese tipo de cosas…

–¡Toriiiiii! –Volteo y veo a Becky avanzar entre los autos hacia mí, su cabello violeta se sacude a su espalda–. Ben tuvo que ir a Truham a buscar algo del año pasado, un libro o algo de eso, así que prefiero esperarlo con ustedes. No quiero quedarme sola con Larry.

Sonrío. Empieza a resultarme muy difícil hacer eso cerca de Becky, pero hago el esfuerzo y me obligo a hacerlo.

Michael y Nick se la quedan mirando con expresiones vacías que no sé interpretar.

–¿Qué hacían? –quiere saber ella.

–Estamos esperando a Charlie –le cuento.

–Ah, genial.

–¿Quieren que lo vayamos a buscar? –sugiere Nick.

Pero nadie se mueve.

–Es como si estuviéramos *Esperando a Godot* –murmura Michael. Conozco la obra, pero no tengo idea de qué está hablando.

Y para hacer todo más incómodo, Lucas aparece de la nada.

Nick levanta los brazos.

–¡Lucas! ¡Amigo! –Se dan una especie de abrazo varonil, aunque a Lucas lo hace ver algo tonto. Proceden a intercambiar cumplidos y cada uno de ellos usa la palabra "amigo" y "hombre" demasiadas veces, lo que provoca que Michael diga casi entre risas, "Oh, por *Dios*" bastante fuerte. Por suerte, Lucas y Nick no lo escuchan. Río por lo bajo.

–¿Qué hacen? –pregunta Lucas, ignorando a propósito a Michael.

–Esperamos a Charlie –dice Nick.

–Esperamos a Ben –agrega Becky.

–¿Y por qué no van a buscarlos? Yo tengo que entrar a buscar mi libro de arte de CGE, el Certificado General de Educación Secundaria.

–Ben fue a buscar lo mismo –dice Becky.

Ante la insistente mención de Ben, Nick parece fruncir el ceño, aunque tal vez solo fue mi imaginación.

–Bueno, vamos –dice y acomoda sus gafas de sol sobre su nariz.

–No podemos –susurra Michael, con sarcasmo, tan bajo que solo yo lo escucho–. *¿Por qué?* Esperamos a Charlie. *Ah.* –Quizás sea una referencia a *Esperando a Godot*, pero como no la leí ni la vi, no la entiendo.

Nick se da vuelta y entra a la escuela. Becky lo sigue justo por detrás. Luego nosotros.

De inmediato, recuerdo por qué no elegí pasarme a esta escuela en el bachillerato. Los chicos que pasan a nuestro lado son uno más extraño que el otro. Me siento atrapada. Cuando entramos al edificio principal, las paredes parecen elevarse cada vez más alto con las luces tenues y destellantes a mi alrededor, y tengo un breve recuerdo de ver la cabeza de Michael por detrás, llevándome hacia la sesión de prueba de matemáticas el año pasado. De vez en cuando pasamos junto a estos radiadores oxidados y viejos, ninguno de los cuales parece emitir calor. Empiezo a temblar.

Michael está a mi izquierda.

—Me había olvidado de este lugar. Es como si lo hubieran construido con tristeza.

Serpenteamos por corredores que parecen materializarse frente a nuestros pies. Michael empieza a silbar. Los chicos de Truham nos miran de un modo bastante extraño, en especial a Michael. Un grupo incluso le grita "¡Ey, Michael Holden, *pendejo*!" y Michael simplemente voltea y levanta dos pulgares en su dirección. Cruzamos una puerta doble y entramos a un laberinto de casilleros, no muy diferente a la sala de casilleros de Higgs. Parece que no hay nadie al principio. Hasta que escuchamos una voz.

—¿Qué *mierda* les dijiste? —Los cinco nos quedamos congelados. La voz continúa—. Porque no recuerdo haberte dicho que le contaras *mentiras* sobre mí a tu hermana.

Quienquiera que sea murmura algo inaudible. Creo que ya todos sabemos quién es. Miro a Becky. No veo esa expresión desde hace mucho tiempo.

—No me hagas *reír*. Apuesto a que no podías esperar a salir corriendo para contárselo a alguien. Todo el mundo sabe que eres un maldito cretino que quiere llamar la atención. Todo el mundo sabe que lo haces solo por eso. ¿Le cuentas esas mentiras a tu hermana para que ande contándolas por todos lados? Te crees mejor que todos porque no comes y ahora vuelves a la escuela y, aunque ya ni me *miras* desde que estás con Nick Nelson, te crees que puedes tirar mierda sobre mí que ni siquiera es verdad.

—No sé de qué estás hablando —dice Charlie, ahora más fuerte—. Pero literalmente no le conté nada a *nadie*. No entiendo por qué estás tan *aterrado* de que la gente lo sepa.

Se escucha un golpe fuerte y una caída. Empiezo a correr hacia las voces antes de darme cuenta de lo que estoy haciendo. Cuando aparezco por una esquina, veo a Charlie tirado en el suelo. Nick se lanza sobre Ben y ambos se estrellan contra la pared del fondo. Me arrodillo junto a Charlie y apoyo las manos sobre su cara, aterrada de que se haya lastimado otra vez, lastimado *de verdad*, y siento que estoy temblando y no entiendo nada de lo que está pasando, solo escucho a Nick gritar "¡VETE A LA MIERDA!" y luego Michael y Lucas apartándolo, mientras yo sigo sentada junto a mi hermano, temblando, deseando no haberme despertado esta mañana, ni ayer, ni nunca…

—¡Esa basura se lo merece! —grita Ben, respirando con dificultad—. ¡Es un mentiroso de mierda!

—Nunca me contó nada —digo, tranquila al principio, hasta que empiezo a gritar—. ¡NUNCA ME CONTÓ NADA!

Todos se quedan en silencio. Ben respira con pesadez. Esos rasgos que alguna vez había considerado atractivos ahora están muertos y cremados.

Michael se arrodilla a mi lado, dejando que Lucas se encargue de Nick. Charlie abre los ojos, pero parece un poco desorientado, como estaría cualquier persona a la que acabaran de pegarle un puñetazo en la cara.

–¿Sabes quién soy? –le pregunta Michael a Charlie, aunque no suena como el Michael de siempre, sino alguien completamente distinto, alguien serio, alguien sabio.

Luego de una pausa, Charlie gruñe.

–Michael Holden. –Esboza una sonrisa maniática–. Bueno... nunca me golpearon en la cara. Puedo tacharlo de la lista.

Algo cambia en la expresión de Nick y con agilidad se agacha a nuestro lado. Sostiene a Charlie entre sus brazos.

–¿Tenemos que llevarlo al hospital? ¿Te duele algo?

Charlie levanta una mano y mueve un dedo, luego lo baja.

–Creo que... estoy bien.

–Quizás tenga una contusión –dice Nick.

–No quiero ir al hospital –dice Charlie con firmeza.

Volteo. Becky parece haber desaparecido, Ben parece intentar ponerse de pie y Lucas no parece tener idea de qué hacer.

Charlie se levanta sorprendentemente rápido. Me pregunto si le quedará una marca. Él y Ben se miran. En ese momento lo veo en sus ojos. Miedo.

–No diré nada –dice Charlie–, porque yo *no* soy un cretino como tú –dice y Ben resopla, pero Charlie lo ignora–. Lamento que seas un cliché tan malo.

–Mantente lejos de mí –mascula Ben con una voz inestable, casi como si estuviera al borde de las lágrimas–. Vete a la mierda con tu novio, maldita sea.

Nick casi se lanza contra él una segunda vez, pero se obliga a detenerse con todas sus fuerzas.

Ben me mira cuando salimos. Yo lo miro fijo y su expresión pasa del odio a lo que espero sea arrepentimiento. Aunque lo dudo. Quiero vomitar. Intento pensar en algo para decirle, pero no se me viene nada a la cabeza. Espero que quiera morirse.

Alguien apoya una mano alrededor de mi brazo y volteo.

–Ven, Tori –dice Lucas.

Y eso hago.

Cuando salimos, Lucas tiene una mano sobre mi espalda, Nick y Michael caminan a cada lado de Charlie, pasamos a Becky, quien por alguna razón está lejos, junto a otros casilleros. Nos miramos. Sé que terminará con Ben. Tiene que hacerlo. Debe haber escuchado todo. Es mi mejor amiga. Charlie es mi hermano.

No entiendo qué acaba de pasar.

–¿Deberíamos sentir lástima por Ben? –pregunta alguien, quizás Michael.

–¿Por qué no hay gente feliz? –pregunta alguien, quizás yo.

Veinticuatro

Alguien me llama al móvil a las nueve y cuatro de la mañana, pero como estoy en la cama y el teléfono está a más de un brazo de distancia, simplemente lo dejo sonar. A las nueve y cuarto, alguien llama al teléfono de la casa y Charlie entra a mi habitación, pero mantengo los ojos cerrados y aparento estar dormida. Charlie se va. Mi cama me susurra que me quede ahí. Mis cortinas bloquean la luz del día.

A las dos y treinta y cuatro, papá abre la puerta, resopla y murmura algo, y de pronto me empiezo a sentir mal, así que después de otros cinco minutos, bajo y me siento en el sofá de la sala de estar.

Mamá entra para planchar algo.

—¿Te vas a cambiar? —me pregunta.

—No, ma. No me voy a cambiar nunca más. Voy a vivir en pijama hasta el día que me muera.

No dice nada. Se marcha.

Papá entra a la sala.

—Estás viva, ¿eh? —No digo nada porque no me siento viva. Papá se sienta a mi lado—. ¿Me vas a decir qué te pasa?

No, claro que no.

–Sabes, si quieres sentirte bien, tienes que *intentarlo*. Tienes que esforzarte. Tu problema es que no lo intentas.

Lo intento. Lo intenté. Lo intento desde hace dieciséis años.

–¿Dónde está Charlie? –pregunto.

–En lo de Nick. –Sacude la cabeza–. Todavía no puedo creer que se golpeara la cara con un bate de cricket. La verdad que ese chico tiene mala suerte.

No digo nada.

–¿Sales hoy?

–No.

–¿Por qué no? ¿Qué hay de Michael? Podrías pasar el día con él otra vez.

No le contesto y me mira.

–¿Y Becky? No la veo desde hace rato por acá.

Sigo sin contestarle. Suspira y pone los ojos en blanco.

–*Adolescentes* –dice, como si el simple hecho de ser adolescente fuera la explicación a todo lo que soy.

Y entonces se va, resoplando y suspirando.

Me siento sobre mi cobija en mi cama, una limonada dietética en una mano y mi móvil en la otra. Encuentro el número de Michael entre mis contactos y presiono el botón verde. Ni siquiera sé por qué lo llamo. Creo que es culpa de papá.

Me lleva directo a la casilla de voz.

Suelto el teléfono sobre la cama y giro para estar completamente bajo las mantas. No puedo pretender que aparezca así porque sí. Tiene una vida, después de todo. Tiene una familia, tarea y cosas. Toda su existencia no gira alrededor de mí.

Soy tan narcisista.

Revuelvo las sábanas y eventualmente encuentro mi laptop. La abro. Si alguna vez dudo de algo, mi primera solución es Google.

Y vaya que tengo dudas. Por todo.

Escribo "Michael Holden" en la barra de búsqueda y presiono buscar.

Michael Holden es un nombre bastante común. Me aparecen muchos otros Michael Holden, en especial páginas de Myspace. ¿Desde cuándo Myspace sigue vivo? También hay varios perfiles de Twitter, pero no encuentro el usuario de mi Michael Holden. No parece ser la clase de persona que usa Twitter. Suspiro y cierro mi laptop. Al menos lo intenté.

Y entonces, como si lo hubiera invocado al cerrar la computadora, empieza a sonar mi teléfono. Lo levanto. El nombre de Michael Holden aparece en la pantalla. Un poco entusiasmada, algo completamente ajeno a mí, atiendo.

–¿Hola?

–¡Tori! ¿Qué cuentas?

Parece que me toma más de lo necesario responderle algo.

–Eh… no mucho. –Detrás de su voz escucho el murmullo de una multitud–. ¿Dónde estás? ¿Qué es todo ese ruido?

Esta vez, es él quien tarda en responder.

–Ah, sí, no te conté, ¿verdad? Estoy en la pista.

–Ah. ¿Estás entrenando o algo de eso?

–Eh, no. Es… mmm… un campeonato.

–¿Un campeonato?

–¡Sí!

–¿Cuál?

Una pausa.

–Es… eh… la semifinal de los Juegos Nacionales Juveniles de Patinaje de Velocidad. –Se me revuelve el estómago–. Mira, tengo que irme. Prometo llamarte cuando termine, ¿está bien? ¡Y te veo esta noche!

–... está bien.

–Bueno, ¡hablamos luego!

Cuelga. Aparto el teléfono de mi oreja y me lo quedo mirando.

La semifinal de los Juegos Nacionales Juveniles de Patinaje de Velocidad.

No es solo un estúpido campeonato local.

Esto...

Es *importante*.

A eso me iba invitar hoy, pero le dije que no, le dije que pasaría la tarde con *Lucas*. Y luego decidí evitar a Lucas.

Sin dudarlo, me levanto de la cama.

Estaciono la bicicleta de Charlie en la puerta de la pista. Son las cuatro y treinta y dos de la tarde y ya está oscuro. Seguro ya me lo perdí. Ni siquiera sé por qué vine, pero lo hice de todos modos. ¿Cuánto duran las carreras de patinaje de velocidad?

¿Por qué no me contó nada sobre esto antes?

Corro, sí, de verdad corro, por el vestíbulo vacío y cruzo la puerta doble del estadio. Algunos seguidores dispersos salpican las gradas que rodean la pista y, a mi derecha, varios patinadores nerviosos esperan en las bancas. Algunos podrían tener dieciséis, otros veinticinco. No soy buena para adivinar la edad de los chicos.

Me acerco a la barrera de plástico que encierra a la pista y doy algunas vueltas por el lugar hasta que encuentro una puerta donde la barrera no es muy alta. Me asomo.

Hay una carrera. Por un momento, no sé qué estoy mirando ni a quién busco porque todos se ven exactamente igual con esos cascos redondos y trajes ridículos que parecen mallas. Ocho tipos pasan a toda velocidad delante de mí y siento el viento desgarrar mi rostro y mi cabello que, definitivamente, me olvidé de acomodar antes de salir de casa. Cuando toman la curva, se inclinan hacia un costado, tan cerca del hielo, que casi lo rozan con la punta de los dedos. No entiendo cómo hacen para no caerse.

Cuando pasan frente a mí una segunda vez, lo veo. Gira la cabeza en mi dirección, mostrándome sus inmensos ojos detrás de sus gafas enormes con una expresión ridícula de concentración. Sus ojos me encuentran, su torso gira, su cabello se mueve hacia atrás y su cara, sorprendida, se mantiene paralela a la mía. De inmediato, noto que algo cambia.

Tiene la mirada fija en algo. En mí, supongo. Toda su cara se expande, se ilumina y todo parece desvanecerse en una neblina difusa. Enseguida apoyo una mano sobre la barrera de plástico y todo en mi interior se precipita a mis pies.

No estoy realmente segura de que me haya visto. No aplaudo. Simplemente me quedo ahí parada.

Se detiene. La multitud grita, pero entonces otro tipo avanza a toda velocidad y alcanza a Michael, lo pasa y la carrera termina. Michael queda segundo.

Me hago a un lado y me escondo detrás de las gradas mientras los patinadores salen por la puerta de la pista. Algunos hombres más grandes con ropa deportiva felicitan a los chicos y uno de ellos le da una palmada a Michael en la espalda, pero algo está mal, algo está muy mal. Algo está mal con Michael.

No es "Michael Holden".

Se quita los patines y las gafas. Se quita el casco, los guantes y los arroja al suelo.

Su cara se contorsiona con ira, sus puños se cierran con fuerza hasta perder todo el color, y se aleja enojado del hombre y va directo a la banca. Se acerca a una serie de casilleros y se los queda mirando en blanco, su pecho visiblemente agitado. Y casi con una malicia aterradora, empieza a golpearlos, gritando por lo bajo con una furia contenida. Voltea y patea una serie de cascos, desparramándolos por todo el suelo. Se ata el pelo, como si estuviera intentando arrancárselo.

Nunca vi a Michael así.

Ya sé que no debería sorprenderme tanto. Lo conozco apenas desde hace tres semanas. Pero mi percepción de la gente rara vez cambia y, cuando lo hace, nunca es así de drástico. Es extraño que, cuando vemos a alguien sonreír todo el tiempo, asumimos de inmediato que siempre está feliz. Es extraño que, cuando alguien te trata bien, asumimos que es una "buena persona". Nunca creí que Michael pudiera tomarse algo tan en serio, mucho menos que se enojara tanto. Es como ver llorar a tu padre.

Pero lo que más me asusta es que absolutamente nadie en todo este enjambre de seres humanos parece notarlo.

Entonces, me acerco. Estoy furiosa. Odio a todas estas personas por no preocuparse. Las quito del camino, empujándolas, sin apartar la vista de Michael Holden. Me acerco, rompiendo la multitud, y observo cómo maniáticamente ataca un trozo de papel que tenía en el bolsillo. Durante varios segundos, no sé qué hacer. Pero, sin darme cuenta, hablo.

–Sí, Michael Holden, destruye ese maldito papel.

Suelta todo, voltea y me señala directamente. De inmediato, el enojo se suaviza y se transforma en tristeza.

–Tori –dice, pero no lo escucho, solo veo su boca formando la palabra.

Lleva una malla deportiva y está bastante sonrojado, su cabello está completamente despeinado y mojado, y sus ojos giran con una ira electrificada, pero es *él*.

Ninguno de los dos sabe qué decir.

–Saliste segundo –digo eventualmente, sin ningún objetivo en mente–. Es increíble.

Su expresión, pasiva, triste, extraña, no cambia. Toma sus gafas del bolsillo y se las pone.

–No gané –dice–. No califiqué. –Aparta la vista. Noto que sus ojos se empiezan a llenar de lágrimas–. No sabía que habías venido –agrega–. Pensé que había sido mi imaginación. –Se detiene–. Es la primera vez que me llamas Michael Holden.

Su pecho aún se mueve agitado. Por algún motivo, parece mucho más grande con su traje de licra, incluso más alto. El traje es casi todo rojo con algunas líneas naranjas y negras. Tiene toda una vida que no conozco con ese traje, cientos de horas patinando, entrenando, compitiendo, poniendo a prueba su resistencia, intentando comer sano. No conozco ese lado suyo. Y *quiero* conocerlo.

Abro la boca y la cierro varias veces.

–¿Te enojas muy seguido? –le pregunto.

–Siempre estoy enojado –pausa–. Por lo general, otras cosas me controlan, pero siempre estoy enojado. Y a veces… –sus ojos se desvían levemente hacia la derecha–. A veces… –la multitud festeja y la odio más–. ¿Qué pasó con Lucas? –pregunta.

Pienso en las llamadas que no pude atender porque me quedé "dormida".

–Ah, sí. No. Eso… no. No me sentía bien.

–Ah –dice.

–Ya sabes… la verdad es que no me *gusta* Lucas… No de *ese* modo –digo.

–Está bien.

Nos quedamos en silencio por un largo rato. Algo en su cara cambia. Se ve un poco esperanzada, pero no lo sé con seguridad.

–¿Me vas a criticar? –pregunta–. ¿Decirme que es solo un campeonato de patinaje? ¿Y que no significa nada?

Lo pienso.

–No. Significa algo.

Sonríe. Diría que se parece al Michael original, pero no es así. Hay algo nuevo en su sonrisa.

–La felicidad –dice–, es el precio a pagar por un entendimiento profundo.

–¿De quién es eso? –pregunto.

Me guiña el ojo.

–Mío.

Y me quedo otra vez sola entre la multitud con una extraña sensación. No es felicidad. De verdad me parece increíble que haya salido segundo en la clasificatoria nacional, pero lo único en lo que puedo pensar es que Michael es tan bueno para mentir como yo.

Veinticinco

No pudimos averiguar de quién es la casa, pero "la tercera casa desde el puente del río" está prácticamente sobre el río. El amplio jardín desciende directo hacia el agua, donde algunas olas pequeñas acarician la orilla constantemente. Hay un viejo bote de remo amarrado a un árbol, quizás inutilizado desde hace siglos, y es posible ver la planicie vacía al otro lado del río. El campo oscuro por la noche se fusiona con el horizonte, como si no estuviera seguro de dónde termina la tierra y empieza el cielo.

La "reunión" no es una reunión.

Es una fiesta.

¿Qué esperaba? Sillas. Aperitivos. Un micrófono. Quizás un Power-Point.

La noche está fría y se siente la amenaza constante de una nevada. Necesito volver a mi cama, se me empieza a revolver y tensar el estómago. Odio las fiestas. Siempre las odié. Siempre las odiaré. Ni siquiera es por un motivo en particular, tan solo las odio y odio a la gente que va a ellas. No tengo ninguna explicación. Solo soy ridícula.

Pasamos junto a los fumadores y entramos por la puerta abierta. Son cerca de las diez de la noche. La música suena a todo volumen. Claramente, nadie vive en esta casa, carece por completo de muebles, salvo por algunas sillas plegables en la sala y el patio, y las paredes están pintadas con una paleta de colores neutrales. Lo único que le da algo de vida es la impresionante colección de arte que adorna las paredes. No hay comida, pero hay botellas y vasos coloridos por todos lados. La gente se pasea por los corredores y habitaciones, muchos fumando cigarrillos, muchos fumando marihuana, pocos sentados.

Reconozco a varias chicas de Higgs, aunque Michael no cree que estas personas sean la mente maestra detrás de Solitario. Hay personas más grandes que no reconozco. Algunos deben tener veinte años o más. Me pone un poco nerviosa, a decir verdad.

No sé qué hago aquí. Veo a la chica que conocí en la fiesta de Becky, la que se había disfrazado de *Doctor Who*. Está sola, como la última vez, y parece un poco perdida. Camina muy lentamente por el corredor, sin ninguna bebida en la mano, mirando con tristeza una pintura con una calle de adoquines mojada con paraguas rojos y ventanas de cafeterías cálidas. Me pregunto qué estará pensando. Supongo que algo parecido a lo que estoy pensando yo. No me ve.

Las primeras personas que encontramos son Becky y Lauren. Debería haber sabido que vendrían, dado que van a todas las fiestas de la ciudad, y debería haber sabido que las encontraría destrozadas. Becky nos señala con la mano con la que no sostiene la botella.

—Oh, por Dios, son Tori y Michael, ¡vengan! —Golpea a Lauren varias veces en el brazo—. ¡Lauren! ¡Lauren! ¡Lauren! ¡Son *Sprolden*!

—¡Amiga! ¡Creí que habíamos quedado en "Mori"! ¡O "Tichael"! —suspira—. Amiga, tus nombres no son lo suficientemente buenos, o sea, no funcionan, no suenan como Klaine o Romione o Destiel o Merthur... —Ambas ríen fuera de control.

Empiezo a ponerme más nerviosa.

–No sabía que les interesaba Solitario.

Becky sacude la botella hacia todos lados, encogiéndose de hombros y revoleando los ojos hacia arriba.

–Oye, una fiesta es una fiesta... Hay un tipo que... no sé... o sea, es *Solitario*, nosotras infiltramos a *Solitario*... –se lleva un dedo a la boca–. *Shhhhhhh.* –Bebe de la botella–. Escuchen, escuchen, ¿conocen esta canción? Porque, o sea, no podemos sacar cómo se llama.

–Es *Smells Like Teen Spirit.* Nirvana.

–Ah, cierto, sí, ah, por Dios, sabía que era esa. O sea, no dice el título de la canción en la letra.

Miro a Lauren, quien mira a su alrededor con completo asombro.

–¿Estás bien, Lauren?

Vuelve a la tierra y ríe.

–¿No es una fiesta fantástica? –Levanta los brazos con un gesto de "No sé"–. ¡Está llena de tipos lindos y los tragos son gratis!

–Para lo único que sirves –digo, mi voluntad de ser una persona agradable lentamente se desvanece.

Finge no escucharme y se van caminando, riéndose por nada.

Michael y yo rodeamos la fiesta.

No es como en las películas o en los dramas adolescentes de la tele, donde todo se mueve en cámara lenta, las luces destellan, la gente salta sin parar con las manos levantadas. Nada parecido en la vida real. Aquí la gente solo está quieta.

Michael habla con mucha gente. Les pregunta a todos por Solitario. Nos cruzamos con Rita que está con un grupo de chicas de mi clase. Me ve y me saluda, lo que significa que tengo que acercarme a saludarla.

–Hola –dice cuando me acerco–. ¿Cómo está Charlie? Escuché que estuvo en una pelea o algo. Ben Hope, ¿verdad? –No muchas cosas se mantienen privadas en una ciudad como esta. No me sorprende que todos lo sepan.

–No fue una pelea –le explico sin esperar y me aclaro la garganta–. Eh, sí, está bien. Golpeado, pero bien.

Rita asiente comprensivamente.

–Ah, bien. Bueno, me alegra que no le duela tanto.

Después de eso, Michael y yo terminamos atrapados en un círculo de estudiantes del último año en la cocina. Michael asegura que nunca habló con ninguno de ellos.

–Nadie sabe nada, nadie sabe quién la organizó –dice una chica–. Hay rumores de que es una especie de dealer de las afueras o un profesor que echaron y quiere venganza.

–Manténganse atentos –interrumpe un chico con una gorra de baseball con la palabra "JOCK"–. Sigan revisando el blog, ¿eh? Escuché que va a ser increíble lo que van a subir.

Hay una pausa. Miro el suelo lleno de papel de periódico. Hay un titular que dice "27 MUERTOS" y la foto de un edificio en llamas.

–¿Por qué? –dice Michael–. ¿Por qué eso?

Pero el tipo solo parpadea como un pez fuera del agua.

–¿Por qué no están bebiendo nada? –nos pregunta.

Decido ser una persona normal y busco algo para beber. Michael desaparece por un largo rato, así que tomo una vieja botella de algún lugar y me siento afuera en una silla plegable, como un esposo alcohólico de mediana edad. Pasan las once y ya están todos ebrios. Quienquiera que sea el DJ se reubica en el jardín y al cabo de un rato no me queda claro si estoy en el jardín de una casa pequeña en la ciudad o en el Festival de Reading. Veo a Nick y Charlie al otro lado de la ventana de la sala, besándose en un rincón como si fuera el último día en la tierra, a pesar del magullón que tiene Charlie en la cara. Supongo que se ven románticos. Como si estuvieran realmente enamorados.

Me levanto y entro para buscar a Michael, pero sea lo que sea que hay en la botella, es bastante fuerte, así que lo próximo que pasa es que pierdo toda noción del tiempo, del espacio y la realidad, y no tengo idea de qué estoy haciendo. Estoy en el vestíbulo de entrada otra vez, frente a la pintura de la calle de adoquines mojada con los paraguas rojos y las ventanas de cafeterías cálidas. No puedo dejar de mirarla. Me obligo a girar y veo a Lucas al otro lado del corredor. No estoy segura de si me ve o no, pero rápidamente desaparece en otra habitación. Me alejo y me pierdo en la casa. Paraguas rojos. Ventanas de cafeterías cálidas.

Michael aparece de la nada y me sujeta de la muñeca. Me lleva hacia donde sea que estaba, la cocina quizás, perdido en el mar de sombreros y pantalones de Boy London, y empezamos a caminar por toda la casa. No sé a dónde estamos yendo. Pero no intento detenerlo. No sé por qué.

Mientras caminamos, sigo mirando su mano sobre mi muñeca. Quizás sea porque bebí o porque estoy muy fría, o quizás porque lo extrañé en su ausencia, pero sea lo que sea, sigo pensando en lo agradable que se siente tener su mano alrededor de mi muñeca. No en un sentido perverso. Su mano es muy grande comparada con la mía, y tan cálida, y la forma en la que sus dedos se cierran alrededor de los míos se siente como si siempre estuvieron destinados a hacer eso, como si encajaran a la perfección como un rompecabezas. No sé. ¿Qué estoy diciendo?

Eventualmente, cuando salimos y estamos en una multitud de bailarines maniáticos, se detiene lentamente y gira en el lodo. Me mira de un modo extraño. Una vez más, culpo a la bebida. Pero es diferente.

Se ve tan bien parado adelante de mí. Su cabello está peinado en la dirección incorrecta y la luz del fuego se refleja en sus anteojos.

Creo que sabe que estoy un poco ebria.

–¿Quieres bailar? –grita sobre el alboroto.

Inexplicablemente, empiezo a toser. Pone los ojos en blanco y ríe. Empiezo a pensar en los bailes de graduación y bodas, y, por unos segundos, de hecho, me olvido de que estamos en un jardín cualquiera donde el suelo es una mierda y todos a nuestro alrededor están vestidos casi idénticos.

Me suelta la muñeca y pasa su mano por su cabello, luego me mira por lo que se siente un año entero. Me pregunto qué estará viendo. Sin advertirlo, me sujeta ambas muñecas y literalmente se arrodilla a mis pies.

–Por favor, baila conmigo –dice–. Sé que bailar es raro y anticuado, y sé que no te gustan hacer cosas como esas y, si soy honesto, a mí tampoco, sé que esta noche no será muy larga y pronto todos regresaran a sus casas con sus computadoras y sus camas vacías, y nosotros probablemente estemos solos todo el día de mañana y tengamos que ir a la escuela el lunes, pero creo que, si lo intentas, ya sabes, *bailar*, quizás sientas por algunos pocos minutos que todo esto, toda esta *gente*... no está tan mal después de todo.

Bajo la vista y lo miro a los ojos.

Empiezo a reír antes de arrodillarme también.

Y entonces hago algo muy raro.

Una vez de rodillas, no puedo evitarlo, me caigo hacia adelante y lo envuelvo entre mis brazos.

–Sí –le digo al oído.

Entonces pasa sus brazos alrededor de mi cintura, me levanta y sigue llevándome a través del mar de adolescentes. Llegamos al centro de la multitud que rodea al DJ. Apoya sus manos sobre mis hombros.

Estamos a solo centímetros de distancia y hay tanto ruido que tiene que gritar.

—¡Sí, Tori! ¡Están pasando The Smiths! ¡Están pasando a los hermosos The Smiths, Tori!

The Smiths es la banda de internet, o, mejor dicho, aunque un poco desafortunado, una banda que mucha gente solo escucha porque Morrissey tiene esa frialdad vintage y autodestructiva que todos parecen ansiar. Si internet fuera un país, "There is a Light That Never Goes Out" sería su himno nacional.

Noto que doy un paso hacia atrás.

—¿Tienes… tienes… un *blog*?

Por un segundo, parece confundido, pero luego sonríe y niega con la cabeza.

—¡Dios, Tori! ¿Debo tener un blog para que me guste The Smiths? ¿Esa es la regla ahora?

Y en ese momento, supongo, decido que no me puede importar menos toda esta noche, no pueden importarme menos los blogs o internet o las películas o lo que sea que la gente use, y sí, voy a divertirme, voy a pasarla bien, voy a estar con mi único amigo Michael Holden y vamos a bailar hasta que no podamos respirar y tengamos que irnos cada uno a nuestras casas y enfrentarnos a nuestras camas vacías. Entonces cuando empezamos a saltar, sonriendo de un modo tan ridículo, mirándonos a nosotros y al cielo y a nada en particular, mientras Morrissey canta algo sobre la timidez, no creo que las cosas estén tan mal después de todo.

Veintiséis

A las doce y dieciséis de la noche, entro porque si no voy al baño siento que me va a explotar la vejiga. Todo el mundo está esperando que Solitario suba algo, lo que, según un rumor reciente, sucederá a las doce y media de la noche. Todos están sentados con sus móviles en las manos. Encuentro el baño y, cuando salgo, veo a Lucas solo en un rincón, escribiendo algo en su teléfono. Cuando ve que lo estoy mirando, se sobresalta y, en lugar de acercarse, se va corriendo a toda prisa, como si estuviera evitándome.

Lo sigo a la sala de estar con la intención de disculparme por no haber salido con él hoy, pero no me ve. Se acerca a Evelyn, quien tiene unos aretes circulares, zapatos con plataforma, unas mallas con cruces invertidas y un saco de piel sintética. Tiene su pelo desprolijo atado en lo alto de su cabeza. Lucas también está vestido como todo un hípster: una camiseta suelta de Joy Division arremangada, unos jeans ajustados y zapatos náuticos. Lucas le dice algo y ella asiente. Listo, decidido. No importa lo que le haya dicho, definitivamente son pareja.

Salgo otra vez. Por fin empieza a nevar, esta vez de verdad. La música se detiene, pero todos siguen saltando de un lado a otro, gritando, intentando agarrar copos de nieve con la boca. Miro la escena. Los copos de nieve flotan sobre el agua y se disuelven, uniéndose al río que fluye frente a mí directo hacia el mar. Amo la nieve. La nieve puede hacer que cualquier cosa sea hermosa.

Entonces veo a Becky otra vez.

Está con un tipo apoyada contra un árbol y sé que definitivamente está molesta porque no lo está besando románticamente. Estoy a punto de marcharme cuando se mueven y veo quién es el sujeto.

Ben Hope.

No sé cuánto tiempo me quedo parada ahí, pero en algún momento él abre los ojos y me ve. Becky también me mira. Ríe y entonces lo *entiende*. Había agarrado una bebida cuando salí, pero se me cayó en la nieve y mi mano quedó simplemente flotando vacía en el aire. Se alejan y luego Ben pasa corriendo junto a mí hacia la casa. Becky se queda junto al árbol.

Levanta las cejas cuando me acerco y dice:

—¿*Qué?* —Desearía estar muerta. Mis manos se abren y se cierran. Ríe—. ¿Qué? ¡Por Dios!

Me traicionó. Porque no le importa.

—Todo lo que pensaba sobre ti —digo—, estaba mal.

—¿De qué hablas?

—¿Estoy alucinando?

—¿Estás ebria?

—Eres una *perra* asquerosa —digo. Creo que estoy gritando, pero no lo sé con seguridad. Solo estoy un setenta por ciento segura de que estoy diciendo esto en voz alta—. Creía que solo eras olvidadiza, pero ahora tengo pruebas sólidas de que simplemente *no te importa*.

—¿Qu...?

–No actúes como si no supieras lo que acabas de hacer. Hazte cargo. Vamos, intenta defenderte. Muero por escuchar tus excusas. ¿Me vas a decir que no lo entendería?

–Yo no... –Los ojos de Becky se empiezan a llenar de lágrimas. Como si de verdad estuviera *triste*.

–Es eso, ¿verdad? Soy tu amiguita tonta con su vida triste que te hace sentir *mejor*. Bueno, tienes toda la razón. No tengo ni la más mínima idea de nada. Pero ¿sabes una cosa? Sé identificar a una perra asquerosa cuando la veo. Vamos, suelta esas lágrimas de cocodrilo si quieres. Te importa *una mierda*, ¿verdad?

La voz de Becky suena sobria ahora, apenas inestable, pero empieza a gritarme.

–Bueno... tú... ¡tú eres una perra asquerosa ahora! ¡Dios, cálmate!

Hago una pausa. Esto no está bien. Tengo que parar. No puedo.

–Disculpa, pero ¿entiendes el nivel de traición que acabas de alcanzar? ¿Tienes *una idea* de lo que es la amistad? No creo que eso sea posible para alguien *tan* egoísta como tú, pero *claramente* estaba equivocada. –Creo que estoy llorando–. Me mataste. Literalmente me mataste.

–*¡Cálmate!* ¡Oh, por *Dios*, Tori!

–Acabas de demostrar que todos y todo es una mierda. Bien hecho. Ganaste la medalla de oro. Por favor, desaparece de mi vida.

Y eso es todo. Me voy. Supongo que todos son así. Sonrisas, abrazos, años compartidos, vacaciones, confesiones de medianoche, lágrimas, llamadas, un millón de palabras, pero nada de eso significa nada. A Becky no le importa. A nadie le importa.

La nieve me nubla la visión o quizás sean las lágrimas. Regreso a la casa con pesadez y, cuando entro, la gente empieza a gritar y levantan sus móviles sobre sus cabezas. No puedo dejar de llorar, pero me las arreglo para sacar mi teléfono y entrar a la página de Solitario. Encuentro la nueva publicación.

00:30 23 de enero

Solitarianos:

Nos gustaría que colaboren en nuestra última iniciativa.

En esta reunión, hay un estudiante del último año llamado Ben Hope que lastimó deliberadamente a un estudiante de Truham. Ben Hope es un homófobo y acosador que se esconde detrás de la fachada de la popularidad.

Esperamos que se unan a Solitario para evitar que tales actos de violencia vuelvan a tener lugar en el futuro y le den exactamente lo que se merece.

Actúen en consecuencia. Protejan a los desprotegidos. La justicia es todo. La paciencia mata.

Veintisiete

Hay un tornado de gente a mi alrededor, gritando por todos lados, y no puedo ir a ningún lado. Luego de varios minutos de pandemonio, el flujo de gente fluye en una sola dirección, disolviendo el remolino, y la corriente me lleva fuera de casa. Todos están en el jardín. Alguien grita.

—¡Karma, hijo de perra!

¿Esto es karma?

Dos chicos sujetan a Ben Hope, mientras otros le pegan puñetazos y patadas. La nieve queda cubierta con sangre y todos alrededor celebran cada golpe que recibe. A pocos metros, Nick y Charlie están parados en medio de la multitud. Nick tiene un brazo alrededor de Charlie, ambos con expresiones incomprensibles. Charlie da un paso hacia adelante, como si estuviera a punto de intervenir, pero Nick lo detiene y le señala su teléfono. Charlie asiente y Nick presiona tres botones, 999, y lleva el teléfono a su oreja.

No pude defender a Charlie y ahora Solitario lo está haciendo por mí. Supongo que nunca pude hacer lo que me correspondía.

Entonces, se me ocurre pensar que quizás esto no sea por Charlie.

Recuerdo lo que Michael me dijo en Café Rivière.

Dios.

Quizás sea por mí.

Río, aún con lágrimas en los ojos, y me empieza a doler el estómago con mucha intensidad. Es una estupidez. Un pensamiento estúpido.
Una estúpida yo. Nunca *nada* es por mí.

Otro golpe. La multitud grita de alegría, levantando sus bebidas
en el aire, como si estuvieran en un recital, como si estuvieran felices.

Nadie intenta ayudar.

Nadie

nadie.

No sé qué hacer. Si todo esto fuera una película, yo estaría ahí,
yo sería la heroína que detiene esta falsa justicia. Pero esto no es una
película. Y yo no soy ninguna heroína.

Empiezo a entrar en pánico. Le doy la espalda a la multitud y camino en la dirección opuesta. Mis ojos no quieren enfocarse. Algunas
sirenas empiezan a sonar a lo lejos en la ciudad, distantes. ¿Una ambu-
lancia? ¿La policía? ¿La justicia lo es todo? ¿La paciencia mata?

Michael, de la nada, me sujeta por los hombros. No me mira. Tiene los ojos fijos en la escena, al igual que el resto, y observa sin hacer
nada, sin preocuparse.

Aparto sus manos, balbuceando desenfrenadamente.

—Esto es lo que somos. Solitario. Nosotros... ellos... lo *matarán*.
Una cree conocer gente mala, pero entonces conoces gente peor. No
hacen nada, nada, y nosotros somos igual de malos. Somos igual de
malos por no hacer nada. No nos importa. No nos importa que pue-
dan *matarlo*...

—*Tori* —dice Michael, sujetándome nuevamente por los hombros,
pero doy un paso hacia atrás y sus brazos caen—. Te llevaré a casa.

—No quiero que me lleves a casa.

–Soy tu amigo, Tori. Eso es lo que hacemos.

–No quiero amigos. Tú no eres mi amigo. Deja de actuar como si te *importara*.

Antes de que pueda discutir, me voy. Empiezo a correr. Salgo de la casa. Salgo del jardín. Salgo del mundo. Los gigantes y los demonios empiezan a emerger de la tierra y los persigo. Estoy bastante segura de que voy a vomitar. ¿Estoy alucinando? No soy ninguna heroína. Es gracioso porque es verdad. Empiezo a reír o, quizás, a llorar. Quizás ya no me importa. Quizás me vaya a desmayar. Quizás me muera a los veintisiete.

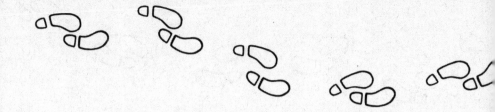

Parte dos

Donnie: Una tormenta se avecina, dice Frank. Una tormenta que se tragará a los niños. Y yo los sacaré del reino del dolor. Yo los llevaré de regreso a sus hogares. Yo enviaré a los monstruos de regreso al inframundo. Yo los llevaré a un lugar donde nadie pueda verlos. Excepto yo, porque soy Donnie Darko.

Donnie Darko: The Director's Cut (2004)

Uno

Lucas era un llorón. Lloraba casi todos los días en la primaria y creo que era una de las razones por las que era su amiga. No me molestaba que llorara.

Empezaba lento. Ponía una expresión extraña durante algunos minutos antes de que ocurriera, no era triste, sino como si estuviera repasando un programa de televisión en su cabeza y viera cómo se desenvolvieron los sucesos. Bajaba la cabeza, pero no directo al suelo. Y entonces las lágrimas empezaban a caer. Siempre en silencio. Nunca agitado.

No creo que hubiera una razón en particular por la que llorara. Creo que era solo su personalidad. Cuando no lloraba, jugábamos al ajedrez o duelos de sables de luz o batallas Pokémon. Cuando lloraba, leíamos algo. Esta era la época en la que yo leía libros.

Siempre me sentía bien cuando estábamos juntos. Es gracioso, nunca tuve una relación así con otra persona. Bueno, quizás con Becky. Al principio.

Cuando Lucas y yo terminamos la primaria, supusimos que nos

seguiríamos viendo. Pero como sabemos todas las personas que ya hayamos terminado la primaria, esto nunca pasó. Solo lo vi una vez. Sin contar ahora, claro. Fue de casualidad en la calle. Yo tenía doce. Me dijo que me había enviado un huevo de pascua por correo. Era mayo. No había recibido ningún correo desde mi cumpleaños.

Esa noche en mi casa, le escribí una carta. Le dije que esperaba que pudiéramos seguir siendo amigos y le pasé mi dirección de correo electrónico, y también le hice un dibujo de nosotros dos, solo por si acaso. Pero nunca se la envié. Quedó enterrada al fondo del cajón de mi escritorio durante varios años hasta que la encontré una vez que estaba limpiando mi cuarto. Cuando la vi, la destrocé y la tiré a la basura.

Pienso todo eso mientras camino a la escuela el lunes. No lo encuentro. Todo este tiempo, me lo pasé sentada, quejándome de la mierda que es todo, sin molestarme en intentar mejorar las cosas. Me odio por eso. Soy como esas personas en la reunión de Solitario que no se molestaron en ayudar. No creo poder seguir siendo así.

Michael tampoco está por ningún lado. Quizás decidió dejarme en paz de una vez por todas, lo que me parece justo. Lo arruiné otra vez. Típico de mí.

No importa, quiero hablar con Lucas sobre lo que pasó el sábado y disculparme por no haber salido con él como dije que haría. Y decirle que no tiene que evitarme más.

En dos ocasiones, me parece ver sus brazos esqueléticos doblando las esquinas de los corredores, pero, cuando me acerco corriendo para alcanzarlo, me doy cuenta de que solo es otro estudiante delgado. Tampoco está en la sala de estudiantes antes de clase, durante el recreo ni durante el almuerzo. Al cabo de un rato, me olvido de a quién estoy buscando y sigo caminando sin rumbo alguno. Reviso el móvil varias veces, pero solo encuentro un único mensaje en mi blog:

Ni Becky ni nadie de nuestro grupo me habló en todo el día.

Ben Hope no fue al hospital. No estuvo ni cerca de morir. Algunos incluso sienten lástima por él, aunque hay otros dicen que se lo merecía por homofóbico. No estoy segura de qué pensar al respecto. Cuando hablo con Charlie sobre el tema, parece muy conmocionado.

–Es mi culpa –dice, con una mueca de dolor–. Es mi culpa que Ben se haya enojado en primer lugar, es mi culpa que Solitario...

–No es culpa de nadie –le digo–, solo de Solitario.

El martes, Kent me pide que me quede después de la clase de Literatura. Becky parece disfrutar en silencio que esté en aprietos, pero Kent no dice nada hasta que todo el mundo sale. Se sienta en su escritorio con los brazos cruzados y sus gafas inclinadas de un modo indiferente.

–Tori, creo que tenemos que hablar sobre tu ensayo "Los héroes de *Orgullo y prejuicio*".

–...

–Lo escribiste con mucha ira.

–...

–¿Por qué decidiste escribirlo de ese modo?

–Odio ese libro.

Kent se rasca la frente.

–Sí, tuve esa impresión.

Toma mi ensayo de una carpeta y lo ubica entre nosotros.

–Lo siento, señor Kent –lee–, pero no leí Orgullo y prejuicio. *No estuve de acuerdo con la primera línea y eso fue suficiente para mí.* –Me mira por un breve momento, antes de pasar al segundo párrafo.

–Tengo que decirle, y lo siento, que Elizabeth Bennet no ama al señor

Darcy cuando es "imperfecto". Solo cuando él muestra su mejor parte es que ella decide aceptar Pemberley y los cien mil millones al año. ¡Qué sorpresa! Parece imposible para casi todos en esta novela mirar más allá de la superficie e indagar en la grandeza interior que hay en los demás. Sí, está bien, Elizabeth recibe todo el prejuicio. Lo entiendo. Lo entiendo, Jane Austen. Bien hecho.

–Sí –digo–. Está bien.

–No terminé –dice Kent con una risita. Pasa directo a la conclusión–. Es por eso que el señor Darcy es, en mi opinión, el verdadero héroe. Lucha por seguir adelante, a pesar de que lo traten y juzguen con tanta severidad. Orgullo y prejuicio es sobre la lucha de un hombre que quiere que el resto lo vea como él se ve a sí mismo. Por tal motivo, no es el héroe típico, ya que no es valiente, seguro ni apuesto. El señor Darcy es tímido, su persona lo atormenta y no puede luchar para que lo acepten como es. Pero ama y supongo que eso es lo único que importa en el mundo de la literatura.

Debería sentirme avergonzada por todo esto, pero la verdad es que no me siento de ese modo.

Suspira otra vez.

–Es interesante que te sientas identificada con un personaje como el señor Darcy.

–¿Por qué?

–Bueno, la mayoría elige a Elizabeth como el personaje más fuerte.

Lo miro directo a los ojos.

–El señor Darcy tiene que tolerar que todo el mundo lo odie por razones que ni siquiera son ciertas y no se queja. Yo diría que es bastante fuerte.

Kent ríe una vez más.

–Elizabeth Bennet es considerada una de las figuras femeninas más fuertes de la literatura del siglo diecinueve. Asumo que no eres feminista.

–Soy feminista –respondo–. Es solo que no me gusta el libro. –Esboza una sonrisa y no dice nada. Me encojo de hombros–. Es mi opinión.

–Bueno, me parece bien. –Asiente de un modo pensativo–. Solo intenta no escribir tan coloquialmente en el examen. Eres inteligente, hacer eso solo hará que obtengas una mala nota.

–Está bien.

–Escucha, Tori. –Me entrega el ensayo y se rasca la barbilla, haciendo un sonido rasposo sobre su barba incipiente–. Noté que tu nivel ha bajado significativamente en todas las materias en el último tiempo. –Se detiene y parpadea–. Me refiero a que te estaba yendo de maravillas en el 11° año. En especial en Literatura.

–Me saqué una B en el examen de Sociología el semestre pasado –digo–. No me parece tan mal.

–Te has estado sacando D en Literatura, Tori. La gente que se saca dos A+ en Literatura en los exámenes del secundario no se sacan D en el bachillerato.

–...

–¿Se te ocurre alguna idea de qué pudo haber pasado?

–Supongo que... no me gusta la escuela... ya no.

–¿Por qué?

–Es solo que... odio estar aquí. –Mi voz muere. Miro el reloj del salón–. Tengo que irme. Tengo clase de Música.

Asiente muy lentamente.

–Creo que mucha gente odia estar aquí. –Voltea hacia un costado y mira por la ventana–. Pero así es la vida, ¿no crees?

–Sí.

–Si te la pasas recordando que la odias, nunca querrás estar aquí. No puedes darte por vencida. No puedes anunciar la derrota antes de tiempo.

–Sí.

–Está bien.

Salgo corriendo por la puerta.

Dos

Encuentro a Lucas junto a los casilleros cuando terminan las clases y esta vez no puedo evitarlo.

Está con Evelyn y el tipo del copete. Tienen la nariz fruncida porque Solitario lanzó una bomba de olor hace aproximadamente una hora. Clásico, desagradable e innecesario. Sin embargo, la mayoría en nuestra escuela parece apoyar esta broma en particular. Se siente olor a huevo podrido en el corredor. Me tapo la boca y la nariz con mi suéter.

Lucas, Evelyn y el tipo del copete están sumidos en una conversación bastante seria, pero como hace poco me convertí en una persona maleducada y arrogante, no me importa un carajo interrumpirlos.

–¿Por qué me estás evitando? –pregunto.

A Lucas casi se le caen varias carpetas y mira hacia atrás de la cabeza de Evelyn. Aparta la mano de su nariz.

–Victoria. Dios.

Evelyn y el tipo del copete voltean lentamente y me estudian de un modo sospechoso antes de marcharse. Me acerco a Lucas. Tiene su mochila colgada sobre su hombro.

–¿Estás seguro de que Evelyn no es tu novia? –le pregunto, aún con mi suéter sobre una parte de mi cara.

–¿Qué? –Ríe nervioso–. ¿Por qué crees eso?

–Siempre están juntos. ¿Eres su novio secreto?

Parpadea varias veces.

–Eh, no. No.

–¿Estás mintiendo?

–No.

–¿Estás enojado porque olvidé que íbamos a vernos el sábado?

–No. No, te prometo que no.

–Entonces, ¿por qué me estás evitando? No te veo desde... No te vi esta semana.

Guarda las carpetas en su casillero y toma un cuaderno de bocetos significativamente grande.

–No te estoy evitando.

–No mientas.

Frunce el ceño.

Ya sé. Lucas estuvo intentando volver a ser mi amigo desde que inició el semestre. Y yo me comporté como una cretina todo el tiempo. Y solo porque odio hacer amigos, lo traté mal, lo ignoré, yo lo evité y no me esforcé en ningún momento por formar algo con él. Esa soy yo, como siempre, una completa cretina con todo el mundo por ninguna razón aparente. Lo entiendo. Entiendo que no sé *relacionarme* con la gente. Pero desde el sábado, siento que *no* relacionarme con nadie puede ser tan malo como lo contrario.

Ahora Lucas no parece querer saber nada conmigo.

–Mira –digo, bajando mi suéter, sintiendo la desesperación calar profundo en mi alma–, solíamos ser mejores amigos, ¿verdad? No quiero que me evites. Lamento haberme olvidado lo del sábado. Suelo olvidarme ese tipo de cosas. Pero tú eres una de las únicas tres personas que alguna vez pude considerar un amigo y no quiero que dejemos de hablar.

Se pasa una mano por el cabello. Lo tiene casi por su frente.

–Yo... no sé qué decir.

–Solo *por favor* contéstame, ¿por qué me evitaste el sábado por la noche?

Hay algo diferente. Sus ojos se mueven de lado a lado.

–No puedo estar cerca de ti. –Y luego agrega, más bajo–: No puedo hacer esto.

–¿Qué?

Cierra la puerta de su casillero con fuerza. Hace un ruido demasiado fuerte.

–Tengo que irme.

–Pero...

Y se marcha. Me quedo parada junto a su casillero casi un minuto. El olor a huevo podrido parece intensificarse, al igual que mi odio hacia Solitario. Lucas se olvidó de cerrar bien su casillero, así que no puedo resistirme a abrirlo y mirar en su interior. Hay tres carpetas: literatura inglesa, psicología e historia, junto a un par de hojas sueltas. Tomo una. Es de psicología y parece que es sobre cómo lidiar con el estrés. Tiene la imagen de una chica que se agarra la cabeza con ambas manos, un poco como la famosa pintura, *El grito*. Una de las sugerencias es hacer ejercicio de manera regular y otra es escribir tus problemas. Vuelvo a guardar la hoja y cierro el casillero.

Tres

Mi abuela y mi abuelo pasaron de visita. Es la primera vez que lo hacen en meses. Estamos todos sentados en la mesa y yo intento no mirar a nadie a los ojos, aunque no dejo de atrapar a mamá mirando preocupada al abuelo y luego, con más preocupación, a Charlie. Papá está sentado entre Charlie y Oliver. Yo estoy en la punta de la mesa.

—Tu madre nos contó que volviste al equipo de rugby, Charlie –dice mi abuelo. Cuando habla, se inclina hacia adelante como si no pudiéramos escucharlo, aunque habla el doble de fuerte que cualquiera de nosotros. Creo que es algo muy estereotípico de los viejos–. Es un milagro que te hayan aceptado de nuevo. De verdad se las hiciste difícil, faltando todo este tiempo.

—Sí, fue un gesto muy agradable de su parte –dice Charlie. Está sujetando su cuchillo y tenedor a cada lado de su plato.

—Siento como si no hubiéramos visto a Charlie desde hace años –agrega mi abuela–. ¿Verdad, Richard? La próxima vez seguro ya tengas una esposa e hijos.

Charlie se obliga a reír.

–¿Me pasas el queso parmesano, papá? –le pide mamá.

Mi abuelo le pasa el parmesano.

–Un equipo de rugby siempre necesita a un flacucho como tú. Ya sabes, para correr. Si hubieras comido más, hubieras crecido lo suficiente para ser un jugador de verdad, pero supongo que ya es muy tarde para eso. Culpo a tus padres. Debieron darte más vegetales cuando eras niño.

–No nos contaste nada sobre tu viaje a Oxford, papá –dice mamá.

Miro el plato. Lasaña. Todavía no comí nada.

Tomo discretamente el móvil de mi bolsillo y veo que tengo un mensaje. Le escribí a Lucas más temprano.

(15:23) **Tori Spring**
Oye, lo siento mucho.

(18:53) **Lucas Ryan**
Está bien x

(19:06) **Tori Spring**
Claramente no.
(19:18) Lo siento mucho.

(19:22) **Lucas Ryan**
No es por eso, si te soy sincero x

(19:29) **Tori Spring**
Entonces ¿por qué me estabas evitando?

Papá termina de comer, pero yo estuve tomándome mi tiempo por Charlie.

–¿Qué hay de ti, Tori? –me pregunta mi abuela–. ¿Disfrutas estar en el bachillerato?

–Sí, sí –le sonrío–. Está genial.

–Ya deben tratarte como una adulta.

–Ah, sí, sí.

(19:42) Al menos, tienes que decírmelo.

–¿Y tus clases son interesantes?

–Sí, lo son.

–¿Piensas mucho en la universidad?

Sonrío.

–No, no tanto.

La abuela asiente.

–Deberías –murmura mi abuelo–. Son decisiones importantes para la vida. Un movimiento en falso y podrías terminar en una oficina por el resto de tu vida. Como yo.

–¿Cómo está Becky? –pregunta mi abuela–. Es una chica encantadora. Sería lindo que siguieran en contacto cuando terminen la escuela.

–Está bien, sí. Es buena.

–Tiene un cabello largo tan hermoso.

(19:45) **Lucas Ryan**
¿Podemos vernos en el centro a la noche? x

–¿Qué hay de ti, Charlie? ¿Ya empezaste a pensar en el bachillerato? ¿Qué orientación vas a seguir?

–Eh, sí, bueno, definitivamente haré Clásicas, y quizás Literatura, pero no estoy muy seguro aparte de eso. Quizás Música o algo así. O Psicología.

–¿A dónde vas a ir?

–Higgs, supongo.

–¿Higgs?

–Harvey Greene. La escuela de Tori.

Mi abuela asiente.

–Ya veo.

–¿Una escuela para chicas? –refunfuña mi abuelo–. Ahí no encontrarás nada de disciplina. Un chico necesita disciplina.

Mi tenedor hace un ruido fuerte contra el plato. Los ojos de mi abuelo giran hacia mí y luego hacia Charlie.

–Hiciste muy buenos amigos en esa escuela. ¿Por qué abandonarlos?

–Los seguiré viendo después de la escuela.

–Tu amigo, Nicholas, está en el bachillerato de Truham, ¿verdad?

–Sí.

–¿Y por qué no quieres estar con él?

Charlie casi se ahoga con su comida.

–No es eso, es solo que Higgs me parece una mejor escuela.

Mi abuelo sacude la cabeza.

–Educación. ¿Qué sentido tiene compararla con la amistad?

No lo puedo tolerar más y me estoy sintiendo tan enfadada que pido disculpas y me levanto de la mesa con la excusa de que me duele el estómago. Mientras me voy, mi abuelo habla.

–La niña tiene un estómago débil, igual que su hermano.

Llego primera. Me siento en una de las mesas de afuera de Café Rivière. Acordamos encontrarnos a las nueve y todavía faltan diez minutos. La calle está vacía y el río tranquilo, pero se puede sentir el eco suave de una de esas bandas indies, quizás Noah and the Whale o Fleet Foxes o Foals o The xx, o algo como eso que nunca sé diferenciar, desde una de las ventanas sobre mi cabeza. La música sigue sonando mientras espero a Lucas.

Espero hasta las nueve. Luego espero hasta las nueve y cuarto. Luego hasta las nueve y media.

A las diez y siete minutos, mi teléfono vibra.

(22:07) Lucas Ryan
Lo siento x

Me quedo mirando el mensaje por un largo rato. Esas únicas dos palabras sin punto, esa pequeña e insignificante "x".

Apoyo el celular sobre la mesa y levanto la vista hacia el cielo. Siempre parece estar más claro cuando nieva. Exhalo. Una nube que parece el aliento de un dragón flota sobre mi cabeza.

Luego me pongo de pie y empiezo a caminar a casa.

Cuatro

En la asamblea del día miércoles, todos los estudiantes de bachillerato se acomodan en las cinco filas del auditorio. Hay que llenar todos los espacios vacíos, de otro modo no entraríamos todos, y eso significa que no puedes elegir dónde sentarte. Así es cómo termino por accidente sentada entre Rita y Becky.

A medida que la gente empieza a llenar el lugar, Ben Hope, nuevamente en la escuela con una cara moderadamente lastimada, me mira directo a los ojos. No parece furioso ni asustado, ni siquiera intenta ignorarme. Solo parece triste, como si estuviera a punto de llorar. Quizás porque ya no va a ser más popular. Todavía no lo vi con Becky, lo cual es una señal de que Becky de verdad escuchó mi explosión. Pienso en Charlie. Me pregunto dónde estará Michael. Desearía que Ben no existiera.

Kent dirige la asamblea. Está hablando sobre las mujeres. La mayoría de las asambleas son sobre las mujeres.

–… pero voy a decirles la absoluta verdad. Ustedes, como mujeres, están en una gran desventaja en el mundo.

Becky, a mi derecha, no deja de cruzar y descruzar las piernas. Hago un enorme esfuerzo consciente para no moverme.

–No creo que... muchas de ustedes noten lo afortunadas que han sido hasta ahora.

Empiezo a contar las pausas de Kent por lo bajo. Pero Becky no me acompaña.

–Asistir... a la *mejor*... escuela para chicas del condado... es un privilegio increíble.

Veo a Lucas dos filas delante de mí. Se las arregló para mirarme cuando se estaba sentando y yo no me molesté en quitarle los ojos de encima. Simplemente lo miré fijo. La verdad que no estoy enojada porque me dejó plantada la otra noche. No siento nada.

–Sé que muchas de ustedes... se quejan del trabajo duro, pero solo cuando se hayan enfrentado al mundo real, el mundo del trabajo, entenderán lo que realmente significa... trabajar duro.

De repente, Rita me da un golpecito en la rodilla. Me pasa su hoja del himno. Debajo de la letra de *Love Shine a Light*, escribió:

¡¡¡¡¡¡Te estás aislando sola!!!!!!

–Cuando terminen la escuela, sentirán una inmensa conmoción. En esta escuela tratamos a *cada estudiante* por igual.

Lo leo varias veces y luego estudio a Rita. Ella es solo una persona que apenas conozco. No soy realmente su amiga.

–Tendrán que trabajar más duro que los hombres... para llegar a donde quieran llegar. *Esa* es la triste verdad.

Se encoge de hombros.

–Entonces, espero que, mientras asistan a esta escuela, piensen y aprecien lo que tienen. Son todas muy afortunadas. Tienen el potencial de hacer todo lo que quieran y ser todo lo que deseen.

Doblo la hoja y armo un avioncito de papel, pero no lo arrojo, porque no se puede hacer eso en una asamblea. Todos se ponen de pie y cantan *Love Shine a Light* y la letra casi me hace reír en voz alta. Cuando salgo, meto el avioncito de papel de un modo discreto en el bolsillo de la chaqueta de Becky.

No me siento con nadie durante el almuerzo. En realidad, no almuerzo, pero no me importa. Deambulo sin rumbo por la escuela. En varios momentos del día me pregunto dónde podría estar Michael, pero en otros estoy bastante segura de que no me importa.

No lo vi en toda la semana.

Estuve pensando mucho sobre su campeonato de patinaje. La semifinal de los Juegos Nacionales Juveniles.

Me pregunto por qué no me contó nada sobre eso.

Me pregunto por qué no está aquí.

Estoy sentada junto a las canchas de tenis, rodeada por gaviotas, lo cual es extraño porque ya deberían haber migrado. Es la quinta hora de clases. Música. Siempre falto a esta hora los miércoles porque es el ensayo general. Me quedo mirando a todas las chicas de séptimo que salen del edificio principal y entran al campo de deportes, algunas corriendo, la mayoría riendo, y cada una con una serie de lanzadores de confetis en las manos. No veo a ninguna profesora.

No sé qué les debe haber dicho Solitario, pero está bastante claro que esto es obra suya.

Tomo mi móvil y abro Google. Escribo "Michael Holden" seguido del nombre de nuestra ciudad. Luego presiono "Buscar".

Por arte de magia, mi Michael Holden aparece en los resultados de búsqueda.

El primer resultado es un artículo del periódico de nuestro condado con el título "Adolescente local gana el Campeonato Nacional de

Patinaje de Velocidad". Entro. Tarda unos segundos en cargar. Mi rodilla empieza a sacudirse con ansiedad. A veces, odio internet.

El artículo es de hace tres años. Tiene la imagen de un Michael de quince años, aunque no se ve muy diferente a cómo luce ahora. Tal vez su cara está menos definida. Tal vez su cabello está un poco más largo. Tal vez no es tan alto. En la foto, está parado en un podio con un trofeo y un ramo de flores. Está sonriendo.

> Adolescente local Michael Holden patinó hasta la victoria en el Campeonato Nacional de Patinaje de Velocidad para menores de dieciséis años...
>
> Holden también se consagró con el título máximo en el Campeonato Regional para menores de doce años, el Campeonato Regional para menores de catorce años y el Campeonato Nacional para menores de catorce años...
>
> El presidente de la asociación de patinaje de velocidad del Reino Unido, el señor John Lincoln, se expresó sobre la innegable racha de victorias de un joven extraordinario como lo es Holden. Lincoln sostuvo, "Estamos ante un futuro competidor internacional. Holden es una clara muestra del compromiso, la experiencia, el ímpetu y el talento que se necesita para darle la victoria al Reino Unido en un deporte que nunca obtuvo la atención merecida en este país".

Vuelvo a la página de resultados. Hay muchos artículos similares. Michael ganó el Campeonato para menores de dieciocho años el año pasado.

Supongo que por eso estaba enojado cuando salió segundo en la semifinal. Y no lo culpo. Yo creo que también me hubiera enojado si estuviera en su lugar.

Me quedo sentada aquí, mirando la página de Google por un rato. Me pregunto si estoy fascinada por este descubrimiento de Michael, pero no creo que sea eso. Por un instante, me parece imposible que Michael tenga una vida tan espectacular como esta y que yo no sepa nada al respecto. Una vida donde no está simplemente corriendo con una sonrisa en la cara haciendo cosas que no tienen ningún sentido.

Es fácil asumir que conoces todo sobre una persona.

Apago el móvil y me inclino sobre el alambrado.

Las chicas de séptimo están formadas. Una profesora sale de la escuela y avanza en su dirección, pero es demasiado tarde. Las chicas empiezan una cuenta regresiva desde diez y levantan sus lanzadores de confeti por el aire, los activan y, de repente, parece como si estuviera en un campo de batalla de la Segunda Guerra Mundial. Pronto todas empiezan a gritar y saltar, mientras el confeti vuela por el aire como un huracán multicolor enloquecido. Otros profesores empiezan a aparecer, también gritando. Noto que estoy sonriendo y empiezo a reír, hasta que de inmediato me siento decepcionada conmigo misma. No debería disfrutar nada de lo que haga Solitario, pero también, por primera vez en mi vida, siento algo positivo por el séptimo año.

Cinco

Estoy volviendo a casa en autobús cuando Michael finalmente decide hacer su dramática reaparición. Estoy sentada abajo a la izquierda en el segundo asiento desde atrás, cuando de repente aparece andando en su vieja bicicleta por la calle a la misma velocidad que el autobús. La ventanilla está completamente sucia y la nieve congeló algunas gotas de agua sobre ella, pero aun así puedo ver el perfil de su cara engreída, sonriéndole al viento como un perro que asoma la cabeza por la ventanilla de un auto.

Voltea y empieza a buscarme entre las ventanillas hasta que eventualmente me ve a su lado. Su cabello vuela en el viento y su saco se sacude por detrás como una capa. Me saluda de un modo extraño y luego golpea la ventanilla con tanta fuerza que cada niño estúpido en el autobús deja de arrojar lo que sea que esté arrojando y me mira. Levanto una mano y lo saludo, sintiéndome bastante mal.

Sigue haciendo eso hasta que me bajo del autobús, diez minutos más tarde, tiempo en el que empezó a nevar otra vez. Le digo a Nick y Charlie que sigan sin mí. Cuando estamos solos, nos sentamos en la pared baja de un jardín y Michael apoya su bicicleta sobre ella. Veo que no tiene su uniforme.

Miro a mi izquierda, a su cara. Pero él no me mira. Espero que empiece la conversación, pero no lo hace. Creo que me está desafiando.

Me toma más tiempo del necesario reconocer que quiero estar cerca de él.

–Lo... –digo forzando las palabras–.... siento.

Parpadea como si estuviera confundido, voltea hacia mí y sonríe con sutileza.

–Está bien –dice. Asiento y aparto la mirada–. Ya hicimos esto antes, ¿verdad? –agrega.

–¿Qué cosa?

–Todo esto de estar incómodos pidiéndonos disculpas.

Recuerdo el comentario de "psicópata maniática depresiva". No es lo mismo. Esa fui yo siendo una estúpida y él dejando que su ira borrara lo mejor de él. Esa vez, solo fueron palabras.

No lo conocía para nada en ese entonces.

Michael aún tiene esa chispa. Esa luz. Pero ahora hay más que eso. Algo que no se puede ver, solo sentir.

–¿Dónde estabas? –le pregunto.

Aparta la mirada y ríe.

–Me *suspendieron*. El lunes a la tarde, ayer y hoy.

Es tan ridículo que empiezo a reír.

–¿Por fin sacaste de quicio a alguien?

Ríe una vez más, pero de un modo extraño.

–Puede ser. –Su expresión cambia–. Pero no, yo... mmm... eh... insulté a Kent.

–¿Lo *insultaste*? –Me río–. ¿Te suspendieron porque lo *insultaste*?

–Sí. –Se rasca la cabeza–. Parece que en Higgs son bastantes estrictos con eso.

–La Tierra de la Opresión –asiento, citando a Becky–. ¿Qué pasó?

–Empezó en la clase de historia, supongo. Hace unas semanas, tuvimos nuestros simulacros de examen y nos dieron las notas el lunes; la profesora me pidió que me quedara después de clase porque, como era de esperar, me fue muy mal. Creo que me saqué una E o algo así. Y entonces empezó a tratarme realmente mal, ya sabes, me dijo que era una decepción y que ni siquiera lo *intentaba*. Obviamente, me empezó a molestar mucho porque, o sea, claramente lo intenté. Pero ella no dejaba de hablar, hasta incluso levantaba mi ensayo y lo señalaba diciendo "¿Qué crees que es esto? Nada de esto tiene sentido. ¿Dónde están la Introducción, el Nudo y la Conclusión? ¡¿Dónde están?!". Básicamente terminó llevándome a la oficina de Kent como si fuera un niño de primaria.

Pausa. No me está mirando.

–Y Kent empezó a darme uno de esos discursos grandilocuentes sobre cómo debería ser mejor que esto y no me estoy comprometiendo lo suficiente y no me esfuerzo para nada. Intenté defenderme, pero sabes cómo es Kent, ni bien quise razonar con él, empezó a ponerse todo agresivo y condescendiente, lo que hizo que me enojara aún *más*, porque, ya sabes, los profesores *no pueden* aceptar frente a un estudiante que existe la *posibilidad* de que estén equivocados, entonces, y fue más *fuerte* que yo, le respondí: "A usted no le *importa* una mierda nada, ¿verdad?". Y, bueno, eso. Me suspendieron.

Me recuerda al Michael que Nick me había descrito el primer día de clases. Pero en lugar de que la historia me resultara un poco extraña, me hizo sentir bastante impresionada.

–Qué rebelde –digo.

Me mira por un largo rato.

–Sí –dice–. Soy grandioso.

–A los profesores *no* les importa nada.

–Sí, debería haberlo sabido.

Ambos seguimos mirando la fila de casas al otro lado de la calle. Las ventanas reflejan la luz naranja del atardecer. Froto las suelas de mis zapatos sobre el pavimento nevado. Quiero preguntarle algo sobre patinaje, pero, al mismo tiempo, siento que es algo *suyo*. Algo especial y privado.

–Me aburrí mucho sin ti –confieso.

Hay una larga pausa.

–Yo también –contesta Michael.

–¿Te enteraste lo que hicieron las chicas de séptimo hoy?

–Sí... fantástico.

–Yo estaba ahí. Siempre voy al campo de deportes los miércoles en la quinta hora, así que literalmente estaba ahí. Fue como si... empezara a llover confeti o algo así.

Se queda quieto. Luego de varios segundos, gira lentamente hacia mí.

–Vaya, qué afortunada coincidencia –dice.

Me toma un minuto entender a qué se refiere.

Es ridículo. Solitario no tiene forma de saber que siempre falto a esa clase y me siento en ese lugar. Los profesores apenas lo notan. Es *ridículo*. Pero empiezo a pensar en lo que me dijo antes. *La guerra de las galaxias. Material Girl.* Los gatos. El violín. Y el ataque a Ben Hope, aunque eso fue por *mi* hermano. Pero es imposible. Yo no soy especial. Es completamente imposible. Pero...

Fueron *muchas* coincidencias.

–Sí –digo–. Solo una coincidencia.

Nos ponemos de pie y empezamos a caminar por la acera que lentamente se vuelve más blanca, Michael lleva la bicicleta a su lado. Deja una larga línea gris por detrás. Pequeños copos de nieve reposan sobre su cabeza.

–¿Ahora qué? –pregunto. No estoy segura de a qué me refiero con "ahora". ¿A este mismo instante? ¿Hoy? ¿El resto de nuestras vidas?

–¿Ahora? –dice Michael, considerando mi pregunta–. Ahora celebramos y nos regocijamos en nuestra juventud. ¿No es lo que se supone que debemos hacer?

Noto que estoy sonriendo.

–Sí. Sí, es lo que se supone que debemos hacer.

Caminamos un poco más. La nieve pasa de ser una leve espolvoreada a estar formada por copos tan grandes como una moneda.

–Me enteré de lo que le dijiste a Becky –dice.

–¿Quién te lo contó?

–Charlie.

–¿Quién le contó a *Charlie*?

Sacude la cabeza.

–No sé.

–¿Cuándo hablaste con Charlie?

Evita mirarme a los ojos.

–El otro día. Solo quería asegurarme de que estuvieras bien…

–¿Qué? ¿Crees que estoy *deprimida* o algo?

Hablo bastante enojada.

No quiero que la gente se preocupe por mí. No hay *nada* de qué preocuparse. No quiero que la gente intente entender por qué soy cómo soy, porque yo debería ser la primera en entenderlo. Y todavía *no* lo entiendo. No quiero que la gente interfiera. No quiero que se metan en mi cabeza y saquen cosas de ahí, que recojan sin parar los fragmentos destrozados de mi ser.

Si eso es lo que hacen los amigos, entonces no quiero tener ninguno.

Sonríe. Una sonrisa genuina. Y luego ríe.

–¡De verdad no puedes aceptar que haya gente que se preocupa por ti!

No digo nada. Tiene razón. Pero no digo nada.

Deja de reír. Varios minutos pasan en silencio.

Empiezo a recordar cómo era todo cuatro semanas atrás, cuando no conocía a Michael. Cuando Solitario aún no había aparecido. Soy consciente de que ahora estoy más triste que antes. Muchas cosas a mi alrededor son muy tristes y me siento como si fuera la única que lo ve. Becky, por ejemplo. Lucas. Ben Hope. Solitario. A nadie le molesta lastimar a otros. O quizás no pueden ver que lo están haciendo. Pero yo sí.

El problema es que esa gente no hace nada.

El problema es que yo no hago nada.

Solo me quedo sentada, esperando a que pase el tiempo, asumiendo que alguien arreglará todo.

Eventualmente, llegamos a las afueras de la ciudad. Ya está oscureciendo y más de un poste de luz parpadea cuando pasamos por debajo, proyectando su resplandor amarillo sobre el suelo. Cruzamos un callejón amplio entre dos casas grandes y salimos al campo cubierto de nieve que se extiende entre la ciudad y el río. Blanco, gris, azul; todo es una bruma borrosa, lluvia sobre un parabrisas, una pintura.

Me quedo ahí parada. Todo parece detenerse, como si hubiera abandonado la tierra. Como si hubiera abandonado el universo.

–Es hermosa –digo–. ¿No te parece hermosa la nieve?

Espero que Michael coincida conmigo, pero no lo hace.

–No sé –dice–. Es fría. Quizás sea un poco romántica, pero solo hace que las cosas se enfríen.

Seis

—Entonces, Tori —dice Kent, mientras revisa mi nuevo ensayo—. ¿Qué opinas esta vez?

Es la hora del almuerzo del viernes. No tenía mucho para hacer así que decidí entregar mi ensayo de Literatura antes: "¿En qué medida es el matrimonio una preocupación central en *Orgullo y prejuicio?*". Parece que Kent se vino hablador hoy, su parte que menos me agrada.

—Escribí un ensayo normal.

—Supuse que lo harías. Igual, quiero saber qué opinas.

Intento recordar cuándo lo escribí. ¿Fue el lunes durante el almuerzo? ¿Martes? Todos los días se funden en uno.

—¿Crees que el matrimonio es la preocupación central?

—Es *una* preocupación. No la preocupación *central*.

—¿Crees que a Elizabeth le interesaba el matrimonio?

Recuerdo la película.

—Creo que sí. Pero no piensa en eso cuando está con Darcy. No los relaciona. Me refiero a Darcy y al matrimonio. Son dos problemas separados.

–Entonces ¿cuál consideras tú que es *la* preocupación central de *Orgullo y prejuicio*?

–Ellos mismos. –Pongo las manos en los bolsillos de mi chaqueta–. Se pasan toda la novela intentando fusionar su verdadera identidad con la percepción que tiene la sociedad de ellos.

Kent asiente como si supiera algo que yo no.

–Interesante. La mayoría dice que el amor es el tema principal. O el sistema de clases. –Guarda mi ensayo en una carpeta–. ¿Lees mucho en casa, Tori?

–No leo.

Eso parece sorprenderlo.

–Aun así, decidiste anotarte a Literatura –dice y me encojo de hombros–. ¿Qué haces para divertirte?

–¿Divertirme?

–Seguro tienes algún hobby. Todo el mundo tiene un hobby. Yo leo, por ejemplo.

Mis hobbies son beber limonada dietética y ser una estúpida amargada.

–Solía tocar el violín.

–Ah, ¿ves? Ahí tienes un hobby.

No me gusta lo que implica la palabra "hobby". Me recuerda a manualidades. O al golf. Algo alegre que hace la gente.

–Pero lo abandoné.

–¿Por qué?

–No sé, no lo disfrutaba tanto.

Kent asiente por enésima vez, mientras se da golpecitos sobre su rodilla.

–Me parece justo. ¿Qué disfrutas hacer?

–Me gusta mirar películas, supongo.

–¿Y amigos? ¿No te gusta pasar tiempo con ellos?

Lo pienso. Debería disfrutar pasar tiempo con mis amigos. Es lo que hace la gente. Disfruta estar con amigos para divertirse. Tienen aventuras, viajan, se enamoran. Pelean y se separan, pero siempre se vuelven a encontrar. Es lo que hacen todos.

–¿A quién consideras tu amigo?

Nuevamente me tomo mi tiempo para pensar con claridad y hago una lista en mi cabeza.

Michael Holden: el candidato más calificado para alcanzar el estatus de amigo.

Becky Allen: mejor amiga en el pasado, pero obviamente, ya no.

Lucas Ryan: ver arriba.

¿Quién era mi amigo antes de todo esto? No lo recuerdo.

–Todo es más sencillo cuanto menos amigos tengas –dice Kent, suspirando mientras se cruza de brazos sobre su saco de lana–. Pero la amistad tiene muchos beneficios.

Me pregunto de qué está hablando.

–¿De verdad es tan importante?

Junta las manos.

–Piensa en todas las películas que viste. La mayoría de las personas a las que les va bien y son felices tienen amigos, ¿verdad? Por lo general, es solo uno o dos amigos cercanos. Mira a Darcy y Bingley. Jane y Elizabeth. Frodo y Sam. Los amigos son importantes. Aquellos que están solos a menudo son los antagonistas. No podemos confiar todo el tiempo en nosotros mismos, aunque parezca la forma más fácil de vivir.

No estoy de acuerdo, así que decido no decir nada.

Kent se inclina hacia adelante.

–Vamos, Tori. Abre los ojos. Eres mejor que esto.

–¿Mejor que qué? Lamento que mis notas no sean las mejores.

–No te hagas la tonta. Sabes que no me refiero a eso.

Frunzo el ceño.

Él frunce el ceño igual que yo, aunque de un modo sarcástico.

–Despierta. Es hora de que hagas algo. No puedes dejar que las oportunidades de la vida simplemente pasen delante de tus ojos.

Me pongo de pie y volteo para irme.

Cuando abro la puerta, murmura:

–Nada va a cambiar hasta que tú decidas que quieres que cambie.

Cierro la puerta detrás de mí, preguntándome si acabo de imaginar toda esa conversación.

Siete

No tenemos clase durante la última hora, así que me quedo sentada en la sala de estudiantes. Miro a Becky que está trabajando en otra mesa, pero no me mira. Evelyn también está ahí. Se pasa toda la hora sin levantar la vista de su teléfono.

Reviso mi blog y veo otro mensaje:

Anónimo: Pensamiento del día: ¿por qué la gente cree en Dios?

Reviso el blog de Solitario y en la parte superior encuentro un gif de un niño que está soplando burbujas con uno de esos aros de plástico. Una cortina de burbujas flota por el aire hacia el cielo, la cámara las sigue, y enfoca al sol que brilla a través de ellas con un resplandor rosa, naranja, verde y azul. El gif se repite varias veces, el niño sopla las burbujas hacia el cielo, el niño, las burbujas, el cielo, el niño, burbujas, cielo.

Cuando llego a casa, incluso mamá nota algo distinto e intenta averiguarlo sin mucho entusiasmo, pero termino nuevamente en mi habitación. Doy vueltas por un rato y luego me acuesto. Charlie entra y me pregunta qué me pasa. Justo cuando estoy a punto de decírselo, empiezo a llorar, pero no en silencio, sino a los gritos y me odio tanto por eso que literalmente escudo la cara con mis brazos y lloro tan fuerte que dejo de respirar bien.

–Tengo que hacer algo –sigo repitiendo–. Tengo que hacer algo.

–¿Hacer algo con qué? –me pregunta Charlie, apoyando sus rodillas contra su pecho.

–No sé... es que... todo el mundo... todo es una locura. Todos están locos. Arruiné todo con Becky y sigo arruinando todo con Michael y ya no sé quién es Lucas. Mi vida era tan normal antes. Odiaba estar tan aburrida, pero quiero eso otra vez. Antes no me importaba nada. Pero después, el sábado, toda esa gente... A nadie le importó una *mierda*. No les importó que patearan a Ben Hope hasta casi matarlo. Ya sé que no le pasó nada. Pero yo... ya *no puedo* ser así. Sé que no tiene sentido. Sé que probablemente me estoy estresando por nada. Lo sé, soy una mierda, soy un intento ridículo de ser humano. Antes de Solitario todo estaba bien. Yo estaba bien. Solía estar bien.

Charlie simplemente asiente.

–Está bien.

Se sienta a mi lado mientras sigo con mis delirios entre lágrimas. Una vez que me calmo y aparento tener sueño, se va. Me acuesto con los ojos abiertos y pienso en toda mi vida; no me toma mucho tiempo llegar a dónde estoy ahora.

Llego a la conclusión de que dormir es imposible, así que empiezo a hurgar mi habitación en busca de nada en particular. Encuentro mi caja de cosas especiales en el cajón de mi escritorio, una caja de recuerdos, supongo, y arriba de todo tiene un diario del verano de séptimo. Leo la primera página:

Domingo 24 de agosto.

Me levanté a las 10:30. Becky et moi fuimos al cine y vimos Piratas del Carive 2 (¿así se escribe?) y, por Dios, fue FANTÁSTICA. Becky cree que Orlando Bloom es el más lindo. Después fuimos a comer pizza al centro. Ella se pidió una hawaiana y yo, obviamente, una de muzzarella. ¡YUMI! La semana que viene se va a quedar a dormir en casa y la vamos a pasar genial. ¡¡Dice que quiere contarme algo sobre un chico que le gusta!! ¡¡¡¡Y vamos a comer mucho y quedarnos despiertas toda la noche mirando películas!!!!

Guardo el diario en el fondo del cajón y me quedo sentada, tranquila, por varios minutos. Luego lo saco otra vez, agarro un par de tijeras y empiezo a cortarlo todo, las páginas, la tapa dura; lo corto y lo desgarro tanto hasta que solo parece una montaña de confeti sobre mi regazo.

También en la caja de tesoros hay un burbujero vacío. Becky me lo regaló para mi cumpleaños hace mucho tiempo. Me encantaban las burbujas, incluso aunque nunca pude dejar de pensar que estaban vacías por dentro. Enseguida, recuerdo el *gif* en el blog de Solitario. Otra cosa. Otra cosa más para agregar a la lista: el video del violín, *La guerra de las galaxias* y toda esa mierda. Miro el burbujero y no siento nada. O todo a la vez. No sé.

No, sí sé.

Michael tenía razón. Tuvo razón todo este tiempo. Solitario. Solitario me está... Solitario me está hablando a mí. Michael tenía *razón*.

No tiene sentido, pero sé que es para mí. Todo fue para mí.

Corro hacia el baño y vomito.

Cuando regreso, hago a un lado la caja, cierro el cajón y abro otro. Este está lleno de artículos de oficina. Reviso todos mis bolígrafos haciendo garabatos salvajes en los trozos de papel dispersos y tiro los que no funcionan debajo de mi cama, que son la mayoría. Empiezo a tararear bastante fuerte para tapar los sonidos que escucho por la ventana, porque sé que los estoy inventando. Mis ojos no dejan de llenarse de lágrimas y secarse y llenarse nuevamente de lágrimas; los froto con tanta fuerza que veo destellos de luz cada vez que los abro.

Vuelto a tomar las tijeras y me paso al menos media hora sentada frente al espejo cortándome las puntas del pelo de un modo obsesivo. Luego encuentro un marcador negro y siento la necesidad urgente de escribir algo. Entonces, en mi propio brazo, con el marcador negro inmenso, escribo "SOY VICTORIA ANNABEL SPRING", en parte porque no se me ocurre qué otra cosa escribir y, en parte, porque siento que necesito recordarme que tengo un segundo nombre.

Solitario me está hablando a mí. Tal vez a propósito, tal vez no. Pero entonces decido que ahora es mi turno de hacer algo al respecto. Todo recae sobre mí.

Me siento en el escritorio junto a mi cama. Tomo algunos bolígrafos viejos y algunos libros que no leí, mis toallitas desmaquillantes y mi diario en el que ya no escribo. Lo abro, leo algunas entradas y lo cierro. Es muy triste. Muy cliché adolescente. Soy desagradable. Cierro los ojos y aguanto la respiración por todo el tiempo que puedo (cuarenta y seis segundos). Lloro de un modo consistente y patético durante otros veintitrés minutos completos. Enciendo mi computadora y reviso mis blogs favoritos. No subo nada a mi blog. No recuerdo la última vez que hice eso.

Ocho

Fue una semana rara. Como no sabía qué hacer, me pasé la mayor parte del tiempo tirada en la cama, navegando en internet, mirando la tele, etc., etc. Nick y Charlie vinieron a "hablar" después del almuerzo el domingo y me hicieron sentir bastante mal por estar tan descuidada. Así es como mi fin de semana termina con Nick y Charlie llevándome de los pelos a un festival de música en El Desierto, un terreno desolado junto al puente del río, rodeado por una arbolada y una cerca rota.

Nick, Charlie y yo caminamos por el lodo hacia la multitud reunida alrededor del escenario. Todavía no llueve, pero siento que en cualquier momento lo hará. Quien haya pensado que enero era un buen mes para hacer un festival de música probablemente sea un sádico.

La banda, supuestamente una banda indie de Londres, toca tan fuerte que se los puede escuchar desde el otro lado de la calle. Como no hay luces reales, cada persona tiene una linterna o una de esas barritas luminosas, y más hacia el fondo del campo hay una fogata violenta. No me siento para nada preparada para esto. Pienso en correr por el puente y volver a casa.

Pero no. Nada de correr a casa.

–¿Estás bien? –me grita Charlie por encima de la música. Él y Nick están varios metros por delante, Nick apunta su linterna en mi dirección y me enceguece.

–¿Vienes con nosotros? –pregunta Nick, señalando al escenario–. Vamos a acercarnos.

–No –respondo.

Charlie solo me mira mientras me voy caminando. Nick lo lleva y desaparecen en la multitud.

Y yo también.

Hace mucho calor y no veo demasiado, solo el resplandor verde y amarillo de las barritas de luz y las luces del escenario. La banda está tocando desde hace media hora y "El Desierto" ahora bien podría llamarse "El Pantano". Mis jeans están llenos de lodo. Sigo viendo gente que conozco de la escuela y, cada vez que los cruzo, los saludo de un modo sarcástico y exagerado. Estoy en medio de la multitud, Evelyn me sacude por los hombros y grita que está buscando a su novio. Me hace detestarla.

Al cabo de un rato, noto que estoy pisando cientos de trozos de papel. Están literalmente *por todas partes*. Estoy sola en la multitud cuando decido levantar uno y mirarlo detenidamente. Lo ilumino con la linterna de mi móvil.

Es un panfleto. Fondo oscuro. Tiene un símbolo rojo en el medio: un corazón invertido, dibujado con tan poco cuidado para que parezca una letra "A" con un círculo alrededor.

Para que se parezca al símbolo de la anarquía.

Debajo del símbolo, hay una sola palabra:

VIERNES

Mis manos empiezan a temblar.

Antes de tener tiempo para pensar qué podría significar, me empujan y termino al lado de Becky, quien está saltando sin parar junto a la valla con Lauren y Rita. Nos miramos.

Lucas también está ahí, detrás de Rita. Tiene una camisa con bordes de metal en el cuello debajo de una chaqueta vintage y una chaqueta de denim grande. También lleva unas Vans y un pantalón negro con dobladillo. Verlo me pone muy triste.

Guardo el panfleto de VIERNES en el bolsillo de mi abrigo.

Lucas me ve desde atrás del hombro de Rita y casi parece retroceder del miedo, lo cual debe ser bastante difícil en una multitud tan abarrotada como esta. Me señalo a mí, sin quitarle los ojos de encima, y luego lo señalo a él y a la parte trasera del campo.

Al ver que no se mueve, lo tomo del brazo y lo arrastro hacia atrás, lejos de la multitud y los parlantes ensordecedores.

Me recuerda a cuando teníamos diez, o nueve u ocho, en una situación similar; yo llevándolo del brazo. Nunca hacía nada solo. Pero yo siempre fui muy buena para hacer cosas sola. Supongo que *disfrutaba* cuidarlo. Pero entonces llega un momento en nuestras vidas en donde ya no puedes seguir cuidando a los demás y tienes que empezar a cuidarte a ti misma.

De todos modos, creo que tampoco hago eso.

—¿Qué haces aquí? —me pregunta. Nos apartamos de la multitud y nos detenemos a pocos metros de la fogata. Varios grupos de personas pasan caminando con botellas en las manos, riendo, pero, en gran medida, el sector de la fogata está vacío.

—Ahora hago cosas —respondo. Lo tomo del hombro y me inclino hacia adelante, muy seria—. ¿Por qué...? ¿*Cuándo* te volviste hípster?

Aparta mis manos suavemente de su hombro.

—¿Qué? No soy hípster —dice.

La banda dejó de tocar. Hay un momento de silencio y el aire se llena de voces que se mezclan como un torbellino de ruidos. Hay varios de esos panfletos a mis pies.

–Te esperé en la puerta del café durante una hora entera –digo con la esperanza de hacerlo sentir muy mal–. Si no me dices por qué me estás evitando entonces podríamos dejar atrás todo esto y olvidarnos de ser amigos.

Se pone tenso y tan sonrojado que es posible notarlo incluso con la poca luz del lugar. Finalmente entiendo que nunca más volveremos a ser mejores amigos.

–Es que... –dice–, es muy difícil... para mí... estar cerca de ti...

–*¿Por qué?*

Se toma un tiempo en responder. Mueve su pelo hacia un lado, se frota los ojos y revisa que el cuello de su camisa no esté doblado. Se rasca la rodilla y entonces empieza a reír.

–Eres muy divertida, Victoria. –Sacude la cabeza–. Eres tan divertida. –Al oir esto, tengo una necesidad urgente de pegarle un puñetazo en la cara. Pero en su lugar, me termino sumiendo en la histeria.

–¡Pero *maldita sea!* ¿De qué estás *hablando?* –empiezo a gritar, aunque no se nota por el bullicio de la multitud–. Estás *demente*. No entiendo por qué me dices todo esto. No entiendo por qué decidiste que querías volver a ser mi mejor amigo y ahora ni siquiera eres capaz de mirarme a los ojos, no entiendo *nada* de lo que haces o dices, y me está *matando*, porque la verdad no entiendo nada de lo que me está pasando a mí, ni a Michael, ni a Becky, ni a mi hermano, ni a *nadie* en este planeta de mierda. Si me odias en secreto o algo, *tienes que decírmelo*. Lo único que te pido es que me des *una* respuesta, solo *una* oración para que al menos pueda entender *algo* de lo que tengo en la cabeza, pero NO. No te importa, ¡¿verdad?! No te importan una MIERDA mis sentimientos ni los de nadie. Eres igual al resto.

—Estás equivocada —dice—. Estás equivoca...

—Todos tienen problemas *tan terribles.* —Sacudo la cabeza de un modo salvaje mientras la sujeto con ambas manos. Empiezo a hablar con superioridad sin motivo alguno—. Incluso tú. Incluso el perfecto e inocente Lucas tiene *problemas.*

Se me queda mirando con una aterrada confusión y me parece graciosísimo. Empiezo a reír a carcajadas.

—Quizás *toda* la gente que conozco tenga problemas. No existe la gente feliz. *Nada* funciona. Ni siquiera alguien que parece perfecto, ¡como mi hermano! —Esbozo una sonrisa de oreja a oreja—. Mi hermano, mi hermanito, taaaan perfecto, pero, ¿sabes una cosa? A él... no le gusta la comida, literalmente no le gusta o, no sé, le fascina. Le fascina *tanto* que tiene que ser perfecta todo el tiempo, ¿sabes?

Tomo a Lucas de uno de sus hombros una vez más para que lo entienda.

—Pero un día se hartó tanto de sí mismo que, bueno, empezó a sentirse tan molesto, empezó a odiarse tanto porque le fascinara la comida que entonces, sí, decidió que sería una buena idea dejar de comer para siempre. —Empiezo a reír tan fuerte que mis ojos se llenan de lágrimas—. ¡Pero es una estupidez! Porque tienes que comer para no morirte, ¿verdad? ¡Pero bueno, mi hermano, Charles, Charlie, él... él llegó a la conclusión de que lo mejor sería terminar con todo de una vez por todas! Y así, el año pasado... —levanto la muñeca y la señalo—, se *lastimó.* Y después me escribió una tarjeta, pidiéndome disculpas y que desearía no haberlo hecho. Pero *lo hizo.*

Sacudo la cabeza y río sin parar. Ya sé que estoy exagerando. Ya sé que Charlie solo tuvo una noche horrible y que estoy haciendo que suene mucho más dramática y espantosa de lo que en realidad fue. Pero mi cerebro no deja de agarrar nubes y convertirlas en huracanes.

—¿Y sabes qué hace que me quiera *morir?* Que, todo ese tiempo, yo *sabía* que eso iba a pasar y no hice *nada*. No le conté nada a nadie porque creí que solo lo estaba *imaginando*.

Tengo los ojos llenos de lágrimas.

–¿Y sabes qué es *literalmente para morirse de la risa*? ¡La tarjeta tenía el dibujo de un *pastel*!

No dice nada y no le parece gracioso, lo cual me parece extraño. Emite un sonido extraño de dolor y gira en ángulo recto, antes de marcharse a toda prisa. Me seco las lágrimas de tanto reír y saco el panfleto de mi bolsillo y lo miro, pero la música empieza a sonar otra vez y tengo frío y mi cerebro no parece estar procesando nada. Solo la maldita imagen de ese maldito pastel.

Nueve

–¿Victoria? ¿Tori? ¿Estás ahí? –Alguien me está hablando por teléfono–. ¿Dónde estás? ¿Estás bien?

Estoy sola, apartada de la muchedumbre. La música ya paró. Todos están esperando a la próxima banda y más personas se unen al descontrol, por lo que solo es cuestión de minutos para que quede atrapada nuevamente en medio de una masa pesada de cuerpos. El suelo está lleno de esos panfletos y la gente empieza a levantarlos. Todo está pasando muy rápido.

–Estoy bien –digo finalmente–. Charlie, estoy bien. Estoy al fondo.

–Bueno. Bien. Nick y yo estamos volviendo al auto. Tienes que venir con nosotros.

Se escucha un crujido cuando Nick le quita el móvil a Charlie.

–Tori, escúchame. Tienes que volver al auto *ahora mismo*.

Pero apenas puedo escucharlo. Apenas puedo escucharlo porque empieza a pasar algo. Hay una inmensa pantalla LED en el escenario. Hasta ahora solo mostraba figuras decorativas en movimiento y, en ocasiones, mostraba los nombres de las canciones que tocaba la banda.

Ahora está negra y solo se ven las barritas de luz esparcidas por la multitud a oscuras. Me empiezan a empujar hacia la pantalla, como si las figuras que me rodean no pudieran evitar sentirse atraídas hacia ella. Volteo con la intención de salir de la muchedumbre, pero es entonces cuando lo veo... Una figura, un chico, que me mira perdidamente desde el otro lado del río. ¿Es Nick? No lo veo bien.

–Algo... está pasando... –digo al teléfono y giro hacia la pantalla.

–Tori, NECESITO que vuelvas al auto. Eso va a ser un DESCONTROL.

La pantalla LED cambia. Queda completamente blanca y luego rojo sangre y negra una vez más.

–¿Tori? ¿Hola? ¿Me escuchas?

Hay un pequeño punto rojo en el centro de la pantalla.

–¡¿TORI?!

Crece y toma forma.

Es un corazón invertido.

La muchedumbre grita como si Beyoncé hubiera subido al escenario.

Presiono el botón rojo de mi teléfono.

Y luego una voz distorsionada y sin género empieza a sonar por todo el lugar.

–BUENAS NOCHES, SOLITARIANOS.

Todos levantan los brazos por el aire y gritan, con alegría, con miedo. No conozco a nadie, pero les *encanta*. Los cuerpos avanzan hacia adelante, aplastándose entre sí, sudando. Entonces empiezo a sentir que me falta el aire.

–¿NOS ESTAMOS DIVIRTIENDO?

El suelo vibra cada vez que la voz resuena por el aire. Tengo el panfleto en la mano. No veo a Lucas, ni a Becky, ni a nadie que conozco. Necesito salir de aquí. Extiendo los codos y volteo ciento ochenta grados para abrirme paso entre la multitud eufórica...

–VINIMOS PARA INVITARLOS A UN EVENTO MUY ESPECIAL QUE ESTAMOS ORGANIZANDO.

Empujo la masa de cuerpos a mi alrededor, pero no parece moverse. Todos miran la pantalla arriba como si estuvieran hipnotizados, mientras gritan cosas incomprensibles...

Y entonces lo veo otra vez entre los espacios que separan las cabezas de la multitud. Allí, al otro lado del río. El chico.

–QUEREMOS QUE SEA UNA ENORME SORPRESA. *ESTE PRÓXIMO VIERNES.* SI ASISTEN A HARVEY GREENE GRAMMAR SCHOOL, *HIGGS,* MÁS VALE QUE ESTÉN CON LA GUARDIA EN ALTO.

Entrecierro los ojos, pero está tan oscuro y la multitud está tan eufórica, feliz y aterradora que no puedo ver quién es. Giro nuevamente hacia la pantalla, sintiendo codos y rodillas que se clavan en mí desde todas direcciones. Pronto aparece una cuenta regresiva con días, horas, minutos y segundos; la multitud levanta los puños por el aire: 04:01:26:52, 04:01:26:48, 04:01:26:45.

–SERÁ LA OPERACIÓN MÁS GRANDE DE SOLITARIO HASTA LA FECHA.

Y cuando termina de decir eso, veinte fuegos artificiales salen disparados entre los cuerpos, directo hacia el cielo como meteoros. Empiezan a llover chispas sobre nuestras cabezas y noto que uno de los cohetes está solo a cinco metros de mí. Las personas que están más cerca gritan aterradas y saltan hacia atrás, alejándose del peligro. Sin embargo, la mayoría de los gritos siguen siendo gritos de felicidad, gritos de euforia. La muchedumbre empieza a mecerse y tambalearse de un lado a otro, lo que hace que me arrastren en todas direcciones. Mi corazón late con tanta fuerza que siento que estoy muriendo. Sí, muriendo. Voy a morir. Pero eventualmente, logro salir de la muchedumbre y aparezco en la ribera del río.

Volteo horrorizada hacia la multitud. Fuegos artificiales de todas las formas y colores continúan saliendo disparados de la gran masa de cuerpos. A los bordes de la muchedumbre veo a varias personas que se van, una o dos prendidas fuego. A pocos metros de mí, una chica colapsa y tiene que ser arrastrada por sus amigas entre los gritos.

Sin embargo, la mayoría parece disfrutarlo. Como si estuvieran hechizados por las luces de colores.

–¡*Tori Spring*!

Por un instante, creo escuchar la voz de Solitario, hablándome a *mí*, y mi corazón se detiene por completo. Pero no. Es *él*. Lo escucho gritarme. Volteo. Está al otro lado del río. En esta parte es mucho más angosto, lo que me permite ver su rostro iluminado por su móvil como si estuviera a punto de contar una historia de terror, respirando con dificultad, solo con una camiseta y unos jeans. Empieza a saludarme. Estoy segura de que debe tener un sistema de calefacción interno.

Miro a Michael al otro lado del río.

Tiene un termo en la mano.

–¡¿Eso... es *té*?! –grito.

Levanta el termo y lo estudia, como si se hubiera olvidado por completo de él. Me mira nuevamente con sus ojos se iluminados y grita hacia la noche.

–¡El té es el elixir de la vida!

Una nueva ola de gritos se esparce por un grupo de personas cerca de mí y volteo. Enseguida, me encuentro con varias personas que retroceden, gritando y señalando a una pequeña luz en el suelo a solo metros de mí. Una lucecita que lentamente chisporrotea hacia un cilindro que está clavado en el suelo.

–QUEREMOS AGRADECERLE ESPECIALMENTE A LA ORGANIZACIÓN DEL FESTIVAL QUE DEFINITIVAMENTE NO NOS PERMITIÓ ESTAR AQUÍ.

Me toma precisamente dos segundos darme cuenta de que, si no me muevo, el cohete va a explotarme justo en la cara.

—TORI. —La voz de Michael suena a mi alrededor. Me siento incapaz de moverme—. TORI, SALTA AL RÍO AHORA MISMO.

Volteo hacia él. Me parece más tentador aceptar mi destino y acabar con todo esto de una vez por todas.

Su rostro está congelado en una expresión de absoluto terror. Se detiene y luego salta al agua.

La temperatura es de cero grados.

—Mierda —digo, antes de evitarlo—. Mierda.

—ESTÉN ATENTOS AL BLOG Y SIGAN CUIDÁNDOSE. TODOS SON IMPORTANTES. LA PACIENCIA MATA.

La chispa ya casi alcanza al cilindro. Me quedan quizás cinco segundos. Cuatro.

—¡TORI, SALTA AL RÍO!

La pantalla se pone en negro y los gritos alcanzan su punto máximo. Michael está nadando hacia mí, una mano impulsándolo por el agua y la otra sujetando el termo sobre su cabeza. Mi única alternativa.

—¡¡¡TORI!!!

Salto al río.

Todo parece detenerse. Detrás de mí, el cohete estalla. En medio del aire, veo su reflejo en el agua, amarillo, azul, verde y violeta bailando sobre las olas y me parece un poco hermoso, pero solo un poco. El agua está tan helada que casi no siento las piernas.

Y luego siento un ardor increíble en mi brazo izquierdo.

Lo miro. Las llamas suben por él. Oigo a Michael gritar algo, pero no sé qué es. Enseguida meto el brazo bajo el agua congelada.

—Oh, por Dios —dice Michael, acercándose por el agua con el termo sobre su cabeza. El río tiene al menos diez metros de ancho—. Maldita MIERDA, ¡está congelada!

–Y RECUERDEN, SOLITARIANOS: LA JUSTICIA ES TODO.

La voz se apaga. Al otro lado del río, la multitud sale corriendo por la ciudad hacia sus autos.

–¿Estás bien? –me grita Michael.

Levanto el brazo del agua con cuidado. La manga de mi abrigo está completamente quemada y mi suéter y camisa son solo harapos. La piel que se asoma por debajo tiene un color rojo intenso. Presiono la herida con mi otra mano. Me duele. Mucho.

–Maldita mierda –grita Michael, intentando avanzar más rápido, aunque puedo ver que está temblando.

Me adentro más en el río, mientras mi cuerpo vibra fuera de control, quizás por el frío o quizás por el hecho de que acabo de escapar de la muerte o quizás por el dolor ardiente en mi brazo. Empiezo a murmurar delirios.

–Nos vamos a morir. Los dos vamos a morir.

Esboza una sonrisa. Ya está a mitad de camino. El agua le llega al pecho.

–Bueno, sigue. No tengo ganas de morir de hipotermia hoy.

El agua subió hasta mis rodillas o quizás me adentré más en el río.

–¡¿Estás borracho?!

Levanta los brazos sobre su cabeza y grita:

–¡SOY LA PERSONA MÁS SOBRIA DE TODO EL PLANETA!

El agua me llega a la cintura. ¿Estoy avanzando?

Está a dos metros de mí.

–¡Voy a salir! –dice como si estuviera cantando–. ¡Y puede que tarde un rato! –enseguida agrega–. Madre de Dios, literalmente me voy a morir congelado.

Pienso exactamente lo mismo.

–¿Qué te pasa? –me pregunta. No hace falta gritar ahora–. ¿Por qué...? Te quedaste parada ahí.

–Casi me muero –digo, sin escucharlo adecuadamente. Siento que estoy en estado de shock–. El cohete.

–Está bien. Ya pasó. –Levanta mi brazo y lo revisa. Traga saliva e intenta no maldecir–. Okey. Estás bien.

–Hay gente… hay mucha gente herida…

–Oye. –Encuentra mi otra mano en el agua y se inclina levemente para que nuestros ojos estén a la misma altura–. Está bien. Todos estarán bien. Iremos al hospital.

–El viernes –digo–. Solitario… el viernes.

Miramos hacia atrás y la vista es magnífica. Llueven panfletos. Caen sobre la multitud desde unos ventiladores inmensos en el escenario, mientras más cohetes siguen estallando en el campo y provocan una ola de chillidos entre los asistentes. Es una tormenta, una verdadera tormenta. La clase de tormenta por la que sales si quieres estar al borde de la muerte.

–Te estuve buscando –digo. No siento gran parte de mi cuerpo.

Por alguna razón, apoya sus manos a cada lado de mi cara y se inclina hacia adelante.

–Tori Spring, yo te estuve buscando *toda la vida*.

Los cohetes siguen estallando sin señales de que vayan a parar y la cara de Michael se sigue iluminando por los colores y las luces que se reflejan sobre sus gafas, mientras un sinfín de panfletos vuela a nuestro alrededor como si estuviéramos atrapados en medio de un huracán y el agua negra nos estuviera estrangulando hasta acercarnos tanto que varias personas empiezan a gritarnos cosas y apuntarnos con sus dedos, pero no me puede importar menos, y el frío se disuelve en una especie de hormigueo que apenas registro, acompañado por lágrimas que se congelan en mis mejillas y la incertidumbre sobre lo que pasa, atrapada en una especie de fuerza planetaria que me hace ver que estoy aferrada a él como si no tuviera más opción y él me sostiene como si me estuviera hundiendo, y creo sentir un beso en la frente, aunque bien podría haber sido solo un copo de nieve, seguido de un susurro claro de su boca, "Nadie llora solo", o quizás, "Nadie muere solo", que extiende esa sensación durante todo el tiempo que estoy aquí, hasta que entiendo que quizás sí sea ligeramente posible que exista algo remotamente bueno en este mundo, y lo último que recuerdo antes de desmayarme del frío es que, si muriera, preferiría ser un fantasma que ir al cielo.

Diez

Creo que es lunes. Anoche es solo una nube difusa. Recuerdo haberme despertado en la orilla del río en los brazos de Michael. Recuerdo el agua congelada y el olor de su camiseta, y recuerdo correr. Creo que estaba asustada o algo, pero no sé por qué. No sé qué decir.

Fui a la clínica. Nick y Charlie me obligaron. Ahora tengo una venda enorme en el brazo, pero está bien, no me duele tanto. Tengo que quitármela esta noche y ponerme crema. No tengo muchas ganas de hacer eso.

Cada vez que la miro, recuerdo a Solitario. Recuerdo lo que son capaces de hacer.

Todo el mundo parece muy feliz y no me gusta. El sol afuera brilla con desenfreno y tengo que usar gafas de sol cuando voy a la escuela porque el cielo, una inmensa piscina plana, intenta ahogarme. Tomo asiento en la sala de estudiantes y Rita me pregunta qué me pasó en el brazo y le contesto que fue culpa de Solitario. Me pregunta si estoy bien. Casi me dan ganas de llorar, así que le respondo que sí y me voy corriendo. Estoy bien.

Hay muchos destellos de vida a mi alrededor. Un grupo de chicas desconocidas reclinadas sobre sus sillas. Una chica del 12° año mirando por la ventana mientras sus amigas ríen junto a ella. Una lámina plastificada de una montaña con la palabra "Ambición". Una luz parpadeante. Pero creo que lo único que me deja tranquila es saber que voy a descubrir quién es Solitario y qué planea hacer el viernes. Y lo voy a evitar.

Para la hora del recreo, conté sesenta y seis afiches de Solitario en toda la escuela con la frase: "VIERNES: LA JUSTICIA LLEGA". Kent, Zelda y el resto de los delegados están completamente desquiciados, y ya es imposible caminar por los corredores sin que uno de ellos pase corriendo por al lado, arrancando los afiches de la pared y maldiciendo por lo bajo. Hoy subieron dos publicaciones nuevas al blog de Solitario: una fotografía de la asamblea de la semana pasada cuando apareció una imagen de Solitario en el proyector y una foto de la Virgen María. Imprimiré ambas para pegarlas en la pared de mi habitación junto al resto de las publicaciones. Mi pared está cubierta casi por completo.

Primero, Solitario golpeó a un chico. Y después lastimó seriamente a un grupo de personas, todo para dar un buen show. Y todo el mundo parece estar completamente embelesado por lo que hacen.

Queda claro que, si yo no lo detengo, nadie más lo hará.

Durante el almuerzo, siento que alguien me sigue, pero cuando llego al departamento de informática tengo la sensación de haberle ganado cuando entro a la C15, la sala que está justo frente a la C16, la misma en la que conocí a Michael. Hay tres personas, un estudiante del 13° año que navega por la página de la Universidad de Cambridge y dos de séptimo que juegan al "Quiz Imposible" con una inmensa concentración. Ninguno me ve.

Enciendo una computadora y reviso el blog de Solitario por cuarenta y cinco minutos.

En algún momento, mi acosador entra a la C15. Es Michael, eso es obvio. Aún me siento culpable por haberme ido corriendo, pero, como no tengo muchas ganas de hablar al respecto, paso junto a él y salgo caminando rápido de la sala en ninguna dirección en particular. Me alcanza. Ambos estamos caminando rápido.

—¿Qué haces? —le pregunto.

—Camino —me contesta.

Doblamos a la esquina.

—Matemáticas —dice. Estamos en el corredor de matemáticas—. Las pantallas acá son hermosas porque, de otro modo, a nadie le gustarían las matemáticas. ¿Por qué la gente cree que las matemáticas son divertidas? Lo único que te dan es una falsa sensación de éxito.

Kent sale de un salón a pocos metros delante de nosotros.

—¡Hola, señor Kent! —dice Michael. Kent asiente levemente y sigue caminando—. Estoy seguro de que escribe poesía —continúa Michael—. Se nota, por sus ojos y por cómo se cruza de brazos todo el tiempo.

Me detengo. Le dimos una vuelta completa al primer piso de Higgs. Nos quedamos inmóviles y mirándonos levemente. Tiene una taza de té en la mano. Se da un momento incómodo en el que creo que ambos queremos abrazarnos, pero decido ponerle un fin y volteo para entrar otra vez a la C15.

Me siento en la computadora que estuve usando hace un rato y él se sienta a mi lado.

—Te fuiste corriendo otra vez —dice.

No lo miro.

—No me contestaste los mensajes anoche después de que te fuiste —dice—. Tuve que escribirle a Charlie por Facebook para saber qué te había pasado.

No digo nada.

–¿Recibiste mis mensajes? ¿Los mensajes de voz? Estaba un poco preocupado de que te hubiera agarrado hipotermia o algo por el estilo. Y tu brazo. Estaba muy preocupado.

No recuerdo haber recibido ningún mensaje de texto ni de voz. Solo recuerdo a Nick gritándome que era una estúpida y a Charlie sentado a mi lado en la parte trasera del auto, en lugar de estar en el asiento del acompañante junto a Nick. Recuerdo llegar a la clínica y esperar por horas. Recuerdo a Nick quedarse dormido sobre el hombro de Charlie y a Charlie jugando conmigo a veinte preguntas, y él ganando todas las veces. Recuerdo no haber dormido anoche. Recuerdo decirle a mamá que iría a la escuela y ya lo había decidido.

–¿Qué haces? –me pregunta.

¿Qué hago?

–Estoy... –pensando, estoy mirándome en el reflejo negro del monitor–. Estoy... haciendo algo. Sobre Solitario.

–¿Desde cuándo te interesa Solitario?

–Desde... –empiezo a responderle, pero no sé qué decir. No frunce el ceño, ni sonríe ni nada.–. ¿Por qué no lo estaría? –le pregunto–. A ti te interesa. Tú eres el que dijo que Solitario me estaba hablando a mí.

–Creí que no te interesaba –dice con una voz un tanto inestable–. No es algo que tú... Supuse que... No te importaba tanto, ya sabes, al principio.

Eso puede ser verdad.

–A ti todavía te interesa... ¿verdad? –le pregunto, aterrada por la respuesta.

Michael se me queda mirando por un largo rato.

–Me gustaría saber quién está detrás de todo esto –dice–, y sé que lo que le pasó a Ben Hope fue bastante desagradable, y lo de anoche... Bueno, fue sencillamente estúpido. Es un milagro que no haya muerto nadie. ¿Viste el artículo de la BBC? Los organizadores del festival están encubriéndolo diciendo que salió algo mal con la última banda o algo por el estilo. En ningún momento mencionaron a Solitario. Supongo que no quieren que nadie sepa que les hackearon el festival. Además, ¿quién va a escuchar a un par de niños gritando que todo fue culpa de un blog?

Michael me mira como si estuviera asustado de mí. Debo tener una expresión bastante extraña en mi cara. Inclina la cabeza.

–¿Cuándo fue la última vez que dormiste?

No me molesto en responder. Nos quedamos sentados en silencio por un rato hasta que lo intenta una vez más.

–Sabes, esto que voy a decir es muy genérico, pero... –se detiene–. Si quieres... mmm, ya sabes, hablar sobre algo, como... bueno... A veces, la gente necesita alguien con quien hablar... y tú no hablas mucho. Sabes que puedes contar conmigo para... bueno... hablar. Lo sabes, ¿verdad?

Sus palabras están tan entrecortadas que no entiendo a qué se refiere, así que asiento con entusiasmo. A juzgar por su sonrisa ligeramente aliviada, parece satisfecho. Al menos hasta que me pregunta:

–¿Me vas a contar por qué ahora te interesa? ¿Por qué estás tan obsesionada con todo esto?

No me siento obsesionada. No creo que sea la palabra correcta.

–Alguien tiene que hacerlo.

–¿Por qué?

–Porque es importante. A nadie le importa las cosas importantes –divago un poco–. Estamos tan acostumbrados al desastre que lo aceptamos. Creemos que lo merecemos.

Su sonrisa pasajera se desvanece.

–No creo que nadie merezca el desastre. Creo que mucha gente lo desea porque es la única forma de hacer que la gente preste atención.

–¿Para llamar la atención?

–Hay personas a las que nadie les presta atención –dice y, una vez más, es el chico de la pista de patinaje: serio, genuino, taciturno, maduro y silenciosamente *enojado*–. Personas que no reciben *nada* de atención. Es entendible que quieran un poco. De otra manera, se pasarán toda la vida esperando algo que nunca llegará.

Empieza a buscar algo en su mochila y, al cabo de unos segundos, saca una lata y me la alcanza. Es una marca muy desconocida de limonada dietética. Una de mis favoritas. Sonríe, pero de un modo forzado.

–Pasé por la tienda y me acordé de ti.

Miro la lata, sintiendo algo muy extraño en mi estómago.

–Gracias. –Otra pausa larga–. Sabes, cuando ese cohete estaba a punto de estallar, de verdad pensé que iba a morir. Pensé que… iba a morir quemada.

Me mira fijamente.

–Pero no pasó.

Es una muy buena persona. Demasiado buena como para estar cerca de alguien como yo.

Casi me río por pensar algo tan trillado. Creo que ya mencioné que hay cosas que son trilladas porque son verdad. Bueno, acá va otra que también es verdad: Michael Holden es demasiado bueno para mí.

Más tarde, a las siete de la noche, cenamos. Mamá y papá salieron a algún lado. Nick y Charlie están sentados cada uno en una punta de la mesa. Yo estoy al lado de Oliver. Estamos comiendo pasta con carne. No sé qué carne es. No me puedo concentrar.

–Tori, ¿qué sucede? –me pregunta Charlie, señalándome con el tenedor–. ¿Qué está pasando? Algo está pasando.

–*Solitario* es lo que pasa –respondo–. Pero a nadie le importa. Todos se quedan sentados, hablando de cosas irrelevantes como si solo fuera una broma súper divertida.

Nick y Charlie me miran como si estuviera loca. Bueno, lo estoy.

–Supongo que sí es un poco extraño que nadie haya reportado a Solitario –dice Nick–. Incluso después de lo que pasó en el festival. En ningún lugar se lo nombró. Parece que nadie lo toma en serio...

Charlie suspira, interrumpiéndolo.

–No importa si Solitario hace algo espectacular o no, no hay razón para que Tori ni nadie se involucre. No es nuestro problema, ¿está bien? ¿No deberían los profesores o, no sé, la policía hacer algo al respecto? En todo caso, es su culpa por no molestarse en hacer nada.

Y así sé que también lo perdí a él.

–Creí que ustedes dos... eran mejores que todo esto.

–¿Todo qué? –pregunta Charlie, levantando las cejas.

–Todo esto que hace la gente para pasar su tiempo. –Llevo las manos a mi cabeza–. Todo es falso. Todos son falsos. ¿Por qué a nadie le *importa nada?*

–Tori, en serio, ¿estás bi...?

–SÍ –tal vez grito–. SÍ, ESTOY BIEN, GRACIAS. ¿CÓMO. ESTÁS. TÚ?

Y entonces me voy de este lugar antes de empezar a llorar.

Obviamente, Charlie le contó a mamá y papá. Cuando regresan, no sé a qué hora, llaman a mi puerta. Al ver que no respondo, entran.

–¿Qué? –digo. Estoy sentada derecha en la cama, intentando elegir una película hace treinta y siete minutos. En la televisión, algunos tipos de las noticias hablan sobre el suicidio de un estudiante de Cambridge y tengo la computadora sobre mis piernas como un gato dormido, la página principal de mi blog emite su leve resplandor azul.

Mamá y papá miran la pared que tengo justo por detrás por un largo rato. Ya no se ve la pintura. Parece un mosaico de impresiones de Solitario, cientos de ellas.

–¿Qué ocurre, Tori? –me pregunta papá, apartando los ojos de la pantalla.

–No sé.

–¿Tuviste un mal día?

–Sí. Siempre.

–Vamos, no seas tan melodramática –suspira mamá, supuestamente decepcionada por algo–. Alégrate. Sonríe.

Emito un gruñido falso.

–Por Dios.

Mamá suspira otra vez. Papá la imita.

–Bueno, te dejaremos hundirte en tu miseria entonces –dice él–, si vas a ser tan sarcástica.

–Ja, ja. Sarcástica.

Ambos ponen los ojos en blanco y se van. Empiezo a sentirme mal. Creo que es la cama. No sé. No sé nada. Mi solución ingeniosa para todo esto es deslizarme hacia el suelo de un modo patético y recostarme sobre mi pared de Solitario. Mi cuarto está casi en la oscuridad.

Viernes. Viernes. Viernes viernes viernes viernes viernes viernes viernes viernes viernes viernes viernes viernes viernes viernes viernes viernes viernes viernes.

Once

—Ma —digo. Es martes, siete y cuarenta y cinco de la mañana, y no tengo ninguna falda limpia. Esta es una de esas situaciones en donde hablar con mi mamá es inevitable—. Ma, ¿puedes planchar la falda de mi uniforme?

No me responde nada porque está en la computadora de la cocina con su bata. Una creería que me ignora a propósito, pero la realidad es que está demasiado compenetrada con algún correo estúpido que está escribiendo.

—Ma —repito—. Ma. Ma. Ma. Ma. Ma. Ma…

—¿Qué?

—¿Puedes plancharme la falda?

—¿No puedes usar la otra?

—La otra me queda pequeña. Me queda pequeña desde que la compré.

—Bueno, no voy a plancharte nada. Hazlo tú.

—Nunca planché nada en mi vida y tengo que salir en quince minutos.

–Qué tragedia.

–Sí, lo es. –No me responde. Dios–. Bueno, supongo que voy a ir a la escuela sin falda.

–Supongo que sí.

Presiono los dientes. Tengo que tomar el autobús en quince minutos y todavía estoy en pijama.

–¿No te molesta? –le pregunto–. ¿No te molesta de que no lleve falda?

–La verdad, Tori, ahora no. Está en el lavadero. Está un poco arrugada.

–Sí, ya la encontré. Se supone que es una falda tableada, ma. Y ahora no tiene ningún pliegue.

–Tori, estoy muy ocupada.

–Pero no tengo falda para la escuela.

–¡Ponte la otra entonces, por Dios!

–Literalmente te acabo de decir que me queda pe...

–¡Tori! ¡No me importa!

Dejo de hablar. La miro.

Me pregunto si terminaré como ella. Sin que me importe que mi hija no tenga una falda para ir a la escuela.

Entonces entiendo algo.

–¿Sabes algo? –digo, empiezo a reírme sola–. Creo que a mí tampoco me importa.

Subo, me pongo la falda gris que me queda pequeña y mis viejos shorts de educación física sobre unas pantimedias para que no se me vea nada, y después intento peinarme, pero ¿adivinen qué? Tampoco me importa, así que preparo el maquillaje, pero, no, esperen, tampoco me importa cómo se vea mi cara, así que bajo, agarro mi mochila y salgo de casa con Charlie, bañándome en la luz y la gloria que conlleva que nada en todo el universo me importe un carajo.

Hoy me siento un fantasma. Me siento en una de las sillas giratorias de la sala común, mientras jugueteo con la venda de mi brazo y observo por la ventana a algunos estudiantes de séptimo arrojándose bolas de nieve. Todos sonríen.

–Tori –me llama Becky desde el otro lado de la sala–. Necesito hablar contigo.

Me levanto de la silla de mala gana y me abro paso entre la multitud de adolescentes hacia donde está ella. ¿No sería genial poder atravesar a las personas cuando caminamos?

–¿Cómo está tu brazo? –me pregunta. Se la ve muy incómoda. Yo ya superé eso. Ya superé esa incomodidad. ¿Por qué debería importarme lo que piensan los demás? ¿Por qué debería importarme cualquier cosa?

–Bien –le respondo. Una respuesta obligada para una pregunta obligada.

–Mira, no voy a disculparme, ¿está bien? No me arrepiento de lo que hice –habla como si me estuviera culpando a mí por haberme enfadado con ella–. Solo voy a decir lo que *ambas* estuvimos pensando. –Me mira directo a los ojos–. No nos estuvimos tratando como amigas últimamente, ¿verdad?

No digo nada.

–Y no me refiero solo a lo que pasó en... Bueno, lo que pasó. Esto viene desde hace meses. Es como si... como si ya no quisieras ser mi amiga. Como si no te agradara.

–No es que no me agradas –digo, pero no sé cómo continuarlo. No sé qué es.

–Entonces... si no podemos actuar como amigas, entonces no tiene sentido que sigamos siéndolo.

Cuando dice esto, sus ojos se ponen un poco llorosos. No se me ocurre nada para decir. Conocí a Becky el primer día de séptimo. Nos sentamos juntas en la clase de Ciencia. Nos pasamos notas, jugamos MASH y la ayudé a decorar su casillero con fotografías de Orlando Bloom. Me prestaba dinero para comprar galletas durante el recreo. Siempre me hablaba, aunque fuera una de las más calladas del curso. Cinco años y medio después, aquí estamos.

–No creo que seamos compatibles –continúa–. No creo que sea posible que sigamos siendo amigas. Cambiaste. Quizás yo también, pero tú definitivamente lo hiciste. Y no es necesariamente algo malo, solo es la verdad.

–¿Entonces es mi culpa que ya no seamos amigas?

Becky no reacciona.

–No creo que me necesites.

–¿Por qué?

–No te gusta estar conmigo.

Río, exasperada, y olvido todo menos a ella y Ben, ella y Ben, ella y el tipo que golpeó a mi hermano.

–¿Quieres dar lástima? ¿Estas rompiendo conmigo? Esto no es una película, Becky.

Frunce el ceño, decepcionada.

–No me estás tomando en serio. Me cansé de toda esta mierda. Basta, por favor. *Alégrate*. Ya sé que eres pesimista, te conozco desde hace cinco años, pero ya se está saliendo de control. Ve a pasar más tiempo con Michael.

–¿Qué? –resoplo–. ¿Para que me *arregle*? ¿Para que me enseñe a dejar de ser yo? –Rio en voz alta–. Él no debería pasar tiempo con alguien como yo.

Se pone de pie.

–Entonces deberías buscar gente como tú. Te hará bien.

–Nadie se parece a mí.

—Creo que te estás rompiendo.

Toso con fuerza.

—No soy un *auto*.

Está enojada y casi parece como si, por Dios, estuviera por salirle humo de las orejas. Le toma toda su voluntad no gritar sus últimas palabras.

—*Está bien*.

Becky regresa furiosa al grupo al que alguna vez creí pertenecer. Debería sentirme mal, como si acabara de perder algo, pero no siento nada. Empiezo a escuchar música en mi iPod, algún álbum triste, algo realmente autocomplaciente, y repaso los hechos en mi cabeza: la publicación de hoy del blog de Solitario es una escena de *El club de la pelea*. Existe una probabilidad de uno en veinte mil de ser asesinado. Charlie no pudo comer esta mañana; lloró cuando intenté ayudarlo, así que me di por vencida. Probablemente fue mi culpa por haberme enojado con él ayer. Tengo tres mensajes sin leer de Michael Holden y veintiséis en mi blog.

Más tarde. Volví a la C16, la sala de computación en el primer piso que está deteriorada, donde encontré la nota adhesiva. Se nota que no vino nadie a este lugar en todo este tiempo. La luz del sol ilumina el polvo que flota en el aire.

Mientras miro por la ventana con el rostro presionado contra el cristal, veo una escalera alta de metal justo a mi izquierda al otro lado, el último escalón está paralelo a la ventana por la que miro. Parece que lleva hacia el techo de concreto del estudio de arte, un salón nuevo que sobresale de la planta baja, y desciende en espiral hasta el suelo. No recuerdo haberla visto antes.

Abandono la C16, bajo trotando hacia la planta baja, salgo y subo por la escalera de metal hasta arriba de todo.

Si bien no estoy en el techo de la escuela, es muy peligroso estar aquí, ya que tiene la misma altura que el primer piso. Me asomo al césped debajo. Tiene una leve pendiente hacia el campo de deportes.

Miro a lo lejos. El terreno empantanado se extiende en la distancia. El río pasa lentamente.

Me siento y mis piernas quedan colgando por la cornisa. Nadie me puede ver ni encontrar aquí. Es la cuarta hora de clase del martes, casi mediodía y falté a Música por enésima vez. Pero no me importa.

Abro el blog de Solitario en mi teléfono. El temporizador está en la parte superior de la pantalla. Últimamente, lo estoy revisando bastante seguido. 02:11:23:26. Dos días, once horas, veintitrés minutos, veintiséis segundos para que el jueves se convierta en viernes. Las travesuras de Solitario de hoy giraron en torno al número dos: en cientos de afiches, en notas adhesivas sobre distintas superficies, en todas las pizarras, en las computadoras. Incluso desde aquí veo el número dos pintado en rojo sobre la nieve del campo. Parece sangre.

A pocos metros, hay un objeto grande de madera. Me pongo de pie y doy un paso hacia atrás. Es el atril de Kent con el que preside las asambleas de la escuela. Una pequeña congregación de estudiantes se encuentra reunida afuera, mirándolo como yo, esperando que ocurra algo extraordinario. Al frente del grupo, el tipo del copete está parado con una cámara en las manos.

Me cruzo de brazos. Mi chaqueta se sacude detrás de mí al viento. Supongo que me veo bastante dramática parada aquí en el techo.

Pintado al frente del atril está el símbolo de anarquía de Solitario.

La parte del frente, es decir, el lado donde Kent se ubica cuando da sus discursos, mira con tristeza hacia el campo nevado en dirección a la ciudad y el río. Al cabo de unos segundos, empieza a sonar una canción de Ludovico Einaudi por los altavoces exteriores y se entremezcla con el susurro de la suave brisa. Una hoja de uno de los discursos de

Kent sobre el atril, de algún modo, se levanta y flota como si estuviera pidiéndoles a la ciudad y al río que se acerquen.

Y entonces el atril se prende fuego.

Se apaga en menos de treinta segundos, pero parecen mucho más. Una chispa en la base hace que toda su estructura de madera quede consumida por unas llamas el doble de altas que el atril, magnificándolo, expandiéndolo. Es un poco hermoso. El resplandor rojizo del evento baña la nieve con una luz tenue que cubre ligeramente el terreno con distintos tonos. El viento sopla con tanta fuerza que el fuego empieza a formar un vórtice alrededor de la madera, arrojando esquirlas carbonizadas en todas direcciones, un túnel de humo que tose hacia el cielo. Lentamente, la oscuridad se adueña de la madera pálida. Y la rompe. El atril mira por última vez lo que pudo haber sido su libertad. Al cabo de un instante, la estructura colapsa sobre una montaña de destrucción y el fuego abrasador se extingue. Lo que queda es poco más que un montón de hollín y cenizas.

Estoy paralizada. Los estudiantes dispersos por el lugar empiezan a gritar, pero no por miedo. Una niña pequeña se acerca y toma una pieza rota del atril para mostrarle a sus amigos. Algunos profesores empiezan a llegar a la escena y regañan a todos los presentes, pidiéndoles que se vayan. La niña suelta el trozo de madera sobre la nieve.

Una vez que el lugar está despejado, bajo por la escalera y corro por el campo para rescatar esa pieza quemada. La estudio con detenimiento. Miro una vez más la montaña de restos, la nieve gris, el largo y omnipresente río, y pienso en el mar de estudiantes anónimos que tanto disfrutaron presenciar esto. Me recuerda a la gente que vio cómo golpeaban a Ben Hope, cómo se burlaban y reían de su dolor. La multitud que saltó como niños extasiados cuando los cohetes estallaron en el festival, entre heridos que corrían aterrados y quemados.

Cierro el puño. El trozo de madera se deshace en polvo negro.

Doce

Cuando llego a la escuela el miércoles, busco a Michael Holden entre la multitud de la sala de estudiantes. Me pregunto si verlo me hará sentir mejor o peor. Puede ser cualquiera de las dos opciones. Soy consciente de que lo estoy deprimiendo. Pasar tiempo conmigo no puede hacer sentir mejor a Michael Holden. Merece tener una amiga que ame la vida y sea capaz de reír, alguien que disfrute divertirse y tener aventuras, alguien con quien pueda beber té y debatir sobre algún libro, ver las estrellas, patinar sobre hielo y bailar. Alguien que no sea yo.

Becky, Lauren, Evelyn y Rita están sentadas en nuestro lugar de siempre en la esquina. No hay ningún rastro de Ben ni de Lucas. Igual que al principio de año otra vez. Me paro en la puerta de la sala de estudiantes y las miro fijo. Evelyn es la única que me ve. Me mira a los ojos y, de inmediato, aparta la vista. Incluso aunque pudiera ignorar su cabello excesivamente irritante y su ropa ridícula, como cualquier persona decente y tolerante haría, nunca pude soportar la forma en que se comporta, como si se creyera mejor que el resto o aparentara saber más de lo que realmente sabe. Me pregunto si le desagrado tanto como ella a mí.

Me siento en una silla giratoria, lejos de nuestro grupo, pensando en todos mis rasgos de personalidad. Pesimista. Aguafiestas. Insoportablemente rara y, quizás, paranoica. Ilusa. Desagradable. Enferma, psicópata maníaca depresi...

—Tori.

Giro con la silla. Michael Holden me encontró.

Lo miro. Está sonriendo, pero es una sonrisa extraña. Falsa. ¿O lo estoy imaginando?

—Es miércoles —digo de inmediato, sin querer llenar nuestra conversación con nimiedades, aunque haciéndolo de todos modos.

Parpadea, pero no parece sorprendido, o no lo demuestra.

—Sí. Sí, es miércoles.

—Supongo que... —digo, arrojándome sobre el escritorio con la cabeza sobre mi brazo—, no me gustan los miércoles. Es el día del medio. Te hace sentir como si llevaras siglos en la escuela, pero todavía falta una eternidad para el fin de semana. Es el día más... decepcionante.

Mientras procesa lo que estoy diciendo, algo extraño parece cruzar su expresión. Casi como si estuviera a punto de entrar en pánico o algo. Tose.

—¿Podemos... eh... hablar en algún lugar más tranquilo? —La verdad es que no quiero levantarme. Pero insiste—. ¿Por favor? Tengo noticias.

Mientras caminamos, miro su nuca. En realidad, miro todo su cuerpo. Siempre vi a Michael Holden como una especie de deidad, un orbe de maravillas destellantes, pero ahora, al verlo con su uniforme común y corriente, con el cabello suave y despeinado comparado a cómo lo usaba cuando nos conocimos, llego a la conclusión de que solo es un tipo normal. Alguien que se despierta, duerme, escucha música y mira la televisión, alguien que estudia para los exámenes y quizás haga la tarea, alguien que se sienta a cenar, se ducha y se lava los dientes. Alguien que hace esas cosas normales.

¿Qué estoy diciendo?

Me lleva a la biblioteca. No está tan tranquila como hubiera esperado. Hay algunas chicas de años inferiores plagando los escritorios, casi del mismo modo que los estudiantes más grandes lo hacen en la sala común, aunque con mucho menos entusiasmo. No hay tantos libros; de hecho, es más bien una sala grande con un par de estantes que una biblioteca. La atmósfera se siente algo extraña. En parte, agradezco la alegría del lugar. Pero es una sensación extraña porque nunca me gustaron las cosas alegres y felices.

Nos sentamos en medio de la sección de no ficción. Me mira, pero yo no quiero mirarlo más. Verlo a la cara me hace sentir extraña.

–¡Te estuviste escondiendo ayer! –dice, intentando hacerlo parecer solo una broma inocente. Como si tuviéramos seis años.

Por un momento, me pregunto si sabe algo de mi lugar especial sobre el techo del estudio de arte, pero es imposible.

–¿Cómo está tu brazo? –me pregunta.

–Bien. ¿No querías decirme algo? –pregunto en respuesta, y la pausa que hace se siente como si tuviera todo y nada para decirme.

–¿Estás bie…? –empieza, pero cambia de tema–. Tienes las manos frías.

Miro perdidamente mis manos, aún evitando sus ojos. ¿Me tomó de las manos cuando estábamos viniendo para acá? Cierro los puños y suspiro. Muy bien. Nimiedades serán.

–Vi las tres películas de El señor de los anillos anoche y V de Vendetta. Ah y soñé algo. Creo que aparecía Winona Ryder.

De repente, noto que se pone increíblemente triste y me hace querer levantarme y correr sin parar.

–También descubrí que aproximadamente cien mil millones de personas murieron desde la creación del mundo. ¿Sabías eso? Cien mil millones. Es bastante, pero aun así no parece suficiente.

Hay un largo silencio. Algunos grupos de estudiantes más jóvenes nos miran y sonríen, como si estuviéramos teniendo una conversación profunda y romántica.

Finalmente, dice algo productivo.

–Creo que ninguno de los dos estuvo durmiendo mucho.

Entonces decido mirarlo.

Me sorprende un poco.

Porque no hay nada del Michael habitual en esa sonrisa calma.

Y recuerdo cómo lo vi en la pista de patinaje cuando estaba enojado.

Pero esta vez es diferente.

Y recuerdo la tristeza en los ojos de Lucas desde el día que lo conocí.

Pero también es diferente.

Separada por el verde y el azul, hay una indefinible belleza que la gente llama humanidad.

–No tienes que seguir haciendo esto –susurro, no porque no quiera que nadie más me escuche, sino porque parezco haberme olvidado de levantar el volumen de mi voz–. No estás obligado a ser mi amigo. No quiero que la gente sienta lástima por mí. De verdad, estoy ciento diez por ciento bien. En serio. Entiendo lo que estuviste intentando hacer todo este tiempo y eres una persona muy agradable, eres perfecto, pero está bien, no tienes que seguir aparentando. Estoy bien. No necesito que me ayudes. Ya lo solucionaré y luego todo estará bien y volverá a la normalidad.

Su expresión no cambia. Extiende una mano hacia mí y seca la que debe ser una lágrima en mi cara; no de un modo romántico, sino como si un mosquito con malaria se hubiera posado sobre mi mejilla. Mira la lágrima, algo confundido, y mantiene la mano extendida hacia mí. No me había dado cuenta de que estaba llorando. Pero no me siento triste. En realidad, no siento nada.

–No soy perfecto –dice. Su sonrisa sigue ahí, aunque no parece una sonrisa de felicidad–. Y no tengo ningún amigo salvo tú. Por si no lo sabías, la mayoría de la gente cree que soy el rey de los raros. Quiero decir, sí, hay ocasiones en las que me ven como alguien encantador y excéntrico, pero eventualmente se dan cuenta de que todo es forzado. Estoy seguro de que Lucas Ryan y Nick Nelson tienen un montón de historias maravillosas sobre mí.

Se reclina hacia atrás. Parece molesto, para ser honesta.

–Si tú no quieres ser mi amiga, lo entiendo. No tienes que poner excusas. Ya sé que yo soy el que siempre te busca a ti. Yo soy el que siempre empieza las conversaciones. A veces, te quedas en completo silencio por siglos. Pero eso no significa que nuestra amistad se base solo en que yo intente hacerte sentir mejor a ti. Sabes que no soy así.

Quizás no quiero ser amiga de Michael Holden. Quizás sea para mejor.

Nos quedamos sentados por un rato. Agarro un libro al azar del estante que tengo justo detrás de mí. Se llama *Enciclopedia de la vida* y solo tiene unas cincuenta páginas. Michael extiende una mano hacia mí, pero, tal como lo anticipé, no me toma de la mano. En su lugar, agarra un mechón de mi pelo que, supongo, tenía sobre mi cara y lo acomoda cuidadosamente detrás de mi oreja izquierda.

–¿Sabías que... –digo, en algún momento, por alguna razón inexplicable–, la mayoría de los suicidios ocurren en primavera? –Luego lo miro–. ¿No tenías algo para contarme?

Es entonces cuando se pone de pie, se aleja caminando y sale de la biblioteca y de mi vida, y estoy cien por ciento segura de que Michael Holden merece mejores amigos que la pesimista, psicópata introvertida Tori Spring.

Trece

La canción que se repite una y otra vez por los altavoces el jueves es The Final Countdown de Europe. La mayoría la disfruta durante la primera hora, pero para la segunda, ya nadie grita "IT'S THE FINAL COUNT-DOWWWWN" por los pasillos, para mi deleite (si es que soy capaz de sentir algo así). Zelda y su séquito una vez más patrullan los pasillos y arrancan todos los afiches que encuentran en las paredes. Esta vez son fotos de Nelson Mandela, Desmond Tutu, Abraham Lincoln, Emmeline Pankhurst y, extrañamente, el éxito de ventas navideñas, Rage Against the Machine. Quizás Solitario quiere levantarnos el ánimo.

Estuvo nevando con intensidad desde que me desperté. Esto, obviamente, desata una histeria de masas entre la mayoría de los estudiantes más jóvenes y una especie de depresión colectiva entre los estudiantes más grandes. La mayoría regresó a sus casas durante el recreo y las clases quedaron oficialmente canceladas. Podría volver a casa caminando. Pero no lo hago.

Mañana es el día.

Cuando llega la hora de la que sería la tercera clase, salgo del edificio y voy directamente al estudio de arte. Me quedo ahí sentada, recostada sobre la leve pendiente que sube hacia la pared de concreto del estudio, aprovechando que el techo me cubre lo suficiente como para no mojarme con la nieve. Pero hace frío. Un frío que te congela hasta el alma. Por eso, antes de salir, agarré un calefactor grande de la sala de música y lo conecté a través de la ventana. Lo acomodé en la nieve a mi lado y empezó a levantar nubes de vapor alrededor de mi cuerpo. Tengo tres camisetas, los dos suéteres de la escuela, cuatro pares de calcetines, botas, saco, abrigo, gorro, bufanda y guantes, y además unos shorts debajo de mi falda.

Si no averiguo lo que ocurrirá mañana antes de mañana, entonces tendré que venir a la escuela y descubrirlo por mi cuenta. Solitario le hará algo a Higgs. Es lo que estuvo haciendo todo este tiempo, ¿verdad?

Me siento algo entusiasmada. Quizás porque no duermo desde hace mucho tiempo.

Anoche vi una película llamada *Tiempo de volver*. No la terminé, pero vi bastante. Es sobre la vida de un tipo, Andrew, pero nunca sabes con certeza si su vida es deprimente o no. Creo que no tiene familia ni ningún amigo decente, hasta que conoce a esta chica (la típica chica de sus sueños, despreocupada, extrovertida y hermosa, interpretada por Natalie Portman, por supuesto) que le enseña a vivir otra vez.

Saben, ahora que lo pienso, no estoy segura de que me haya gustado tanto la película. Es muy cliché. Además, bastante misógina, ya que el personaje de Natalie Portman no tiene ningún propósito más allá de levantarle el ánimo al protagonista. Para ser honesta, creo que me dejé atrapar por los efectos. Estuvo bien al principio, en especial cuando Andrew sueña que está en un accidente de avión. Y la escena en la que tiene una camisa que es idéntica al tapiz de la pared y es como si desapareciera. Me gustaron mucho esas partes.

253

Sigo escribiendo y borrando el número de Michael en mi celular. Al cabo de diez minutos de hacer lo mismo, noto que me lo sé de memoria. Por accidente, presiono el botón de llamar.

Me maldigo resignada.

Pero no cuelgo.

Llevo el teléfono a mi oreja.

Oigo un pequeño crujido cuando atiende, pero no dice "hola" ni nada. Me escucha. Creo que puedo oírlo respirar, pero quizás sea solo el viento.

–Hola, Michael –digo finalmente.

Nada.

–Voy a hablar, así que no cuelgues.

Nada.

–A veces, no sé si la gente es genuina o no. Mucha gente finge ser agradable conmigo, así que nunca estoy segura.

Nada.

–Solo...

–Estoy bastante enojado contigo, Tori, si te soy sincero.

Habla. Las palabras dan vueltas en mi cabeza por un momento y siento unas inmensas ganas de inclinarme y vomitar.

–No me ves para nada como una persona, ¿verdad? Solo soy una herramienta para que te dejes de odiar tanto.

–Eso no es verdad –replico–. No es verdad.

–Demuéstralo.

Intento hablar, pero nada sale de mi boca. Mis pruebas quedan enterradas en la nieve y no las puedo encontrar. No puedo explicarle que sí, él me ayuda a no odiarme tanto, pero esa no es la razón por la que quiero ser su amiga más que cualquier otra cosa que jamás haya deseado.

Ríe levemente.

—Estás bastante desolada, ¿verdad? Eres tan mala como yo con los sentimientos.

Intento recordar alguna vez en la que Michael haya demostrado sus sentimientos, pero lo único que se me viene a la cabeza es aquella ocasión en la pista de patinaje, ese enojo tan frenético que parecía estar a punto de estallar.

—¿Podemos vernos? —le pregunto. Necesito hablar con él. En el mundo real.

—¿Por qué?

—Porque… —Una vez más, mi voz queda atrapada en mi garganta—. Porque… me gusta… estar… contigo.

Hay una larga pausa. Por un breve momento, me pregunto si colgó, pero luego suspira.

—¿Dónde estás? —me pregunta—. ¿Volviste a tu casa?

—Afuera. Junto al estudio de arte.

—Pero literalmente es *Hoth* ahí afuera. —Una referencia a *La guerra de las galaxias*. Me toma tan por sorpresa que, una vez más, no logro responderle nada—. Te veo en un minuto.

Cuelgo.

Llega en casi en un minuto exacto, lo cual me parece impresionante. No tiene ninguna chaqueta ni una bufanda ni nada sobre su uniforme. Estoy segura de que es un calefactor en secreto.

Cuando está a pocos metros de mí, ve la escena. Supongo que es divertido porque ríe.

—¿Trajiste un calefactor *afuera*?

Miro el aparato.

—Me estoy congelando.

Cree que estoy loca. Y tiene razón.

–Fantástico. No se me hubiera ocurrido ni siquiera a *mí*.

Se sienta a mi lado y se apoya sobre la pared exterior del estudio de arte. Nos quedamos mirando el campo. No queda claro dónde termina la cancha y empieza la sábana de nieve que sigue subiendo lentamente a un ritmo constante. Me atrevería a afirmar que hay una paz total en la tierra, salvo porque de vez en cuando algún copo de nieve solitario cae sobre mi cara.

En algún momento, mira mi brazo izquierdo que descansa sobre la nieve entre ambos. No dice nada.

–Tenías algo para contarme –digo. Es bastante sorprendente que lo recuerde–. Pero no me contaste nada.

Voltea hacia mí, su sonrisa ausente.

–Eh, sí. Bueno, no es la gran cosa.

Eso significa que sí lo es.

–Quería decirte que tengo otra carrera en unas pocas semanas –dice, un poco avergonzado–. Voy a competir en el Campeonato Mundial Juvenil de Patinaje de Velocidad. –Se encoge de hombros y sonríe–. Pero bueno, los británicos nunca ganamos, pero si consigo un buen puntaje, quizás clasifique para los Juegos Olímpicos de Invierno.

Salgo disparada de la pared.

–Mierda.

Se encoge de hombros otra vez.

–Arruiné el campeonato nacional hace unas semanas, pero… como me fue muy bien en otras ocasiones, decidieron dejarme participar esta vez.

–Michael –digo–, eres literalmente extraordinario.

Ríe.

–Extraordinario es solo una forma de decir "muy ordinario".

Pero está equivocado. Él es extraordinario, extraordinario como magnífico, como milagroso.

–Entonces, ¿te gustaría? –me pregunta.

–¿Qué cosa?

–¿Venir? ¿A verme? Puedo llevar a una persona, por lo general es un padre, pero, ya sabes…

Y sin pensarlo, sin preguntarme si mamá y papá me lo permitirían, sin siquiera preocuparme por Charlie…

–Sí –le respondo–. Está bien.

Esboza una sonrisa y luego veo una nueva expresión que me hace doler el pecho; una especie de gratitud pura, como si acompañarlo fuera lo único que importara.

Abro la boca para empezar una conversación seria, pero lo percibe y levanta un dedo.

–Estamos desperdiciando toda esta nieve –dice. Veo mi reflejo en sus gafas.

–¿Desperdiciando?

Se pone de pie de un salto y sale a la tormenta.

–La nieve no debería ser solo para *mirar*, ¿no crees? –dice, armando una bola de nieve y pasándosela de una mano a otra.

No digo nada porque sé exactamente para qué es la nieve.

–*Vamos*. –Está sonriendo, casi con la boca completamente abierta–. Arrójame una bola de nieve.

Frunzo el ceño.

–¿Por qué?

–¡Porque sí!

–No tiene sentido.

–El sentido *es* que no tiene sentido.

Suspiro. No voy a ganar esta discusión. Sin muchas ganas, me pongo de pie, salgo al Ártico y, con poco entusiasmo, armo una bola de nieve con mis manos. Por suerte, soy diestra, así que mi brazo lastimado no me pone en desventaja. Se la arrojo, pero cae tres metros a su derecha. La mira y me muestra su aprobación solemne levantando el pulgar.

—Al menos, lo intentaste.

Hay algo en la forma en que lo dice, no condescendiente, sino tan solo *decepcionado*, que me hace ajustar mi puntería, armar otra e intentarlo una vez más. Esta vez le doy justo en el pecho. Una falsa sensación de victoria crece en la boca de mi estómago.

Levanta los brazos en el aire y grita.

—¡Estás viva!

Le arrojo otra bola de nieve. Luego me arroja una y sale corriendo. Antes de siquiera ser consciente de lo que estoy haciendo, esta cosa se transforma en una persecución por todo el campo de deportes. Me tropiezo más de una vez, pero logro meterle nieve dentro de su camisa en dos ocasiones y él logra darme justo en la cabeza, de modo que mi pelo queda completamente empapado, pero no tengo frío porque estamos corriendo sin parar sobre la nieve como si no existiera nada más en el mundo que nosotros dos y la nieve, más y más nieve, sin suelo, sin cielo, sin nada. Empiezo a preguntarme cómo hace para crear algo maravilloso con algo tan frío, lo que, a su vez, me lleva a preguntarme si mucha gente es así, y si yo, si no estuviera tan ocupada pensando en otras cosas, sería así.

Michael Holden corre hacia mí. Tiene una gran cantidad de nieve en los brazos y una sonrisa inmensa en la cara, entonces decido abandonar el campo de deportes y entro a la escuela. No hay nadie por ningún lugar y la nada es, de algún modo, maravillosa. Corro por los pasillos del edificio hacia la sala de estudiantes completamente desierta, pero como soy muy lenta, cuando abro la puerta, una montaña de nieve cae sobre mi cabeza. Grito y río. ¿Río? Río.

Me acuesto boca arriba sobre un escritorio, intentando recuperar el aliento y apoyando el teclado sobre mi estómago para hacer lugar.

Michael colapsa sobre una silla giratoria y empieza a sacudir su pelo como un perro mojado. La silla se desliza varios centímetros hacia atrás y le despierta una idea en la cabeza.

–Ya tengo el próximo juego –dice–. Tienes que llegar de ahí... –señala la esquina de la sala con la computadora–, hasta allá... –la puerta al otro lado, pasando por el laberinto de mesas y sillas–, parada sobre una de estas sillas.

–Preferiría *no* romperme el cuello.

–No seas aburrida. Tienes prohibido decir que no.

–Pero es mi palabra favorita.

–Consigue una nueva.

Con un largo suspiro, me paro sobre una silla giratoria. Es mucho más difícil de lo que parece, no solo porque estas sillas son muy inestables, sino también porque giran, de ahí su nombre. Logro mantener el equilibrio, me paro y señalo a Michael, quien está parado en su propia silla con los brazos cuidadosamente estirados.

–Si me caigo y muero, volveré para atormentarte desde el más allá.

Se encoge de hombros.

–No me molesta.

Nos deslizamos a toda velocidad alrededor de las mesas, sujetándonos de las sillas de plástico para impulsarnos. En un momento dado, la silla de Michael se tambalea, pero con un movimiento espectacular logra lanzarse hacia adelante sobre el respaldo y cae de rodillas delante de mí. Su cara mantiene una expresión de absoluto terror durante varios segundos antes de levantar la cabeza con una inmensa sonrisa, abrir los brazos bien en grande y exclamar.

–¡Cásate conmigo, querida mía!

Es tan gracioso que casi muero. Se me acerca y empieza a girar alrededor de la silla en la que estoy parada, no muy rápido, pero lo suficiente, y luego me suelta. Estoy de pié, girando sin parar sobre esta silla con los brazos extendidos, viendo cómo las ventanas de nieve se entremezclan con la habitación oscura en un vórtice extraño blanco y amarillo. Mientras giro no puedo evitar pensar que todo me parece triste, pero si este día pasara a la historia, todo el mundo hablaría de lo hermoso que fue.

Juntamos todos los escritorios para formar una mesa inmensa y nos acostamos en el medio boca arriba, justo por debajo del tragaluz para poder ver la nieve que cae sobre nosotros. Michael junta las manos sobre su barriga y yo dejo las mías a cada lado. No tengo idea de qué estamos haciendo ni por qué. Creo que piensa que ese es el sentido de todo esto. Para ser honesta, esto podría ser solo producto de mi imaginación y ni siquiera me daría cuenta.

–Pensamiento del día –dice Michael. Levanta una mano y toca la venda en mi brazo, empieza a juguetear con los bordes deshilachados a la altura de mi muñeca–. ¿Crees que si fuéramos felices toda la vida moriríamos pensando que nos olvidamos algo?

No le digo nada por un rato.

Luego:

–¿Eras tú? –Esos mensajes en el blog, esos mensajes que asumí...–. ¿Tú me enviaste esos mensajes?

Sonríe, aún con los ojos en el techo.

–¿Qué puedo decir? Tu blog es más interesante de lo que crees, *pesimista-crónica*.

La URL de mi blog. Por lo general, siento que me moriría si alguien encontrara mi blog. Si Becky, o Lauren, o Evelyn o Rita, o cualquiera de esas personas encontraran el lugar en donde digo cosas estúpidas sobre mí misma, aparentando ser una adolescente desafortunada y atormentada, rogando que gente que nunca vi en la vida real se compadezca de mí...

Giro la cabeza hacia él.

Me mira.

–¿Qué? –pregunta.

Entonces, casi digo algo. Casi digo algo. Pero no lo hago.

Y luego agrega:

–Desearía ser más como tú.

Y la nieve sigue cayendo cuando cierro los ojos y nos quedamos dormidos juntos.

Me despierto y él no está, estoy en completa oscuridad. Sola. No, sola no. Hay alguien. Alguien. ¿Aquí?

Mientras recupero los sentidos, empiezo a descifrar algunas voces que provienen del otro lado de la puerta de la sala de estudiantes. Si tuviera energía, me sentaría y miraría. Pero no lo hago. Me quedo acostada en silencio y escucho.

–No –dice Michael–. Tú estuviste actuando como un pedazo de mierda. No puedes hacerle eso a alguien así. ¿Tienes idea de cómo se siente? ¿Tienes idea de lo que has hecho?

–Sí, pero…

–Le explicas todo o no dices nada. Tienes que ser honesto o cerrar la maldita boca. Soltar pistas y después esconderte es literalmente lo peor que podrías haber hecho.

–No estuve soltando pistas.

–¿Entonces qué le dijiste? Porque ella *sabe*, Lucas. Ella *sabe* que está pasando algo.

–Intenté explicárselo…

–No, claro que no. Ahora vas a entrar ahí y le vas a contar todo lo que me acabas de contar. Se lo debes. Es una persona real, no un sueño de la infancia. Tiene sentimientos. –Hay una larga pausa–. Mierda. No me esperaba esta maldita revelación.

Nunca había escuchado a Michael maldecir tantas veces en una sola conversación.

Nunca había escuchado a Michael y Lucas hablar desde la cena en Pizza Express.

Creo que no quiero saber de qué están hablando.

Me levanto, aún sobre los escritorios, y volteo hacia ellos.

Están parados en la puerta, Michael la sostiene con una mano. Lucas me ve primero. Luego Michael. Michael parece un poco como si estuviera a punto de vomitar. Sujeta a Lucas con firmeza por los hombros y lo empuja en mi dirección.

—Si piensas hacer *algo* con *cualquier cosa* —dice, hablándome a mí y señalando a Lucas con intensidad—, tienes que hablar con *él.*

Lucas está aterrado. Casi espero que empiece a gritar.

Michael levanta un puño en el aire de un modo triunfante a lo Judd Nelson.

—¡CASO CERRADO! —grita. Y sale de la sala.

Solo quedamos Lucas y yo. Mi antiguo mejor amigo, aquel chico que lloraba todos los días, y Tori Spring. Parado junto a mi isla de escritorios, envuelto en una especie de parka sobre su uniforme, con uno de esos gorros que tienen trenzas largas a cada lado que lo hacen ver increíblemente ridículo.

Me cruzo de piernas como en la primaria.

No hay tiempo para estar incómodos ahora. No hay tiempo para ser tímidos ni para asustarse de lo que la otra persona tenga para decir. Es hora de empezar a decir lo que tenemos en la cabeza. Todo lo que podría reprimirnos... desapareció. Solo somos personas. Y esta es la verdad.

—Tu nuevo mejor amigo está loco —dice Lucas, con un notable resentimiento.

Me encojo de hombros. Michael en Truham. Michael sin amigos.

–Aparentemente, todo el mundo sabe eso –digo. Michael el raro–. Si te soy honesta, solo creo que es un mecanismo de defensa.

Parece sorprendido. Río levemente y me acuesto sobre los escritorios.

–Entonces, ¿me debes una explicación? –pregunto con un tono dramático, pero es tan gracioso que me empiezo a reír.

Él también ríe, se quita el gorro, lo guarda en el bolsillo y se cruza de brazos.

–Si te soy honesto, Victoria, no puedo creer que no te hayas dado cuenta.

–Bueno, debo ser una idiota.

–Sí.

Silencio. Ambos nos quedamos completamente quietos.

–Pero lo *sabes* –agrega, dando otro paso hacia adelante–. Tienes que pensar con cuidado. Tienes que pensar en todas las cosas que pasaron.

Me pongo de pie y retrocedo. Ahora, en mi cabeza no hay nada más que una neblina.

Lucas se sube a la isla de escritorios y camina nervioso hacia mí, como si estuviera asustado de que colapsen por su peso. Intenta explicármelo otra vez.

–¿Recuerdas… haber ido a mi casa cuando éramos niños?

La verdad quiero empezar a reír, pero ya no puedo. Baja la mirada y ve la venda sobre mi brazo, y casi parece estremecerse del miedo.

–Éramos mejores amigos, ¿verdad? –dice, pero eso no significa nada. Becky era mi "mejor amiga". Mejores amigos. ¿Qué significa eso?

–¿Qué? –Sacudo la cabeza–. ¿De qué estás hablando?

–Sí lo *recuerdas* –dice, su voz es apenas más fuerte que un susurro–. Si yo lo recuerdo, entonces tú también. Cuéntame algo sobre alguna de esas veces que fuiste a mi casa. Cuéntame algo que hayas visto.

Tiene razón. Lo recuerdo. Desearía no hacerlo. Teníamos once, era verano y estábamos por terminar sexto. Fui a su casa cientos de veces. Jugábamos al ajedrez, nos quedábamos sentados en el jardín, comíamos helado. Corríamos todo el día, era una casa grande. Tres pisos y un sinfín de lugares para esconderse. Todo era de un tono beige. Tenían muchos cuadros.

Muchos cuadros.

Tenían muchos cuadros.

Y hay uno que todavía recuerdo.

Cuando tenía once, le pregunté a Lucas, "¿Es una pintura de la calle del centro?".

"Sí", me respondió. Era más pequeño que yo en ese entonces, con el pelo tan rubio que casi parecía blanco. "La calle de adoquines en la lluvia".

"Me gustan los paraguas rojos", dije. "Creo que es una lluvia de verano".

"Yo también".

El cuadro de la calle de adoquines mojada con los paraguas rojos y las ventanas cálidas de las cafeterías. El cuadro que la chica con el disfraz del Doctor de Doctor Who miraba con intensidad en la fiesta de Solitario; está en la casa de Lucas.

Empiezo a respirar rápido.

–Ese cuadro –digo.

No dice nada.

–Pero la fiesta de Solitario... esa no era tu casa. Tú no vives en esta ciudad.

–No –dice–. Mis padres tienen un negocio inmobiliario. Tienen varias casas vacías. Esa casa es una de ellas. Cuelgan esos cuadros para que se vean más alegres cuando las visitan los posibles compradores.

De repente, todo tiene sentido.

–Tú eres parte de Solitario –sentencio.

Asiente lentamente.

–Yo lo cree –afirma Lucas–. Yo cree Solitario.

Retrocedo.

–No –digo–. Claro que no.

–Yo hice ese blog. Yo planifiqué las bromas.

La guerra de las galaxias. Los violines. Los gatos, Madonna. Ben Hope y Charlie. El fuego. Las burbujas. Los cohetes en el festival, el atril quemado y ¿la voz distorsionada? Pero habría reconocido su voz.

Retrocedo.

–Estás mintiendo.

–No.

Retrocedo más, pero como ya no queda ningún escritorio sobre la cual pararme, mi pie pisa el aire, lo que hace que me caiga de espalda hacia la nada. Justo a tiempo, los brazos de Michael Holden amortiguan mi caída, ya que estuvo parado ahí por solo Dios sabe cuánto tiempo. Me levanta y me apoya en el suelo. Sus manos se sienten extrañas sobre mis brazos.

–¿Puedes...? –No puedo hablar. Estoy ahogada, tengo la garganta cerrada–. Eres... un sádico.

–Ya sé, lo siento, se salió un poco de control.

–¿Se salió *un poco de control?* –grito, riendo–. Podría haber *muerto* alguien.

Los brazos de Michael siguen alrededor de mi cuerpo. Me aparto de él, vuelvo a subir a los escritorios y marcho hacia Lucas, quien retrocede un poco cuando lo enfrento.

–Todas las bromas estaban relacionadas conmigo, ¿verdad? –digo esto más para mí que para él. Michael lo sabía desde el principio. Porque es inteligente. Tan inteligente. Y yo, por como soy, no me molesté en escuchar a nadie más que a mí.

Lucas asiente.

–¿Por qué creaste Solitario? –le pregunto.

No puede respirar. Presiona los labios y traga saliva.

–Estoy enamorado de ti –responde.

En ese momento, considero muchas opciones. Una es golpearlo en la cara. Otra es saltar por la ventana. Sin embargo, elijo salir corriendo. Así que ahora estoy haciendo eso.

No está bien hacerle bromas a toda una escuela solo porque estás enamorado de alguien. No está bien organizar una fiesta para atacar a un tipo solo porque *estás enamorado de alguien*.

Corro por la escuela, entro y salgo de salones que nunca pisé, cruzo corredores oscuros y vacíos por los que nunca pasé. Todo mientras Lucas me persigue, gritando que quiere explicármelo todo, como si hubiera algo más que aclarar. Pero no hay nada que explicar. No le importa. Como a todo el mundo. No le importa lastimar a la gente. Como a todo el mundo.

Llego a un pasillo sin salida en el departamento de arte. Es la sala sobre la que me paré hace solo dos días, la misma junto a la que me senté más temprano: el estudio de arte. Empiezo a correr por la sala, desesperada por encontrar un lugar a dónde ir, pero justo en ese instante, Lucas aparece respirando con pesadez por la puerta. Las ventanas son demasiado pequeñas como para saltar.

–Lo siento –dice, jadeando con las manos sobre sus rodillas–. Lo siento, fue muy impulsivo. No tiene ningún sentido.

Prácticamente empiezo a chillar de la risa.

–Oh, ¿tú *crees*?

–¿Puedo explicártelo?

Lo miro.

–¿Vas a explicármelo en serio?

Se para más recto.

–Sí, sí.

Me siento en un banco. Él se sienta a mi lado. Me alejo un poco, pero no digo nada. Empieza su historia.

–Nunca te olvidé. Cada vez que pasaba por tu casa la miraba y deseaba que salieras por la puerta en ese mismo instante. Solía inventar estos escenarios en donde te escribía y volvíamos a ser amigos. No sé, como encontrarnos en Facebook, hablar y organizar para vernos. O que nos cruzáramos en algún lugar, en la calle, en una fiesta. No sé. Cuando crecí, te convertiste en... bueno, esa única chica. ¿Sabes a lo que me refiero? La única con la que me imaginaba teniendo un gran romance. Empezamos como amigos en la infancia, nos reencontramos más de grandes y eso sería todo. Felices por siempre. Como una película.

»Pero no eres la Victoria que tenía en la cabeza. No sé. Eres otra persona. Alguien que no conozco, supongo. No sé qué estaba pensando. Mira, no soy ningún acosador ni nada. Me pasé a Higgs el semestre pasado para ver si me gustaba, ya sabes. Michael me mostró el lugar. Me dio un recorrido por toda la escuela y el último lugar que visité fue... la sala de estudiantes. Y ahí... bueno, te vi. Sentada literalmente delante de mí.

»Creí que estaba a punto de tener un paro cardíaco. Estabas sentada en una computadora, de espaldas a mí. Estabas sentada en la computadora, jugando al Solitario.

»Y te veías tan... Tenías una mano sobre la cabeza y con la otra simplemente apretabas el clic del mouse como si estuvieras *muerta*. Parecías cansada y muerta. Y por lo bajo repetías sin parar, "Me odio, me odio, me odio". No tan fuerte como para que alguien lo escuchara, salvo yo.

No recuerdo eso. No recuerdo para nada ese día.

–Parece una tontería ahora. Apuesto a que solo estabas estresada por alguna tarea o algo por el estilo. Pero no pude dejar de pensar en ese momento. Y entonces se me empezaron a ocurrir todas esas ideas. Empecé a creer que de verdad te odiabas a ti misma. Y yo empecé a odiar a la escuela por hacerte eso.

»Literalmente me volví loco pensando eso. Y ahí es cuando se me ocurrió todo el asunto de Solitario. Hablé con un tipo que conocía de Truham que se había cambiado a Higgs y decidimos empezar con las bromas. Tuve esta idea *delirante* de que un puñado de actos graciosos iluminaría un poco tu vida. Y la de todos.

»Entonces, sí, yo organicé lo de Ben Hope. Estaba tan furioso por lo que había ocurrido con Charlie. Ben se lo merecía. Pero luego... pasó lo del festival. Mucha gente salió herida. *Tú* saliste herida. Se salió de control. Decidí abandonarlo después de eso. No hice *nada* desde el domingo. Pero ahora tenemos tantos seguidores. Les hicimos tomárselo tan en serio que se creen anarquistas o no sé qué mierda, con todos esos afiches y cohetes y eslóganes estúpidos. No sé. No sé.

»Michael me encontró hace media hora. Ya sé que me vas a odiar. Pero... sí. Él tiene razón. Es peor que no lo sepas.

Algunas lágrimas empiezan a brotar de sus ojos y no sé qué hacer. Igual a cuando éramos niños. Siempre lágrimas silenciosas.

–Soy el peor ser humano de todos –dice, apoyando los codos sobre la mesa y apartando la mirada.

–Bueno, no esperes que te entienda –digo.

Porque se rindió. Lucas se rindió. Dejó que todos estos sentimientos estúpidos e imaginarios controlaran su vida y causaron cosas malas. Cosas muy malas. Que a su vez provocaron más cosas malas. Así funciona el mundo. Por eso nunca tienes que dejar que tus sentimientos controlen tu comportamiento.

Estoy enojada.

Estoy enojada porque Lucas no ha hecho nada para controlar sus sentimientos.

Pero así funciona el mundo.

Se pone de pie y me alejo levemente.

–Aléjate de mí –me encuentro diciendo, como si fuera un animal rabioso.

No puedo creer que me tomó todo este tiempo descubrir la verdad.

Él ya no es Lucas Ryan para mí.

–Victoria, te vi ese día y creí que la persona de la que estuve enamorado durante los últimos seis años se iba a matar.

–No me toques. Aléjate.

Nadie es honesto, nadie es genuino. Ya no se puede confiar en nadie ni en nada. Las emociones son la enfermedad terminal de la humanidad. Y todos estamos muriendo.

–Mira, ya no soy parte de Solitario.

–Eras tan *inocente* y *torpe* –empiezo a decir, poniendo en palabras mis pensamientos maniáticos y precipitados. No sé por qué lo hago. No estoy precisamente enojada con Lucas–. Supongo que creíste que te veías romántico con tus libros y tu ropa horrible de hípster. ¿Por qué no estaría enamorada de ti? Todo este tiempo estuviste ocultando cosas y siendo falso.

¿Por qué me sorprende? Es lo que hace todo el mundo.

Pero entonces sé exactamente qué hacer.

–Dime una cosa –le exijo–. ¿Qué va a hacer Solitario mañana?

Tengo la oportunidad de hacer algo. De final y maravillosamente, acabar con todo este dolor.

–¡*Dime!* –grito cuando no dice nada–. ¡Dime qué va a pasar mañana!

–No lo sé –dice Lucas, pero creo que está mintiendo–. Sé que se reunirán en la escuela a las seis de la mañana.

Entonces, ahí es donde estaré. Mañana a las seis. Arruinaré sus planes.

–¿Por qué no me lo dijiste antes? –susurro–. ¿Por qué no se lo contaste a nadie?

Ninguna respuesta. No puede responder.

La tristeza se avecina como una tormenta.

Y empiezo a reír como una asesina serial.

Río y corro. Salgo corriendo de la escuela. Corro por esta ciudad muerta. Corro y pienso que quizás el dolor se detenga, pero sigue ardiendo en mi interior, quemándome hasta el final.

Catorce

El cuatro de febrero cae viernes. El Reino Unido atraviesa la peor nevada desde 1963. Aproximadamente 360.000 personas nacen y unos 518.400 rayos golpean la tierra. 154.080 personas mueren.

Salgo de mi casa a las cinco y veinticuatro de la mañana. No miré ninguna película anoche. Ninguna me parecía interesante. Además, mi habitación me estaba volviendo loca porque quité todas las impresiones de Solitario de la pared, así que mi alfombra terminó convirtiéndose en una montaña de papel y masilla azul. Lo único que hice fue quedarme sentada en la cama, sin hacer nada. No importa, me puse mucha ropa sobre el uniforme y estoy armada con mi celular, una linterna y una limonada dietética sin abrir que no creo que vaya a beber. Me siento algo errática porque no duermo desde hace una semana, pero está bien sentirse así, esta *locura* eufórica, invencible, infinita.

La publicación del blog de Solitario apareció anoche a las ocho.

20:00 3 de febrero

Solitarianos:

Mañana por la mañana, se llevará a cabo la más grandiosa operación de Solitario en la escuela Harvey Greene Grammar School. Son más que bienvenidos a asistir. Gracias por su apoyo este semestre.

Esperamos haberles mejorado este invierno que, de otro modo, habría sido muy aburrido.

La paciencia mata.

Siento una necesidad urgente de llamar a Becky.

—... ¿hola?

Becky duerme con su celular en vibrador al lado de su cabeza. Lo sé porque solía contarme que la gente la despertaba por la noche cuando le escribían.

—Becky, soy Tori.

—Ah, por Dios, Tori.—No suena muy viva–. ¿Por qué... me llamas... a las cinco de la mañana...?

—Faltan veinte minutos para las seis.

—Guau, porque *eso* cambia *todo*.

—Hay cuarenta minutos de diferencia. Se pueden hacer muchas cosas en cuarenta minutos.

—No importa... ¿por qué... llamas...?

—Para decirte que me siento mucho mejor.

Pausa.

—Okey... qué bueno, pero...

—Sí, es genial. Me siento muy muy muy bien.

—Y... ¿no deberías estar durmiendo?

—Sí, sí, lo haré, una vez que haya resuelto todo. Es hoy. Solitario, ya sabes.

Segunda pausa.

–Espera. –Ahora está despierta–. Espera. ¿Qué...? ¿Dónde estás?

Miro a mi alrededor. Estoy bastante cerca.

–Camino a la escuela. ¿Por qué?

–¡Oh, *Dios mío!* –Se oyen algunos crujidos cuando se levanta de la cama–. Dios, amiga, ¡¿qué mierda estás haciendo?!

–Ya te dije...

–¡TORI! ¡VUELVE A TU CASA!

–*Volver a casa* –río–. ¿Y hacer qué? ¿Seguir llorando?

–¿ESTÁS COMPLETAMENTE DEMENTE? ¡SON LAS CINCO DE LA MAÑANA! ¿QUÉ ESTÁS INTENTANDO....?

Dejo de reír y corto la llamada porque me está haciendo llorar.

Mis pies se hunden en la nieve mientras avanzo por la ciudad. Estoy bastante segura de que voy a dar un paso en falso y mi pie seguirá de largo, me hundiré en la nieve hasta desaparecer por completo. Si no fuera por la luz de los faroles, estaría completamente a oscuras, pero las luces pintan la blancura del paisaje con su tenue resplandor amarillo. La nieve se ve débil. Enferma.

Quince minutos más tarde, cruzo el arbusto que rodea la escuela porque la entrada principal está cerrada. Una rama me deja un raspón inmenso en la cara. Al revisarlo en la pantalla de mi celular, llego a la conclusión de que me gusta como queda.

El estacionamiento está desierto. Camino fatigosamente por la nieve hacia la entrada principal y, cuando me acerco, noto que la puerta está entreabierta. Entro y enseguida veo la caja blanca de la alarma contra incendios en la pared o, más bien, la que solía ser una caja blanca en la pared. Está completamente destrozada y cuelga solo de un puñado de cables. El resto están todos cortados. Me quedo mirándola por varios segundos antes de avanzar por un corredor.

Están aquí.

Deambulo por un rato como el Fantasma de la Navidad Pasada.

Recuerdo la última vez que estuve aquí a estas estúpidas horas del día, semanas atrás, con los delegados y Zelda, y el video del violín. Parece que pasó hace una eternidad. Todo se siente más frío ahora.

A medida que me acerco al final del corredor, empiezo a oír algunos susurros incomprensibles que provienen de un rincón del salón de Literatura. El salón del señor Kent. Me pego a la pared junto a la puerta como una espía. Hay un leve resplandor que brota de su ventana de plástico. Con cuidado y lentitud, me asomo.

Esperaba encontrarme con una horda de seguidores de Solitario, pero lo único que veo son tres figuras agazapadas sobre una serie de escritorios en el medio del salón, iluminados por una linterna gigante que proyecta su luz hacia arriba. El primer tipo es el sujeto del copete enorme que vi con Lucas cientos de veces y tiene la misma ropa hípster que usaría Lucas: pantalones ajustados, zapatos náuticos, una chaqueta de aviador y una camisa polo de Ben Sherman.

La segunda persona es Evelyn Foley.

El tipo del copete tiene un brazo alrededor de ella. Ah. El novio secreto de Evelyn es el señor Copetes. Recuerdo el festival. ¿La voz de Solitario era de una chica? Hace demasiado frío como para recordar algo, por eso decido centrarme en la tercera figura.

Lucas.

Copetes y Evelyn parecen estar atacándolo. Lucas le susurra algo apresurado a Copetes. Me dijo que ya no era parte de Solitario, ¿no? Quizás debería entrar al salón y empezar a gritar. Mover el celular de un lado a otro y amenazarlos con llamar a la policía. Quizás...

—Oh, por Dios.

En la otra punta del corredor, Becky Allen se materializa de la nada y casi colapso. Me apunta con un dedo acusador y susurra.

—¡Sabía que no volverías a tu casa!

Mis ojos, salvajes y fuera de foco, giran enloquecidos mientras avanza con toda la furia por el corredor. Pronto, está a mi lado, con su pijama de Superman metido en al menos tres pares de soquetes, un par de botas con peluche, una sudadera, un saco y todo tipo de ropa de lana por encima. Está aquí. Becky vino hasta aquí. Por mí. Se la ve muy extraña recién levantada y con su cabello violeta todo apelmazado en una especie de meollo grasoso. No sé por qué ni cómo es que, de hecho, me siento *aliviada* de que esté aquí.

–Ah, por Dios, eres una ridícula –susurra–. Eres. Una. Ridícula. –Y luego me abraza y la dejo hacerlo, por varios segundos siento que somos amigas otra vez. Me suelta, arrepentida, incómoda–. Amiga, ¿qué le hiciste a tu *cara*? –Levanta el puño de su abrigo y frota con intensidad mi mejilla y, cuando lo aparta, veo que está manchado de sangre. Luego sonríe y sacude la cabeza. Me recuerda mucho a la Becky que conocí hace tres años, antes de los chicos, antes del sexo, antes del alcohol, antes de que siguiera adelante con su vida mientras yo me quedaba atrás, estancada en el mismo lugar.

Le señalo la puerta del salón de Literatura.

–Mira.

Se acerca en puntillas de pie y mira. De repente, su rostro se llena de terror.

–¿*Evelyn*? ¿Qué caraj...? ¿Y qué hace *Lucas*...? –Se queda boquiabierta y, entonces, lo entiende–. Esto... ¿esto es *Solitario*? –Voltea hacia mí, sacudiendo la cabeza–. Es demasiada información para esta hora del día. Ni siquiera sé si estoy despierta.

–*Shh*.

Estoy intentando escuchar lo que dicen. Becky cruza hacia el otro lado de la puerta y nos quedamos paradas ahí, ocultas en la oscuridad, a cada lado de la puerta. Vagamente, empezamos a descifrar una conversación. Son las seis y cuatro minutos.

–Ten pelotas, Lucas –dice Evelyn. Lleva unos shorts de jean de tiro alto, unas pantimedias y una chaqueta Harrington–. No bromeo. Lamentamos *terriblemente* separarte de tu mantita eléctrica y tus programas de radio estúpidos, pero *ten pelotas*.

Lucas, sumido en las sombras, hace una mueca de dolor.

–¿Puedo recordarte que yo soy el que empezó Solitario? Creo que no están en ninguna posición para cuestionar mis pelotas.

–Sí, tú lo empezaste –dice Copetes. Es la primera vez que lo puedo ver bien y, para ser alguien con una melena tan tupida, es bastante delgado. A su lado sobre el escritorio hay una bolsa de compra de Morrison. Su voz también suena mucho menos sofisticada de lo que había pensado–. Y lo abandonaste cuando empezamos a hacer cosas que realmente *significaban algo*. Estamos haciendo algo fantástico y, aun así, aquí estás diciendo que todo por lo que *tú* has trabajado fue, y cito, "una completa y total mierda".

–Yo no quería nada de esto –responde Lucas, furioso–. Pensé que molestar a esta escuela ayudaría a las personas.

–Destrozar esta escuela –dice Copetes–, es lo mejor que le ha pasado a esta ciudad.

–Pero eso no va a ayudar a nadie. No cambiará nada. Cambiar un lugar no cambia a una persona.

–Ya basta de toda esa basura, Lucas –dice Evelyn, sacudiendo la cabeza.

–Tienes que poder ver lo estúpida que es esta idea –dice Lucas.

–Solo dame el encendedor –dice Copetes.

Becky gira hacia mí, con su mano plana sobre la pared como el Hombre Araña.

–¿*Encendedor*? –articula en silencio con sus labios.

Me encojo de hombros. Miro con mayor detenimiento a Lucas y veo que detrás de él tiene lo que, en principio, parece una pistola, pero de hecho es uno de esos encendedores de bromas.

Solo se puede hacer una cosa con un encendedor.

–Eh, no –dice Lucas, pero desde aquí puedo ver que está nervioso. Copetes se lanza hacia su brazo, pero Lucas retrocede justo a tiempo. Copetes ríe como si fuera un villano malvado.

–Bueno, *mierda* –dice Copetes–. Te molestaste en hacer todo esto y ahora quieres robarnos nuestras cosas y escapar. Como un niñito. ¿Para qué *viniste*? ¿Por qué mejor no te vas y nos denuncias como el bebé que eres?

Lucas cambia su peso hacia su otra pierna en silencio.

–Dame el encendedor –repite Copetes–. Última oportunidad.

–Vete a la mierda –dice Lucas.

Copetes levanta una mano hacia su cara y se frota la frente, suspirando.

–Dios. –Luego, como si alguien hubiera presionado un botón en su cerebro, le da un puñetazo en la cara a Lucas a la velocidad de la luz.

Lucas, con sorprendente dignidad, no se cae, sino que se para más recto y mira a Copetes directo a los ojos.

–*Vete a la mierda* –repite Lucas.

Copetes le da otro golpe en el estómago y esta vez hace que se retuerza del dolor. Sujeta el brazo de Lucas con facilidad y le quita con fuerza la pistola encendedor, luego lo agarra del cuello, apoya el cañón sobre su cuello y lo empuja hacia la pared. Supongo que se cree una especie de capo de la mafia, pero no lo ayuda para nada tener la cara de un niño de siete años y la voz de David Cameron.

–No podías dejarnos en *paz*, ¿verdad, amigo? No podías dejar todo como estaba, ¿verdad?

Es obvio que Copetes no va a presionar el gatillo y quemarle el cuello a Lucas. Es obvio para Copetes que no lo quemará. Es obvio para todas las personas que alguna vez vivieron y todas las que vivirán que Copetes no tiene la fuerza ni la voluntad o malicia para lastimar a un tipo bastante inocente como Lucas Ryan. Pero supongo que, si alguien sostiene una pistola encendedor sobre tu cuello, las cosas no son tan obvias como deberían.

Becky ya no está a mi lado.

Le pega una patada de karate a la puerta.

—Muy bien, amiguitos. Basta. Ahora mismo. Detengan esta locura.

Con una mano en el aire, abandona nuestro escondite. Evelyn suelta una especie de chillido, Lucas deja salir una risa triunfante y Copetes suelta a Lucas y retrocede como si temiera que Becky lo fuera a arrestar en ese mismo lugar.

La sigo, pero me arrepiento de inmediato. Lucas me ve y deja de reír.

Becky avanza y se detiene justo entre Lucas y la pistola encendedor.

—Oh, cariño. —Suspira mirando a Copetes e inclina la cabeza con una especie de falsa ternura—. ¿De verdad creías que te veías intimidante? O sea, ¿dónde *conseguiste* esa mierda? ¿En una tienda de baratijas?

Copetes intenta desestimarla riéndose, pero no le sale. Los ojos de Becky parecen echar fuego. Extiende sus manos.

—Vamos, amigo. —Tiene las cejas completamente levantadas—. Vamos. Préndeme fuego el pelo o algo. Me intriga saber si eres capaz de hacerlo o no.

Noto que Copetes está desesperado por encontrar algo ingenioso para decir. Al cabo de unos momentos incómodos, se tropieza, agarra la bolsa de Morrison, mete el encendedor en su interior y presiona el gatillo. La llama del encendedor emana un resplandor anaranjado por aproximadamente dos segundos y Copetes lo saca y arroja la bolsa con dramatismo hacia el estante de libros. Sea lo que sea que haya dentro de esa bolsa empieza a echar humo y crepitar.

Todos miran a la bolsa.

El humo lentamente disminuye. La bolsa de plástico se retuerce un poco y cae del estante al suelo.

Hay un largo silencio.

Eventualmente, Becky lleva la cabeza hacia atrás y ríe a carcajadas.

–¡Oh, por *Dios!* ¡Oh, por *Dios!*

Copetes no tiene nada para decir. No hay forma de que pueda deshacer lo que acaba de pasar. Creo que es la cosa más estúpida que jamás haya visto.

–¡*Este* es el broche de oro de Solitario! –agrega Becky, riendo–. Dios mío, de verdad son los hípsters más ridículos que conocí. Le dan un nuevo significado a la palabra ridículo.

Copetes levanta el encendedor y amaga con acercarse a la bolsa, como si quisiera intentarlo una vez más, pero Becky lo sujeta violentamente de la muñeca y le quita la pistola con la otra mano. La sacude en el aire y toma su celular del bolsillo de su abrigo.

–Un paso más hacia esa bolsa, perra, y llamo a los azules. –Levanta las cejas como si fuera una profesora decepcionada–. ¿Crees que no te conozco, *Aaron Riley?*

Copetes, o Aaron Riley, o quienquiera que sea, se para más recto.

–¿Te piensas que le van a creer a una perra como tú?

Becky lleva la cabeza hacia atrás una segunda vez.

–Ah, amigo. Conocí a *tantos* idiotas como tú. –Le da una palmada en el brazo–. Te sale muy bien intentar ser un machito, amigo. Felicitaciones.

Miro rápidamente a Lucas, pero solo tiene ojos para Becky, mientras sacude la cabeza distraídamente.

–Todos ustedes son iguales –dice Becky–. Todos los idiotas que creen que, por actuar como intelectuales idealistas, pueden llevarse al mundo por delante. ¿Por qué no se quedan en sus casas, quejándose en sus blogs como la gente *normal?* –Da un paso hacia él–. ¿Qué es esto? ¿Qué quieren lograr? ¿Qué quieren lograr con Solitario? ¿Se creen mejores que el resto? ¿Quieren decir que la escuela no es importante?

¿Quieren darnos una lección de moralidad para que seamos mejores personas? ¿Nos quieren hacer entender que, si solo nos reímos de todo, si hacemos que se vaya todo a la mierda y andamos por la vida con una sonrisa, entonces todo irá viento en popa? ¿*Eso* quieren lograr con Solitario? –Suelta un grito monstruoso de exasperación que, de hecho, me hace sobresaltar del susto–. La tristeza es una emoción humana, grandísimo *imbécil*.

Evelyn, que estuvo mirando toda la escena con los labios presionados con fuerza, finalmente interviene.

–¿Por qué nos juzgas? No tienes idea de lo que estamos intentando hacer.

–Ah, Evelyn. ¿En serio? ¿Solitario? ¿Estás con Solitario? –Empieza a encender y apagar el encendedor. Quizás ella también está errática como yo. Evelyn retrocede–. ¿Y *este* idiota era tu novio secreto tan especial? ¡Usa más productos para el pelo que los que yo usé todo el *último año*, Evelyn! –Sacude la cabeza como una anciana cansada–. Solitario. Mierda. Me siento en octavo otra vez.

–¿Por qué actúas como si fueras tan especial? –le pregunta Evelyn–. ¿Te crees mejor que nosotros?

Becky suelta una risa chillona y guarda la pistola encendedor en el pantalón de su pijama.

–¿Mejor? Ja. Le hice muchas cosas horribles a mucha gente. Y lo acepto. ¿Sabes una cosa, Evelyn? Quizás sí quiero ser especial. Quizás, a veces, solo quiero expresar las emociones que siento en lugar de levantar esta fachada alegre y sonriente que pongo todos los días para que las perras como tú no me consideren *aburrida*.

Me señala una vez más como si estuviera golpeando el aire.

–Supuestamente, Tori entiende lo que intentaban hacer. Yo no tengo ni la más mínima idea de por qué quieren destruir esta escuelita de porquería. Pero Tori cree que, ya saben, en general, están haciendo algo malo y *le creo, maldita sea.* –Deja caer los brazos–. Dios mío, Evelyn. La verdad que no te soporto. Dios. Esos zapatos que usas son la cosa más horrenda que jamás haya visto. Vuelve a tu blog o a Glastonbury o a donde sea de donde hayas venido y *quédate ahí.*

Copetes y Evelyn miran a Becky una vez más, horrorizados, antes de rendirse.

En cierta medida, me parece bastante notable.

Porque la gente es tan terca que no le gusta no tener razón. Creo que ambos sabían que lo que estaban a punto de hacer *estaba* mal, o quizás en el fondo no tenían las agallas para hacerlo. Quizás, después de todo, no eran los verdaderos antagonistas. Pero si ellos no lo son, ¿entonces quién?

Acompañamos a la pareja fuera del salón y por el corredor. Los observamos a medida que salen por la puerta doble. Si fuera ellos, probablemente me cambiaría de escuela de inmediato. En un minuto, ya no estarán aquí. En un minuto, se habrán ido para siempre.

Nos quedamos ahí por un largo rato, sin decir nada. Luego de unos minutos, empiezo a sudar. Quizás sea porque estoy enojada. Pero no, no siento nada.

Lucas está parado a mi lado y voltea hacia mí. Sus ojos azules están completamente abiertos y parecen casi los de un perro.

–¿Por qué viniste, Victoria?

–Esos dos te iban a lastimar –respondo, aunque ambos sabemos que esa no es la verdad.

–¿Por qué viniste? –Todo es una neblina borrosa. Lucas suspira–. Bueno, por fin terminó. Parece que Becky nos salvó a todos.

Becky parece tener una especie de brote emocional, ya que está sentada en el suelo con la espalda contra la pared y sus piernas con el pijama de Superman desparramadas frente a ella. Tiene la pistola encendedor frente a sus ojos y no para de encenderla y apagarla. Puedo escucharla murmurar algo.

—Es el encendedor más pretencioso que jamás haya visto... tan *pretencioso*...

—¿Me perdonas? —pregunta Lucas.

Siento que estoy a punto de desmayarme.

Me encojo de hombros.

—No estás enamorado de mí, ¿verdad?

Parpadea, sin mirarme.

—Eh, no. No era amor. Era... Solo creí que te necesitaba... por alguna razón... —Sacude la cabeza—. De hecho, Becky me parece bastante encantadora.

Intento no vomitar o apuñalarme con las llaves de mi casa. Esbozo una sonrisa como un payaso de juguete.

—¡Ja, ja, ja! ¡Tú y el resto del sistema solar! —La expresión de Lucas cambia, como si finalmente entendiera quién soy—. ¿Puedes dejar de llamarme Victoria? —le pido.

Da un paso hacia atrás.

—Sí, claro. Tori.

Tengo calor.

—¿Iban a hacer lo que creo que iban a hacer?

Los ojos de Lucas siguen disparándose en todas direcciones. Aún sigue sin mirarme.

—Iban a quemar la escuela —confirma.

Suena gracioso. Otro sueño de la infancia. Si tuviéramos diez, quizás nos regocijaríamos en la idea de que la escuela se incendiara, porque eso significaría que ya no tendríamos clase, ¿verdad? Pero ahora solo parece una idea violenta y sin sentido. Tan violenta y sin sentido como el resto de las cosas que hizo Solitario.

Y entonces me doy cuenta de algo.

Volteo.

–¿A dónde vas? –me pregunta Lucas.

Camino por el corredor, nuevamente hacia el salón de Kent, sintiendo más calor a medida que me acerco.

–¿Qué haces?

Me asomo hacia el salón. Y me pregunto si perdí la cordura por completo.

–¿Tori?

Volteo hacia Lucas y lo veo parado al final del corredor. Lo miro con toda la atención posible.

–Vete –digo, quizás demasiado bajo.

–¿Qué?

–Llévate a Becky y salgan.

–Espera, ¿qué estás...? –Y entonces ve el resplandor anaranjado que cubre un costado de mi cuerpo.

El resplandor anaranjado del fuego que consume el salón de Kent.

–Mierda –dice Lucas y entonces empiezo a correr hacia el extintor más cercano. Lo intento sacar de la pared, pero es imposible.

Oigo un crujido horrendo. La puerta del salón se partió a la mitad y arde felizmente.

Lucas me ayuda con el extintor, pero, más allá de la fuerza con la que intentamos sacarlo de la pared, no podemos hacerlo. El fuego empieza a asomarse por la puerta del salón y consume los tableros de la pared, mientras el techo se llena de humo con firmeza.

–¡Tenemos que salir de aquí! –grita Lucas por encima del rugido del fuego–. ¡No podemos hacer nada!

–Sí, claro que sí. –Tenemos que hacerlo. Tenemos que hacer algo. Tengo que hacer algo. Abandono el extintor y me adentro aún más en la escuela. Hay otro en el siguiente corredor. El corredor de ciencia.

Becky se levanta del suelo. Sale corriendo detrás de mí, al igual que Lucas, pero un tablero inmenso se desploma de la pared como una bola de fuego de papel y alfileres justo por delante de ellos, y les bloquea el paso. No los veo. Las llamas alcanzan la alfombra y empiezan a avanzar hacia mí...

–¡TORI! –grita alguien. No sé quién. Pero no me importa. Encuentro el extintor y se desprende con facilidad de la pared. Dice "AGUA", pero también "APTO PARA INCENDIOS QUE INVOLUCREN MADERA, PAPEL, TELA. NO APTO PARA INSTALACIONES ELÉCTRICAS". El fuego se desliza por las paredes, el techo y el suelo del corredor, lo que me obliga a retroceder. Hay luces y enchufes por todas partes...

–¡TORI! –Esta vez la voz suena por detrás de mí. Dos manos se apoyan sobre mis hombros y volteo como si fuera la Muerte misma que me vino a buscar.

Pero no lo es.

Es él, con su camiseta y sus jeans, sus gafas, su cabello, sus brazos, sus piernas, sus ojos, su todo...

Es Michael Holden.

Me quita el extintor de las manos...

Y lo arroja por la ventana más cercana.

Quince

Me lleva por el corredor y me saca por la salida de emergencia más cercana. Cómo es que Michael sabía que estábamos aquí, no lo sé. Qué está haciendo, tampoco. Pero necesito detener este incendio. Necesito intentarlo. Si no puedo hacer nada, entonces todo habrá sido en vano. Toda mi vida. Todo. Nada.

Intenta sujetarme, pero salgo disparada prácticamente como un torpedo. Vuelvo a entrar por la salida de emergencia y avanzo por el corredor, lejos del fuego, en busca de otro extintor. Empiezo a hiperventilar y no veo nada, corro tan rápido que no tengo idea de qué parte de la escuela es esta, y entonces empiezo a llorar otra vez.

Pero Michael corre como patina. Me toma por la cintura justo cuando agarro el extintor de la pared, justo cuando el fuego inhabilita la salida de emergencia y nos atrapa...

—¡TORI! ¡TENEMOS QUE SALIR DE AQUÍ AHORA!

El fuego ilumina la cara de Michael en la oscuridad. Intento zafarme de él y me lanzo hacia adelante, pero cierra la mano con fuerza sobre mi brazo y empieza a llevarme en la dirección opuesta. Antes de poder darme cuenta de lo que estoy haciendo, comienzo a jalar tan fuerte que un ardor intenso avanza por mi piel. Estoy gritándole y empujándolo, incluso volteo y le pego una patada en el estómago. Debo haberlo pateado muy fuerte porque retrocede y retuerce todo el cuerpo. De inmediato, comprendo la magnitud de lo que acabo de hacer y me quedo congelada, mirándolo bajo la luz anaranjada. Nos miramos a los ojos y entonces parece *entender* algo, y quiero reír, porque sí, al fin se da cuenta, tal como lo hizo Lucas eventualmente, y extiendo mis brazos hacia él...

Pero entonces veo el fuego.

El infierno en el laboratorio a nuestra derecha. El laboratorio que está conectado al salón de Literatura por una puerta, la misma por la que el fuego debe haber cruzado.

Salto hacia Michael y lo empujo...

El salón explota, lanzando varias mesas, sillas, libros en todas direcciones como bolas de fuego. Estoy tendida en el suelo a varios metros, milagrosamente con vida, y abro los ojos, pero no veo nada. Michael está cerca de mí en algún lugar, perdido entre el humo. Retrocedo arrastrándome con rapidez cuando veo la pata de una silla prendida fuego junto a mi cara, y grito su nombre, pero no tengo manera de saber si está vivo o...

Me pongo de pie y corro.

¿Llorando? Gritando cosas. ¿Un nombre? ¿Su nombre?

La eterna idea de Solitario. Ese sueño de la infancia.

¿Está muerto? No. Veo una figura que se levanta despacio entre la humareda y camina con dificultad hasta desaparecer en las profundidades del edificio. En un momento, me parece escuchar mi nombre, pero tal vez sea solo mi imaginación.

Grito su nombre y corro una vez más, lejos de la nube de humo, lejos del corredor de ciencia. A la vuelta de la esquina, las llamas alcanzaron el salón de arte y los distintos trabajos ahí, horas y horas de trabajo, se derriten en burbujas de acrílico calcinado que gotea sobre el suelo. Es una imagen tan triste que casi me hace llorar, pero el humo ya se adelantó a eso. Empiezo a entrar en pánico. No por el fuego.

Ni siquiera porque estoy perdiendo y Solitario está ganando.

Sino porque Michael esta en este lugar.

Otro corredor. Y otro más. ¿Dónde estoy? Nada es igual en la oscuridad y el incendio. Las luces parpadean a mi alrededor como sirenas, como si me estuviera desmayando. Como diamantes destellantes. Empiezo a gritar otra vez. *Michael Holden*. El fuego ruge y un huracán de aire abrasador azota los túneles de la escuela.

Lo llamo. Lo llamo una y otra vez, temblando con fuerza, mientras las obras de arte y los ensayos manuscritos sobre las paredes se desintegran a mi alrededor, impidiéndome respirar.

–Fallé –digo la palabra apenas la pienso. Es gracioso porque… esto nunca pasa–. Fallé. Fallé. No es a la escuela a quien le fallé. Ni siquiera es a mí misma. Es a Michael. Le fallé a él. No pude dejar de sentirme triste. Se esforzó tanto, se esforzó tanto para ser agradable, para ser mi amigo, y le fallé. Dejo de gritar. Ya no queda nada. Michael, muerto, la escuela, moribunda, y yo. Ya no queda nada.

Y luego, una voz.

Mi nombre en el humo.

Giro, pero lo único que veo es fuego. ¿En qué edificio estoy? Debe haber una ventana por algún lugar, una salida de emergencia, algo, pero todo está en llamas y el humo consume el aire a mi alrededor y, lentamente, a mí. Antes de poder darme cuenta de lo que estoy haciendo, empiezo a correr hacia las escaleras que llevan al primer piso, mientras el humo y el fuego me pisan los talones.

Giro a la izquierda dos veces, luego a la derecha y entro a un salón. Cierro la puerta con fuerza por detrás. Levanto una silla y, sin pensar en nada más que el fuego, el humo y la muerte, la arrojo a través de la delgada ventana. Cierro los ojos cuando una lluvia de esquirlas llueve sobre mi cabeza.

Salgo a la mañana, a lo que parece ser un techo de concreto, y entonces, *por fin*, entiendo dónde estoy.

Ese hermoso lugar.

El pequeño techo de concreto del estudio de arte. El campo de nieve y el río. El cielo oscuro de la mañana. El aire frío.

El espacio infinito.

Miles de pensamientos invaden mi cabeza. Michael Holden ocupa novecientos de ellos. El resto son palabras de desprecio hacia mí misma.

No pude hacer nada.

Miro la ventana destrozada. ¿A dónde lleva? Solo al dolor. Miro la escalera de metal a mi derecha. ¿A dónde lleva? A mí misma, fallando, una y otra vez, sin poder hacer nada bien ni decir lo correcto.

Estoy parada en la cornisa y miro hacia abajo. Es alto. Me llama.

La esperanza de algo mejor. Una tercera opción.

Tengo mucho calor. Me quito el abrigo y los guantes.

Y entonces, lo entiendo.

Nunca supe qué quería de mi vida. Hasta ahora.

Quiero estar muerta.

Dieciséis

Mis pies deambulan sin rumbo muy cerca de la cornisa. Pienso en Michael Holden. En especial en que está enojado en secreto todo el tiempo. Creo que mucha gente está enojada en secreto todo el tiempo.

Pienso en Lucas Ryan y me pone más triste. Ahí va otra tragedia que no pude salvar.

Pienso en mi ex mejor amiga, Becky Allen. Ya no sé quién es. Creí que la conocía, antes de crecer, pero después de eso, cambió y yo no.

Pienso en mi hermano, Charlie Spring, y Nick Nelson. A veces, el paraíso no es lo que la gente cree.

Pienso en Ben Hope.

A veces, la gente se odia a sí misma.

Y, mientras pienso en todo eso, la escuela Harvey Greene Grammar School se disuelve a mis espaldas. Mis pies se asoman ligeramente por la cornisa. Si me caigo por accidente, el universo estará ahí para atraparme.

Y entonces...

Lo veo.

Charlie Spring.

Un punto solitario en la nieve anaranjada.

Sacude los brazos y grita.

–¡NO!

No, dice.

Otra figura corre a la par. Más alta y robusta. Toma a Charlie de la mano. Nick Nelson.

Y luego, otra. Y otra. ¿Por qué? ¿Qué le pasa a la gente? ¿Por qué nunca te dejan en paz?

Están Lucas y Becky. Becky se lleva la mano a la boca. Lucas lleva ambas manos a su cabeza. Charlie empieza a gritar en una batalla contra el viento y el fuego. Gritos, alboroto, fuego.

–¡No lo hagas!

La voz suena cerca y viene de arriba. Quizás sea Dios, porque creo que así es como trabaja. Espera a tus últimos momentos de vida para *aparecer* y tomarte en serio. Como cuando tienes cuatro años y le cuentas a tus padres que te vas a ir de tu casa. Y ellos dicen, "Está bien, adelante", como si no les importara. Y solo se preocupan en serio cuando sales por la puerta y cruzas la calle con tu osito de peluche bajo el brazo y un paquete de galletas en la mochila.

–¡Tori!

Volteo y levanto la vista.

Arriba del edificio de la escuela, justo por encima de la ventana que destrocé, está Michael Holden, recostado sobre la cornisa de modo que solo su cabeza y sus hombros son visibles desde abajo.

Extiende un brazo hacia mí.

–¡Por favor!

El mero hecho de verlo me hace tener más ganas de morir.

–La escuela se está quemando –digo, volteando una vez más–. Tienes que irte.

–Aléjate de ahí, Tori. Apártate, completa idiota.

Algo me obliga a voltear. Tomo mi linterna, preguntándome por un breve instante por qué no la usé hasta ahora, y la apunto hacia arriba. Lo veo bien. Su cabello es un desastre y está lleno de polvo. Algunos parches de hollín ensucian su cara. Tiene una quemadura en su brazo extendido.

–¿Quieres matarte? –me pregunta y lo siento irreal porque nunca nadie pregunta esas cosas en la vida real–. No quiero que lo hagas. No puedo dejarte hacerlo. No puedes dejarme solo. –Su voz se quiebra–. Tienes que estar aquí.

Y entonces hace esa cosa que yo hago. Presiona los labios y los curva hacia abajo, sus ojos y su nariz se fruncen y una lágrima brota lentamente de su ojo azul mientras levanta sus manos para taparse la cara.

–Lo siento –digo, porque su cara, tensa y derretida, me provoca un dolor físico. Yo también empiezo a llorar. En contra de mi voluntad, me alejo de la cornisa y me acerco a él con la esperanza de que así lo entienda–. Lo siento. Lo siento, lo siento, lo siento.

–¡Cierra la *boca*! –Sonríe entre lágrimas frenéticas y aparta las manos de su cara y las levanta. Entonces golpea el suelo–. Dios, soy un estúpido. No puedo creer que no me haya dado cuenta antes. No puedo creerlo.

Estoy prácticamente bajo su cara. Sus gafas empiezan a deslizarse sobre su nariz y rápidamente las acomoda en su lugar.

–Sabes, lo peor es que, cuando tiré ese extintor por la ventana, no estaba pensando en salvarte solo a ti. –Ríe tristemente–. Todos necesitamos salvarnos.

–Entonces, ¿por qué...? –me detengo. De pronto, entiendo todo. Este chico. Esta persona. ¿Cómo es que me tomó tanto tiempo entenderlo? Me necesita tanto como yo lo necesito a él, porque está *enojado*, y siempre lo estuvo.

–Querías que la escuela se quemara.

Ríe una vez más y se frota los ojos.

–Entonces sí me conoces.

Y tiene razón. Lo conozco. Solo porque alguien sonría no significa que sea feliz.

–Nunca fui lo suficientemente bueno –dice–. Me estreso tanto que no hago amigos, Dios, no sé hacer amigos. –Sus ojos se llenan de lágrimas–. A veces, desearía ser normal. Pero no puedo. No lo soy. No importa cuánto lo intente. Y cuando la escuela se empezó a quemar pensé... bueno, algo me dijo que este podría ser un camino para abandonar todo eso. Creí que me haría sentir mejor, que tú te sentirías mejor.

Gira y se sienta de modo que sus piernas cuelgan por el borde del techo, a pocos centímetros de mi cabeza.

–Me equivoqué –agrega.

Miro nuevamente la cornisa detrás de mí. Nadie está feliz. ¿Qué nos depara el futuro?

–Algunas personas no están hechas para la escuela –dice Michael–. Pero eso no significa que no estén hechas para la vida.

–No puedo –digo. La cornisa está tan cerca–. No puedo.

–Déjame ayudarte.

–¿Por qué harías eso?

Baja de un salto hacia donde estoy parada y me mira. Me mira con profundidad. Me recuerda a la vez que vi mi reflejo en sus gafas enormes.

Pero la Tori que se ve reflejada ahora, de algún modo, se ve diferente.

–Una persona puede cambiar todo –agrega–. Y tú cambiaste todo para mí.

Detrás de él, una pequeña bola de fuego erupciona del techo. Ilumina por un instante su cabello, pero ni siquiera parpadea.

–Eres mi mejor amiga –me dice.

Un rubor intenso cubre su cara y me avergüenza verlo avergonzado. Se acomoda el pelo con una mano y se seca los ojos.

–Todos vamos a morir. Algún día. Y por eso, una vez en la vida, quiero hacer las cosas bien, ¿sabes? No *quiero* cometer más errores. Y estoy seguro de que esto no es un error. –Sonríe–. Tú no eres un error.

Voltea abruptamente y mira al edificio en llamas.

–Quizás podríamos haberlo detenido –dice–. Quizás... quizás si... si yo no hubiera... –Su voz se apaga y lleva una mano a la boca, mientras sus ojos se llenan de lágrimas otra vez.

Esta sensación es nueva. O muy vieja.

Hago algo inesperado. Me acerco a él. Levanto los brazos. Solo quiero asegurarme de que está ahí, de que no es un invento de mi mente.

Mis manos tocan su brazo.

–No deberías odiarte –digo, porque sé que no se odia solo por haber dejado arder la escuela. Se odia por muchas otras razones. Pero no debería hacerlo. No *puede* odiarse. Él me hace tener esperanzas de que sí existan personas buenas en este mundo. No sé cómo pasó todo esto, pero si de algo estoy segura es que este sentimiento siempre estuvo presente desde el principio. En el momento en que conocí a Michael Holden, lo supe en lo más profundo de mí. Supe que era la mejor persona que alguien podría desear ser, tan perfecto que casi parecía irreal. Y eso me hacía odiarlo de cierto modo. Pero, en lugar de conocer lentamente más y más cosas buenas sobre él, encontré falla tras falla tras falla. ¿Y saben una cosa? Eso es lo que me hace quererlo más. Esa es la razón por la que es una persona perfecta: porque es una persona real.

Le digo todo esto.

–Entonces –agrego, sin saber cómo terminar, pero consciente de que debo hacerlo–. Nunca te voy a odiar. Y quizás pueda ayudarte a entender por qué nunca te voy a odiar.

Una pausa, el sonido del fuego, el olor a humo. Me mira como si le hubiera disparado.

Y entonces, nos besamos.

Ninguno de los dos sabe si es el momento adecuado, dado que casi me mato por accidente y él no deja de repetir cuánto se odia, pero es lo que hacemos. Ahora todo parece tener sentido, más aún sabiendo que sería apocalíptico para mí *no* estar aquí con él, porque entonces... en ese momento... es como... si yo fuera a morir si no... lo *abrazo*.

–Creo que te amo desde el día que te conocí –dice cuando nos alejamos–. Solo lo confundí con curiosidad.

–Eso no solo es una mentira asquerosa –digo, sintiéndome como si me estuviera a punto de desmayar–, sino que también la frase más *estúpida* que *jamás* tuve que tolerar en todas las comedias románticas. Y vaya que la toleré muchas veces, ya sabes, porque soy un imán para los hombres.

Parpadea. Una sonrisa aparece en su rostro y ríe llevando la cabeza hacia atrás.

–Ah, por Dios, ahí estás, Tori –dice, riendo a carcajadas y dándome otro abrazo que prácticamente me levanta del suelo–. *Dios mío.*

Noto que estoy sonriendo. Lo abrazo y sonrío.

Sin anticiparlo, se aleja y señala a lo lejos.

–¿Qué rayos en el nombre de Guy Fawkes está pasando ahí?

Volteo, desconcertada, hacia el campo.

La nieve blanca prácticamente desapareció y ya no son solo cuatro puntos, sino casi un centenar. Docenas y docenas de adolescentes. Supongo que no los escuchamos por el viento y el fuego, pero ahora que nos vieron voltear, empiezan a sacudir los brazos y gritar. No veo sus caras con claridad, pero cada persona es una persona completa. Una persona con una vida, una persona que se levanta de la cama por las mañanas, va a la escuela, habla con sus amigos, come y *vive*. Gritan nuestros nombres y no conozco a la mayoría ni ellos me conoce a mí; ni siquiera sé por qué están aquí, pero aun así... aun así...

En el medio, veo a Charlie subido a la espalda de Nick muy cerca de Becky y Lucas. Sacuden los brazos y gritan.

–No lo... –digo con una voz que se quiebra–, entiendo...

Michael toma su celular y carga el blog de Solitario. No hay nada nuevo. Entonces abre Facebook y revisa el inicio.

–Bueno –dice y miro sobre su hombro a la pantalla de su celular.

Lucas Ryan

Solitario quemó Higgs.   Hace 32 minutos vía Móvil
A 94 personas les gusta esto   *43 veces compartido*

Ver 203 comentarios más

–Quizás... –dice Michael–. Quizás creyó que... la escuela prendida fuego... era algo demasiado asombroso como para desperdiciarlo. –Lo miro y él me mira–. ¿No te parece un poco magnífico?

Y, de cierto modo, lo es, supongo. La escuela prendida fuego. Esto no pasa en la vida real.

–Lucas Ryan, maldito hípster milagroso –agrega Michael, mirando hacia la multitud–. De verdad, iniciaste algo hermoso por accidente.

Algo dentro de mi corazón me hace sonreír. Una sonrisa genuina.

Y entonces todo empieza a verse borroso y río y lloro a la vez, sin saber si es por felicidad o completa locura. Como estoy un poco encorvada sobre mí misma, Michael tiene que apoyarse sobre mi cabeza para sostenerme mientras tiemblo, pero de todos modos lo hace. Empieza a nevar. Detrás de nosotros, la escuela se desmorona y puedo oír las sirenas de los camiones de bombero avanzando por toda la ciudad.

–Entonces –dice, levantando las cejas con la suavidad típica de Michael–. Tú te odias. Yo me odio. Tenemos algo en común. Deberíamos estar juntos.

No sé por qué, pero empiezo a sentirme delirante. Veo a toda esa gente ahí abajo. Algunos saltan y sacuden los brazos, otros solo vinieron porque querían un poco de acción y, por primera vez, no creo que nadie esté actuando con falsedad. Solo son personas.

De todos modos, todavía no estoy muy segura de querer despertarme mañana. No me arreglé solo porque Michael está a mi lado. Todavía quiero quedarme tirada en la cama todo el día porque es fácil y cómodo. Pero en este momento, lo único que veo es a todos esos niños saltando en la nieve, sonriendo, sacudiendo los brazos como si no tuvieran exámenes, padres, universidades o profesiones, ni todas esas cosas estresantes por las que preocuparse. Hay un chico sentado a mi lado que lo ve todo. Un chico al que quizás pueda ayudar, del mismo modo que él me ayudó a mí.

No puedo decir que estoy *feliz*. Ni siquiera estoy segura de identificarlo si ese fuera el caso. Pero toda esa gente ahí abajo se ve tan graciosa que me hace querer reír, llorar, bailar, cantar y *no* saltar con un dramatismo espectacular de este edificio. En serio. Es gracioso porque es verdad.

Después

Karl Benson: *No te veía desde la escuela. Yo escuché que te suicidaste.*
Andrew Largeman: ¿Qué?
Karl Benson: Dije que escuché que te suicidaste. ¿No fuiste tú?
Andrew Largeman: No, te juro que yo... no fui.
Garden State (2004)

Entonces, supongo que, incluso después de repasar con cuidado todo esto, todavía no entiendo cómo pasó. No estoy traumada ni nada por el estilo. No es nada dramático como eso. No es nada que no me deje dormir. No recuerdo qué día fue ni qué sucedió ni con quién estaba. Lo único que sé es que, una vez que empezó, fue muy fácil dejar que siguiera su curso. Y supongo que por eso terminé aquí.

Michael cree que lo va a interrogar la policía. Quizás a mí también. Y a Lucas y Becky, supongo. Todos estábamos ahí. Espero que no nos arresten. No creo que Lucas les cuente la verdad. Pero entonces recuerdo que ya no conozco tanto a Lucas Ryan.

Nick, con una sorprendente practicidad, sugirió que lo mejor sería avisarles a mis padres que nos encontráramos en el hospital, así que ahora estamos los seis abarrotados en su auto. Michael, Lucas, Becky, Nick, Charlie y yo. Becky está sentada sobre las piernas de Lucas porque el auto es bastante pequeño. Creo que a Lucas le está empezando a gustar Becky porque básicamente lo salvó de que Copetes le disparara o algo así. No deja de mirarla con una expresión divertidísima que casi me hace sentir un poco menos triste. Obviamente, ella no lo nota.

Dije muchas cosas horribles sobre Becky. Creo que, en ocasiones, tuve razón, pero en otras, no. Creo que digo muchas cosas horribles sin razón alguna. Incluso a la gente que quiero.

Estoy en el asiento del medio. Me cuesta concentrarme, estoy algo dormida. Está nevando. Todos los copos de nieve son iguales. Suena una canción de Radiohead en el auto. Afuera todo es azul oscuro.

Charlie llama a mamá y papá desde el asiento del acompañante. No escucho su conversación. Luego de un rato, cuelga y se queda sentado en silencio por un minuto con la mirada perdida en su móvil. Luego levanta la cabeza y mira hacia el cielo matutino.

–Victoria –dice y lo escucho. Dice muchas cosas, muchas cosas que cualquiera esperaría escuchar en este tipo de situaciones, cosas sobre el amor y el entendimiento, el apoyo y el acompañamiento, cosas que no se dicen lo suficiente, cosas que por lo general no hace falta decir. No lo escucho con mucha atención porque ya sé todo eso. Nadie habla mientras él habla; todos nos quedamos mirando las tiendas que pasan a cada lado de la carretera, escuchando el rugido del motor y el sonido de su voz. Cuando termina, voltea hacia mí y agrega algo más.

–Lo sabía –me dice–. Pero no hice nada. No hice nada.

Empiezo a llorar.

–De cualquier forma, te quiero –digo y mi voz apenas suena como mía. No recuerdo haber dicho ninguna de esas palabras en toda mi vida, ni siquiera cuando era pequeña. Empiezo a preguntarme cómo era en aquel entonces y si estuve viéndome como una persona diferente todo este tiempo. Esboza una triste y hermosa sonrisa.

—Yo también te quiero, Tori.

Michael decide levantar mi mano y apoyarla sobre la suya.

—¿Quieres saber qué me dijo papá? —me pregunta Charlie y gira otra vez hacia el frente. No me habla solo a mí, sino a todos en el auto—. Dice que esto es porque leyó muchas veces El guardián entre el centeno a nuestra edad y quedó impregnado en nuestros genes.

Becky suspira.

—Dios, ¿puede un adolescente estar triste y que no lo comparen con ese libro? —dice y Lucas le esboza una sonrisa—. ¿Alguien aquí siquiera lo leyó?

Hay un coro unánime de "No". Ni siquiera Lucas lo leyó. Qué gracioso.

Escuchamos la canción de Radiohead.

Empiezo a tener esta necesidad urgente de saltar del auto. Creo que Michael lo nota. Quizás Lucas también. Y Charlie sigue mirándome por el espejo retrovisor.

Al cabo de un rato, Nick murmura algo.

—¿A dónde irás para el bachillerato, Charlie? —Nunca escuché a Nick hablar tan despacio.

Charlie le responde tomando la mano de Nick sobre la palanca de cambios con tanta fuerza que sus nudillos quedan blancos.

—Truham. Me quedaré en Truham. Me quedaré contigo, ¿está bien? Aunque ahora que lo pienso... la mayoría de nosotros irá a Truham ahora —responde y Nick asiente.

Becky apoya su cabeza somnolienta sobre el hombro de Lucas.

—No quiero ir al hospital —le susurro al oído a Michael. Es una mentira a medias.

Me mira y se ve más que dolorido.

—Lo sé. —Apoya la cabeza sobre la mía—. Lo sé.

Lucas se acomoda a mi lado en el asiento. Mira los árboles que pasan al otro lado de la ventanilla, una nube borrosa, oscura y verde.

—Se supone que esta es la mejor época de nuestras vidas —comenta.

Becky ríe sobre su hombro.

—Si eso es verdad, quiero que termine ahora.

El auto acelera cuando sube la pendiente del puente y cruzamos el río congelado. La tierra gira unos cientos de metros y el sol aparece levemente por el horizonte, listo para cubrir con su tenue luz invernal lo que queda de este páramo desolado. Detrás de nosotros, una columna de humo se derrama sobre el cielo despejado, ocultando las pocas estrellas que quisieron impresionarnos.

Becky sigue murmurando algo, como si hablara dormida.

—Pero lo entiendo. Lo único que querían era hacernos sentir como si fuéramos parte de algo *importante*. Dejar su marca en el mundo. Porque, o sea, todos estábamos esperando que algo cambiara. La paciencia sí puede matarte. —Su voz se suaviza hasta no ser más que un susurro—. Esperar… esperar tanto tiempo…

Bosteza.

—Pero un día terminará. Siempre termina.

Y compartimos un momento en el que tan solo nos quedamos sentados y *pensando*. Como cuando termina una película. Apagas el televisor, la pantalla está negra, pero las imágenes siguen repitiéndose en tu cabeza y no dejas de pensar: ¿qué tal si esa fuera mi vida? ¿Qué tal si eso me pasara a mí? ¿Por qué no tengo ese final feliz? ¿Por qué me quejo de *mis* problemas?

No sé qué le va a pasar a la escuela y no sé qué nos va a pasar a nosotros. No sé cuánto tiempo seguiré siendo así.

Lo único que sé es que estoy aquí. Viva. Y no estoy sola.

Si estás atravesando una situación difícil para tu salud mental o necesitas ayuda, no dudes en acudir a algún familiar, tutor/a, amigo/a, compañero/a o a un profesional de la salud.

Agradecimientos

¡Un aplauso para mi escuela! Sin ustedes, este libro no sería posible. Gracias por hacerme odiarlos y amarlos y ayudarme a ser autocrítica. Me criaron bien, con un gran rechazo a la autoridad y una importante cuota de pesimismo y ansiedad. Vaya que me hicieron luchar.

Quiero agradecerle a la increíble e imparable Claire Wilson por elegir mi manuscrito entre una pila de otros y no dudar en ningún momento cuando aparecí en tu oficina y te dije que solo tenía dieciocho años. No estaría viviendo mi sueño de no ser por ti. Sería una estudiante triste que sigue escribiendo ensayos en John Donne.

También debo agradecerles a mis dos fantásticas editoras: Lizzie Clifford y Erica Sussman. La energía y el entusiasmo que le pusieron a este libro fue mil millones de veces mayor a la que jamás hubiera imaginado, y esta obra no habría sido ni una décima parte de buena de no ser por su invaluable acompañamiento. Gracias a Lexie y a todas las personas del sello que me ayudaron y contribuyeron con algo en RCW y HarperCollins. Todos los días me siento muy agradecida de estar en un lugar tan alentador y nerd.

Gracias a mi familia por ser cada día más interesantes y menos gruñones de lo que creen que son. Gracias a mis colegas por quedarse divagando conmigo sobre el elenco de los sueños para los libros a las tres de la mañana y otras cosas que hacemos para sentirnos normales. Gracias Adam por ser mi primer lector y no creer que estoy completamente loca (aunque te equivocas, sí lo estoy).

Gracias Emily, Ellen y Mel por nunca abandonarme, por hacer que la escuela sea tolerable, y a veces, incluso disfrutable, y por ser genuinamente excelentes personas. A ellas y el resto de nuestro grupo, Hannah, Annie, Anna, Megan, Ruth, las quiero, las quiero, las quiero. Me sorprende lo afortunada que soy de haberlas conocido.

Alice x

¡QUEREMOS SABER QUÉ TE PARECIÓ LA NOVELA!

Nos puedes escribir a vrya@vreditoras.com con el título de este libro en el asunto.

Encuéntranos en

 facebook.com/VRYA México

 instagram.com/vryamexico

 twitter.com/vreditorasya

COMPARTE
tu experiencia con
este libro con el hashtag
 **#solitario**